Theo Pointner

# Rechts-Aussen

Kriminalroman



grafit

## Der Autor

**Theo Pointner** (Jahrgang 1964) hat Betriebswirtschaft studiert und arbeitet im Westfälischen Zentrum für Psychiatrie in Bochum. Schon als Jugendlicher verfaßte er Liedertexte und Kurzgeschichten.

1992 erschien sein Kriminalromandebut *Tore, Punkte, Doppelmord*; es folgten *Scheinheilige Samariter* (1994) und *Einer nach dem andern* (1997).

Chemnitzer Str. 31, D-44139 Dortmund
Internet: http://www.grafit.de
E-Mail: Grafit-Verlag@t-online.de

Umschlagzeichnung: Peter Bucker
Druck und Bindearbeiten: Fuldaer Verlagsanstalt
ISBN 3-89425-214-6
2. 3. 4. 5./2000 99

# Vorwort

Überflüssig zu erwähnen, daß sämtliche Charaktere dieses Buches frei erfunden sind und ausnahmslos meiner Phantasie entspringen. Selbstverständlich wäre auch kein von den hiesigen Medien gefeierter Vertreter der deutschen Nationalmannschaft zu solch Image schädigenden Handlungen fähig.

Leider gibt es auch das Luxushotel in Herne nicht, obwohl es für die Region sicher einen Riesenschub in Sachen Terroris... äh, Tourismus bringen würde.

# 1

Sooft er die Schweißtropfen auch abwischte, in dieser feuchten, durchdringenden Hitze perlte immer mehr Nachschub über seine Stirn, verfing sich für einen knappen Moment in den Wimpern und lief schließlich doch entlang des Nasenrückens in seine Augen.

Die Luft in der kleinen Kammer, in der sie mit sechs Männern zusammengepfercht waren, enthielt nur noch wenige Bruchteile von Sauerstoff. Auch durch das kleine, weit geöffnete Fenster drang nicht der kleinste Windhauch. Bereits für zwei Leute wäre der Raum auf Dauer eine Zumutung gewesen; der Heimleiter hatte es jedoch nach einigem Überlegen und Ausprobieren tatsächlich geschafft, drei Etagenbetten zwischen die Sperrholzschränke, die drei wackeligen Stühle und den windschiefen Tisch zu quetschen. Alles in allem eine innenarchitektonische Meisterleistung.

Er lag in dem Bett direkt neben der Tür, auf der unteren Matratze. Über ihm schnarchte Nedim, ein baumlanger, langhaariger Kurde, der trotz der Hitze auch nachts seine Socken nicht auszog, weil er panische Angst hatte, daß sie am nächsten Morgen gestohlen sein könnten. Im Bett am Fenster schliefen zwei Schwarzafrikaner, von denen in der Dunkelheit nur schwache Schemen unter der Bettdecke auszumachen waren. Es war Neumond, die Straßenlaterne direkt vor dem Heim war bereits seit Wochen kaputt, so daß der Verschlag so finster war wie das Innere eines Pferdearsches. Die beiden anderen, an der Längswand der Kammer, waren noch neu in ihrer Gruppe, erst gestern waren sie von dem muffligen Verwalter hochgebracht worden. Ihrem Aussehen nach zu urteilen, kamen sie aus Südosteuropa.

Seufzend gab er den Kampf gegen die Schweißtropfen auf und schlug das leichte Laken, das er über die Knöchel gelegt hatte, zur Seite. Vier Monate war er nun hier, verbrachte die meiste Zeit damit, ziellos durch die Stadt zu laufen, abgesehen von den wenigen Behördengängen. Sein Asylantrag war längst abgelehnt, im Moment wurde er nur noch geduldet. Er hatte keine Ahnung, ob er schon nächste Woche, nächsten Monat oder erst in einem Vierteljahr abgeschoben werden würde. Aber daß er sich eines Tages in einer Maschine mit dem Flugziel Colombo wiederfinden würde, das war ihm klar. Und dann, Gnade ihm Gott.

Ächzend wuchtete er seinen Oberkörper in die Senkrechte und streckte die verspannten Glieder. Die Matratze war hart und scheuerte, das dünne Leintuch konnte die Derbheit des Materials nicht überdecken, schon gar nicht, wenn es wie jetzt durchgeschwitzt war. Die Narben auf seinem Rücken begannen nach drei, vier Stunden Schlaf furchtbar zu jucken. Trotzdem war dieser Stall im Vergleich zu der Zelle, in der er bis zu seiner Flucht gesessen hatte, das wahre Paradies.

Kanake nannten sie ihn hier, sogar die, die mit ihm in diesem Zimmer lebten. Sein Name war ein wahrer Zungenbrecher, er selbst hatte ihn lange nicht mehr ausgesprochen. Er war der einzige Tamile in dem Heim, sprach kein Deutsch, nur ein paar winzige Brocken Englisch. ›Asyl‹ war das einzige, was ihm der Schlepper, der ihn über die Grenze geschmuggelt hatte, mühsam beibringen konnte. Und mit diesem Wort auf den Lippen war er, dumm wie er war, direkt bei den Behörden aufgelaufen, die ihn zunächst einmal eine Nacht in einer Zelle hatten schmoren lassen, bevor ein Dolmetscher kam, der seine Geschichte übersetzte und half, seinen Antrag zu formulieren. Damals war er froh gewesen, endlich aus seinem Heimatland entkommen zu sein. Und jetzt war es nur noch eine Frage der Zeit, wann er wieder dorthin zurück mußte.

Mit einer kurzen Drehung faßte er unter sein dünnes Kopfkissen und holte das Päckchen Tabak und die schon reichlich zerfaserten Blättchen hervor. Vorsichtig maß er eine kleine Portion Tabak ab, verteilte sie geschickt auf dem Papier und drehte sich eine Zigarette. Wenn er sparsam war, reichten ihm fünfzig Gramm für fünfundsiebzig bis achtzig Zigaretten, fast eine ganze Woche kam er mit einem einzigen Päckchen hin. Routiniert befeuchtete er die Gummierung, zupfte den überstehenden Tabak von den Enden und ließ das Einwegfeuerzeug aufblitzen. Der erste Zug tat jedesmal erbärmlich weh, verkrampft unterdrückte er den Hustenreiz. Als seine Lungen sich wieder beruhigt hatten, stand er auf, nahm den schäbigen Plastikaschenbecher vom Tisch und hockte sich auf den kleinen Schemel direkt vor dem Fenster.

Der Ausblick war ihm mehr als vertraut. Das Heim lag in einer kleinen, stillen Seitenstraße, dahinter der gepflasterte Gehweg mit dem angrenzenden dichten, mindestens vier Meter hohen Buschwerk. Jenseits der Sträucher lag der kleine Bolzplatz, auf dem tagsüber die Kinder der Deutschen Fußball spielten und herumtobten. Eine Zeitlang hatte er bei ihren Spielen zugesehen, bis ihm auffiel, daß ihn einige Passanten mißtrauisch musterten und ihm unfreundliche Blicke zuwarfen.

Er war kein Oppositioneller, Politik interessierte ihn eigentlich nicht. Natürlich las er in der Zeitung über den Kampf seines Volkes um Unabhängigkeit, aber er selbst kämpfte nicht. Trotzdem hatten sie ihn verhaftet, vor etwas mehr als einem Jahr, als er mit einem Freund auf dem Markt gewesen war. Sein Freund wurde schon lange gesucht und bei der Verhaftung erschossen. Ihn schleppten sie mit und warfen ihn in das Gefängnis nahe der Kaserne. Was er in den folgenden Monaten erlebte, ließ ihn schier wahnsinnig werden, die Folter mit den Elektroschocks, die Schläge mit den Gummiknüppeln und den Gewehrkolben, die Vergewaltigungen der weiblichen Häftlinge. Ein Zufall half ihm, aus dieser Hölle entfliehen zu können. Und jetzt kam ihm das alles so unwirklich vor, schien schon fast ein ganzes Leben zurückzuliegen. Andere fuhren in sein Land, um einen erholsamen Urlaub zu verleben; sollte er zurückkehren, würde er dort sterben müssen.

Seine Zigarette verbrannte ihm beinahe die Finger. Hastig drückte er den Stummel in dem Aschenbecher aus und räusperte sich. Er hatte Durst. Unten, in der Küche, in der er ein Fach in einem der Kühlschränke mit seinen Lebensmitteln belegen durfte, stand noch eine Flasche Mineralwasser. Leise, um niemanden zu wecken, stellte er den Aschenbecher weg und öffnete die Tür zum Flur. Auf dem Gang war kein Laut zu hören, das schwache Nachtlicht reichte gerade aus, um die übrigen Türen undeutlich zu erkennen.

Vorsichtig tappte er mit seinen bloßen Füßen über das Linoleum und tastete in dem Halbdunkel nach dem Treppengeländer. Hier im Flur war die Luft ein wenig frischer, dankbar atmete er tief durch und stieg langsam die Stufen herunter.

Im Erdgeschoß hing über der zweiflügeligen Schwingtür, die nach draußen führte, eine Uhr. Die Zeiger standen beide knapp unterhalb der vier, bald würde es hell werden. Wieder ein Tag, von dem er nicht wußte, wie er ihn verbringen sollte und für den er doch so dankbar war.

In der Küche angekommen, verzichtete er darauf, Licht zu machen. Neugierig schnüffelnd legte er die Nasenflügel an und versuchte, die verbliebenen Düfte zu identifizieren. Knoblauch und Thymian erkannte er sofort, der charakteristische Geruch überlagerte alle anderen Kochdünste. Wahrscheinlich hatte als letztes die kurdische Familie aus dem ersten Stock die Küche benutzt. Vor ein paar Wochen hatten sie ihn sogar einmal zum Essen eingeladen, bei den knappen Vorräten und den begrenzten finanziellen Mitteln eine mehr als großzügige Geste. Er hatte seine letzten Pfennige zusammengekratzt und darauf bestanden, zumindest das Brot für ihre Mahlzeit zu bezahlen. Seitdem gab es wenigstens ein paar Menschen, die ihn freundlich grüßten oder anlächelten.

Das Mineralwasser war noch da und sogar unberührt. Gelegentlich wurden Lebensmittel gestohlen, aber in der letzten Zeit hatte er Glück gehabt. Mit den Fingerkuppen löste er den Verschluß und setzte den Rand der Flasche an seinen Mund. Gierig sog er die Flüssigkeit in sich hinein und rülpste erleichtert, als der gröbste Durst gestillt war. Er nahm noch zwei kleine Schlucke, schraubte die Flasche wieder zu und stellte sie zurück in den Kühlschrank. Als er die Küche wieder verlassen wollte, bemerkte er den Schatten am Fenster.

Sofort schrillten seine Alarmglocken. Obwohl er die Sprache hier nicht verstand und auch kaum mit einem seiner Leidensgenossen ein Wort wechseln konnte, hatte er doch von gelegentlichen Gewaltakten und Brandanschlägen gehört, die auf Heime wie dieses verübt worden waren.

Dicht an den schmierigen Küchenblock gepreßt, schob er sich langsam näher an das Fenster heran. Seine Blicke wirbelten aufgeregt umher, doch es war nichts zu sehen. Wahrscheinlich spielte ihm seine Phantasie nur einen Streich, trotzdem wollte er sich lieber vergewissern, daß tatsächlich keine Gefahr drohte.

Mit zitternden Fingern umklammerte er den Fenstergriff und drehte ihn, jedes Geräusch vermeidend, behutsam nach links. Als der Griff in der Senkrechten stand, zog er leicht und spürte, wie sich der Rahmen bewegte. Er atmete noch einmal tief durch und zog das Fenster mit einem Ruck zu sich heran.

Nichts, natürlich nicht. Ein erster, vorlauter Vogel lärmte herum, ansonsten war nichts zu hören.

Er wollte das Fenster bereits wieder schließen, als in nächster Nähe ein Automotor ansprang. Gleich darauf blitzten zwei Scheinwerfer grell auf, mit quietschenden Reifen schoß ein schwarzer Pkw aus einer Parklücke und donnerte davon.

Er beugte sich mit klopfendem Herzen weit aus dem Fenster und starrte in die Nacht. Der Wagen hatte bereits die nächste Querstraße erreicht und verschwand hinter der Biegung. Der Vogel – vermutlich über die Störung erbost – hatte sein Konzert eingestellt.

Aufatmend lehnte er sich auf die verwitterte Holzeinfassung des Fensters. Dann erst entdeckete er, was kaum dreißig Zentimeter unter seinen verschränkten Armen angebracht worden war.

Mit einem Aufschrei stieß er sich zurück in den Raum. Knapp eine Sekunde später zündete die Bombe.

## 2

»Berthold, mach doch mal bitte die Musik leiser. Meine Nerven spielen sowieso schon verrückt.«

Mutter Hofmann ließ nervös das Likörglas auf dem zierlichen Untersetzer rotieren und legte ihre Stirn in Falten. Ihr Sohn, Kriminalkommissar Berthold Hofmann, der gerade, keine zwei Meter von seiner Mutter entfernt, die Hand unter die Bluse seiner Braut schob, blinkerte ärgerlich zurück.

»Mutter, stell dich bitte nicht so an. Das ist Sabrinas und meine Feier.« Dabei bewegte sich seine Zunge nicht ganz so sicher wie sonst. Normalerweise hätte er es auch nie gewagt, direkt neben seiner Erzeugerin seiner Braut so nahe zu kommen.

»Wir sind hier aber nicht bei den Hottentotten«, kam die quengelnde Antwort, »sondern immer noch in meiner Wohnung.«

Sabrina Clemens zog behutsam Bertholds Hand von ihrem BH und rutschte von seinem Schoß. Dann setzte sie ihr strahlendstes Lächeln auf und steuerte ihre Schwiegermutter in spe an.

»Ist ja schon gut, Frau Hofmann«, säuselte sie. »Habe ich Ihnen eigentlich schon das Service gezeigt, das Berthold und ich von seinen Kollegen geschenkt bekommen haben?«

Gleichzeitig nahm sie die stramm auf die Siebzig gehende Seniorin bei der Hand und zog sie von der Couch in Richtung der Küche. Hofmann schaute ihr dankbar nach.

»Meine Güte, hättest du nicht in einer Kneipe feiern können?« schmunzelte Katharina Thalbach, Hofmanns leidgeprüfte Kollegin schadenfroh. »Polterabend unter Mutters Pantoffel. Tolle Idee.«

Der fünfunddreißigjährige Beamte fuhr sich seufzend über seinen dunkelblonden Stoppelhaarschnitt, den er sich im Sommer wegen der Hitze immer zuzulegen pflegte. Dann griff er nach seinem Glas mit dem alkoholfreien Bier und griente.

»War alles belegt. Scheinbar ist der August in puncto Feierlichkeiten sehr beliebt. Und in die Kantine im Präsidium wollte ich nun wirklich nicht.«

Katharina strich sich eine Strähne ihrer langen blonden Haare aus dem Gesicht und angelte sich das bereits verschmierte Glas mit dem lauwarmen Mineralwasser. Draußen waren mindestens noch fünfundzwanzig Grad, obwohl es schon weit nach Mitternacht war. Hofmanns Polterabend war zwar nicht ganz so langweilig, wie sie befürchtet hatte, aber den ganzen Abend bei Malochersekt zu verbringen, war schon eine Strafe. Doch ihr Verlobter befand sich bereits in einem Zustand, in dem er allerhöchstens noch zu Fuß auf die Toilette kam, aber beim besten Willen kein Auto mehr fahren durfte.

Hofmann rappelte sich hoch und klemmte ein paar leere Flaschen in seine Armbeuge. »Möchtest du auch noch etwas zu trinken? Oder einen Happen essen?«

Katharina schüttelte den Kopf. Das Wasser in ihrem Magen gluckerte schon, und die gefährlichen überflüssigen Kalorien blieben besser in der Küche.

»Nein danke. Ich vertrete mir mal lieber ein bißchen die Beine.«

Während Hofmann abdackelte, stand Katharina auf. Suchend sah sie sich nach Ulli Zander, ihrem Lebensgefährten, um. Schließlich entdeckte sie ihn in einer entlegenen Zimmerecke, wo er sich krampfhaft an seinem Bierglas festhielt und in eine eifrige Diskussion mit dem schwergewichtigsten Beamten der Bochumer Kripo verwickelt war. Karl-Heinz Gassel war bereits jenseits der magischen Grenze der Fünfzig, wie immer war er mit einem dunkelblauen Anzug aus dem Schlußverkauf von C&A, einem blütenweißen Hemd und einer dezenten Krawatte bekleidet. Mit seinen übermächtigen Rettungsringen um den Hüften, die sein Gewicht mindestens einen Zentner über der Idealnorm liegen ließen, wirkte er wie eine Mischung aus Heinz Erhardt und Helmut Kohl. Die monströse Hornbrille auf seiner Nase brachte ihn allerdings näher in die Ecke des toten denn des lebenden Komikers.

Neugierig, worüber ein Sozialarbeiter aus der Bochumer Psychiatrie und ein Gesetzeshüter sich so angeregt unterhalten konnten, drängte sich Katharina durch die Menge der ihr meist unbekannten Gäste und hakte sich schließlich bei Zander ein.

»Stör ich?« fragte sie amüsiert.

»Ganz un gar nich«, nuschelte Ulli. »Wußte gar nich, daß Karl-Heinz so 'n dufter Kumpel is.« Dabei schwenkte er wie zur Bekräftigung sein Bier, prostete seinem Gegenüber zu und nahm einen tiefen Schluck.

»Dein Verlobter ist sehr unterhaltsam«, lächelte Gassel, während er an seinem Weißwein nippte.

»Und wie«, trompetete Zander. »Sach ma, wußtest du, daß Karl-Heinz un ich fast denselben Musikgeschmack haben?«

Katharina verdrehte die Augen. Zander war wieder bei seinem Lieblingsthema. »Isses möglich?« fragte sie gedehnt.

»Ja sicha«, behauptete Ulli überzeugt. »Fast jedenfalls.«

»Es existieren da schon noch kleine Differenzen«, beschwichtigte Gassel. »Wenigstens weiß er, wer Rudi Schuricke ist.«

»Geiler Typ«, knödelte der Sozialarbeiter. »Hat echt 'n guten Sound, der Kerl.«

Prüfend warf Katharina einen Blick zur Seite. Zander mußte noch betrunkener sein, als es den Anschein hatte.

Gassel schmunzelte erneut und sah seine Kollegin fragend an. »Vielleicht kannst du mir ja sagen, wer dieser Tschumbalumba ist, von dem Ulli mir seit einer halben Stunde vorschwärmt.«

»Die heißen Chumbawamba«, widersprach Zander schlapp. »Die ham auch 'n geilen Sound.« Dabei rülpste er vernehmlich, hielt sich die Hand vor den Mund und schluckte. »'tschuldigung, ich muß ...«

Wie selbstverständlich zog Katharina ihren Arm zurück und gab ihm einen vorentscheidenden Klaps in Richtung Badezimmer. Hoffentlich vergaß Zander nicht, die Klobrille aufzuklappen.

Gassel fuhr sich über sein gefährlich ausgedünntes Kopfhaar und seufzte. »Sag mal, Mädchen, wie alt bist du jetzt?«

Katharina zog die Achseln hoch. »Einunddreißig. Warum?«

»Dir ist doch klar, daß du wahrscheinlich noch fünfzig Jahre vor dir hast. Bist du dir sicher, was die Wahl deines Verlobten betrifft?«

»Nüchtern ist er ganz verträglich«, konterte sie. »Oder hat er dich etwa unsittlich belästigt?«

»Leider nicht«, antwortete der Dicke und feixte, als er Katharinas dämlichen Gesichtsausdruck sah.

»Hast du eigentlich Gisbert irgendwo entdeckt?« fragte die Blonde nach einer kleinen Auszeit.

Gassel stellte sein Glas auf einer Kommode ab und legte die Füße übereinander. Dabei wanderte sein Blick nachdenklich über die mehr oder weniger betrunkenen Besucher. »Nein. Wundert mich auch nicht. Der gute Gisbert steht doch seit vier Wochen völlig neben sich.«

Gisbert Heinzel war der letzte der Viererbande, die im KK 11 der Bochumer Kripo gemeinsam ihre Brötchen verdiente. Gewaltdelikte und gemeingefährliche Straftaten war die offizielle Bezeichnung für den Tätigkeitsbereich des Haufens, in dem Katharina seit fast fünf Jahren ihren Dienst versah. Vorher hatte sie bei der Kripo Paderborn gearbeitet, sich dann wegbeworben, weil sie ihrer Karriere auf die Sprünge helfen wollte. So war sie in Bochum gelandet, wo sie sich nach den üblichen Startschwierigkeiten gut integriert hatte. Die Karriere hatte zwar noch keine wesentlichen Fortschritte gemacht, dafür fühlte sie sich in der Stadt pudelwohl.

»Die versaute Beförderung hat ihm 'n ganz schönen Schlag versetzt«, nickte Katharina bedauernd. »Trotzdem hätte er Berthold zuliebe hier auftauchen können.«

»Laß man, der wäre heute der absolute Stimmungstöter. Menschenskind, anderthalb Jahre hat der eine Überstunde nach der anderen abgerissen, damit er, wenn Westhoff in Rente geht, das Dezernat übernehmen kann. Und was passiert? Erst bläst man ihm haufenweise Puderzucker um die Ohren, und dann setzt man ihm mir nichts dir nichts jemanden vor die Nase. Schöner Mist.«

Katharina hatte den Dicken selten so aufgebracht gesehen. Normalerweise war Gassel die Ruhe in Person. »Verstehen kann ich Gisbert schon«, bestätigte sie. »Bleibt es eigentlich dabei, daß der Neue am Montag anfängt?«

»Ich habe nichts Gegenteiliges gehört. Und bevor dein angeschlagener Verlobter mir noch auf die Krawatte spuckt, werde ich mich jetzt absentieren. Bestell Ulli einen schönen Gruß von mir.«

»Mach ich«, nickte Katharina. »Bis Montag.«

Während sich Gassel entfernte, schaute sie gähnend auf ihre Armbanduhr. Langsam aber sicher wollte sie ebenfalls in die Falle. Zander war nirgendwo zu entdekken. Bevor Katharina auf die Suche nach ihm ging, wollte sie sich in der Küche noch etwas von dem Feldsalat erlauben. Ihr Magen knurrte nach der Überdosis Gerolsteiner bedenklich.

Die Salatschüssel war natürlich ratzeputz geleert. Plötzlich stand Hofmanns Zukünftige neben Katharina.

»Wer zu spät kommt ...« begann sie das berühmte Gorbatschow-Zitat.

»Ich weiß, ich weiß. Liegt im Kühlschrank vielleicht noch eine Selleriestange?«

Sabrina schüttelte den Kopf und schabte statt dessen einige verstreute Petersiliensträuße zusammen. »Bevor die verwelken.«

Katharina lachte. Nicht zum ersten Mal fragte sie sich, wie ausgerechnet ihr verklemmter und komplexbeladener Kollege Hofmann und eine Frau wie Sabrina Clemens beschließen konnten, den Rest ihres Lebens gemeinsam zu verbringen. »Schon aufgeregt wegen des großen Tages?« erkundigte sie sich.

Die hübsche Dunkelhaarige, die kaum zwei Jahre älter als Katharina war, legte den Kopf in den Nacken. »Ein bißchen schon, aber bis Donnerstag kann ich mich ja noch ein wenig mit dem Gedanken vertraut machen, die Frau eines Polizisten zu werden. Wenigstens sparen wir uns den Kram mit Kirche, Kutsche und Brautjungfer. Letzteres wäre auch unpassend gewesen.«

Die Kripobeamtin konnte sich nicht länger beherrschen und griff gierig nach einem der letzten Mettbrötchen. »Bertholds Mutter war doch sicher entsetzt, als sie davon hörte, oder?«

Sabrina verzog ihre Stupsnase. »Zuerst schon. Aber die Frau ist gar nicht so übel. Stell dir vor, gerade hat sie mir sogar das Du angeboten. Wahrscheinlich hat sie ihren Sohn schon als ewigen Junggesellen gesehen. Dann schon lieber nur eine standesamtliche Trauung als gar keine.«

Das Mett war zwar nicht mehr das frischeste, schmeckte aber immer noch köstlich. Während sie genüßlich einen Zwiebelring zerkaute, musterte Katharina Sabrina aufmerksam.

»Sei nicht böse, aber kannst du mir vielleicht verraten, was du an Berthold eigentlich findest?«

Sabrina gönnte sich nun ebenfalls einen kleinen Happen und sah Katharina über ihre Frikadelle hinweg an. »Seit wann arbeitet ihr zusammen?« antwortete sie mit einer Gegenfrage.

»Ende dreiundneunzig. Also fast fünf Jahre.«

»Hast du Berthold während der ganzen Zeit ignoriert? Ich habe manchmal das Gefühl, du kennst ihn überhaupt nicht.«

Hartnäckig zermalmte die Kommissarin den letzten Rest ihres Brötchens und schluckte. Natürlich, Hofmanns Eigenarten waren ihr bekannt, seine verdammte Pfeifenqualmerei, die er, seit er Sabrina kannte, fast gänzlich eingestellt hatte. Seine plumpe, beinahe schon hölzerne Art, die er ihr gegenüber erst nach gut und gern einem Jahr abgelegt hatte. Aber nur ganz selten hatte sie wirklich über den Menschen Berthold Hofmann nachgedacht, mit dem sie tagtäglich zusammen arbeitete.

»Ich weiß nicht«, erklärte sie zurückhaltend. »Wie ist er denn?«

»Schätz doch mal, wieviele von den Leute hier zu seinem Freundeskreis gehören.«

Katharina zuckte die Achseln. Sie hatte im Verlauf des Abends die Anwesenden nicht gezählt, aber zu Spitzenzeiten hatten sich bestimmt an die fünfzig Leutchen in der Wohnung getummelt.

»Keine Ahnung. Die Hälfte?«

»Drei, wenn man seine Mutter außen vor läßt. Du, dein Verlobter und Karl-Heinz. Wäre Gisbert hier, wären es vier, mit seiner Frau fünf.«

Thalbach war baff. Sie hatte sich schon immer gewundert, warum Hofmann fast nie etwas von seinen Wochenendaktivitäten preisgab. Private Anrufe bekam er im Büro erst, seit er mit Sabrina zusammen war.

»Donnerwetter. Jetzt, wo du es sagst. Armer Kerl.«

»Na, na, ganz so schlimm ist es auch nicht«, beschwichtige Sabrina. »Jedenfalls ist Berthold der treueste, verliebteste und charmanteste Mann, den man sich vorstellen kann. Letzten Winter ist er, wenn ich bei ihm übernachtet habe, extra eine Stunde früher aufgestanden, hat die Heizung angedreht und meine Klamotten angewärmt. Danach ist er selbstverständlich Brötchen holen gegangen, damit das Frühstück fertig war, wenn ich wach wurde.«

Katharina hob zweifelnd die Augenbrauen. Für Zander war es schon ein extremer Liebesbeweis, wenn er sie als erste aufs Klo ließ.

»Außerdem ist er im Bett 'ne Kanone«, wechselte Sabrina überraschend die Perspektive. »Fast so zärtlich wie eine Frau.«

Katharina klappte der Unterkiefer herunter. Sabrina hielt sich schnell die Hand vor den Mund, um nicht laut loslachen zu müssen.

»Guck nicht so entsetzt. Hast du etwa noch nie ...?«

»Nee. War mein Leben lang hetero. Außerdem stamm ich aus dem Sauerland«, brachte die Polizistin mühsam hervor.

»Dann weißt du nicht, was dir entgangen ist«, schwärmte Sabrina weiter. »Ist dir nie aufgefallen, daß Berthold eine sehr feminine Ader hat?«

»Bisher noch nicht.«

Verlegen sah Katharina zur Seite, einen Moment sagte keine der beiden Frauen ein Wort. Bevor die Stille peinlich werden konnte, polterte das Objekt ihrer Unterredung durch den Türrahmen. Hofmann grinste bis über die Ohren und legte Sabrina die Hände um die Hüfte.

»Katharina, du solltest dich ein wenig um Ulli kümmern«, empfahl Hofmann seiner Kollegin. »Im Moment erzählt er gerade meiner sprachlosen Mutter die letzten Worte, die dieser Dodi Alfa-Romeo, oder wie der Prinzessinenstecher hieß, zu seinem Vater gesagt hat.«

»Und die waren?« fragte Sabrina neugierig.

»Bye, Dad, I'm going to Di.«

Pflichtbewußt rang sich Katharina ein Lächeln ab. Zanders Lieblingswitz kannte sie schon in- und auswendig. Sabrina hingegen lachte hell auf und schmiegte sich eng an Hofmann.

»Wenn Ulli so weit ist, wird es brenzlig«, seufzte Thalbach. »Ich hake am besten das Abschleppseil ein und zerr ihn zum Auto. Danke für die Einladung. Und schönen Abend noch.«

Die beiden Turteltauben hoben die Hand und konzentrierten sich dann ganz auf sich. Bevor Katharina ihren Verlobten aufsammelte, warf sie noch einen letzten Blick auf das schmusende Paar. Und für einen kurzen Moment fühlte sie so etwas wie Neid aufblitzen.

## 3

»Ist der jetzt völlig bekloppt geworden? Morgens um sieben 'ne Pressekonferenz?«

Der Vertreter der größten deutschen Sportzeitung rieb sich schlaftrunken die Augen und checkte sein Diktiergerät. Dabei störte ihn der Becher Kaffee, den ihm eine der ebenfalls übermüdeten DFB-Hostessen am Eingang in die Hand gedrückt hatte, sichtlich bei der Arbeit.

»Stell die Plempe doch auf den Boden«, gähnte sein Kollege von der lokalen Presse. »Sonst hasse das Zeuchs gleich auf'm Hemd.«

»Und dann trampelt so ein Idiot wie du die Sauerei durch die Gegend. Laß man, geht auch so. Ist doch eh immer derselbe Scheiß, den die Bulldogge von sich gibt.«

»Warum die den zum Bundestrainer gemacht haben, werd ich nie verstehen«, mischte sich der Repräsentant eines großen Privatsenders in die Unterhaltung. »Der konnte doch früher auf'm Platz höchstens geradeaus laufen.«

»Sach ich doch«, bekräftigte der Journalist mit Heimvorteil. »Aber wenn et heute schon reicht, zwei Jahre lang 'ne Schülerelf zu betreuen, um den Jungs Beine zu machen, prost Mahlzeit.«

Der Mann mit dem Kaffeebecher hatte die technische Kontrolle seines Bandgerätes abgeschlossen und kippte den Rest der Brühe herunter. Während sich sein Magen beim Empfang des bitteren Bohnenextraktes schmerzhaft zusammenzog und eine Welle Sodbrennen in ihm hochschwappte, warf der Journalist einen Blick aus den kunstvoll verzierten Fenstern. Wie der Bundestrainer hatte auf die Idee kommen können, das erste Trainingslager der Nationalelf nach der Weltmeisterschaft ausgerechnet in Herne zu absolvieren, war nicht nur ihm schleierhaft. Offensichtlich waren Domizile wie Malente oder die Sportschule Kaiserau nicht mehr standesgemäß; nein, es mußte das Schloß Strünkede sein.

Aber nicht nur der Ort des Zusammentreffens war ungewöhnlich. Das Aufgebot der vierundzwanzig Spieler, die gestern nach und nach eingetrudelt waren, ließ aufhorchen. Natürlich hatten etliche der etablierten Spieler nach der verkorksten WM ihren Rücktritt erklärt, aber der Kreis der Leute, die die neue deutsche Nationalmannschaft stellen sollten, verwunderte doch sehr.

Die Tür zum Gang wurde von außen aufgedrückt und ein Pulk Neuankömmlinge drängte sich in den improvisierten Konferenzsaal. Vorneweg stürmte der Bundestrainer auf die Empore mit dem etwa sechs Meter langen Tisch, auf dem etliche Mikrophone, diverse Saftfläschchen und ein dekorativer Wimpel mit dem Emblem des DFB aufgebaut waren. Gleich hinter dem Chefcoach trottete Walter Carstens, der bereits graumelierte, dandyhafte Pressesprecher des größten Sportverbandes der Welt, in den Saal. Mit seinen zweiundfünfzig Jahren wirkte er kaum älter als einundfünzig.

Hinter den beiden Offiziellen tummelten sich drei Spieler, die den anwesenden Journalisten bestens bekannt waren.

Uwe Behrens vom derzeit besten Ruhrgebietsclub war der Aufsteiger des Jahres zwischen den Pfosten, Dieter Heidtmann, der Megastar vom AC Mailand, sollte als neuer Mannschaftskapitän der Hintermannschaft den nötigen Rückhalt verleihen und schließlich Raimund Kaltenbach, der mit fünfundzwanzig nur zwei Jahre jünger als Heidtmann war und vor seinem Debüt als vielversprechender Außenstürmer stand.

Während die Protagonisten der Pressekonferenz langsam Platz nahmen, kramten die Vertreter der schreibenden Zunft ihre Blöcke hervor, die Kameras im Hintergrund des Raumes begannen leise surrend zu laufen, einige Scheinwerfer und Blitzlichter flammten auf.

Carstens warf mit einer lange vor diversen Spiegeln eingeübten Geste eine Haarsträhne zurück, nestelte ein letztes Mal an seiner perfekt sitzenden Krawatte und räusperte sich vernehmlich. Dann setzte er sein Begrüßungslächeln auf und strahlte die Pressefritzen an.

»Im Namen des DFB, unseres Bundestrainers, der Spieler und selbstverständlich auch in meinem Namen darf ich Sie zu unserer heutigen Pressekonferenz recht herzlich begrüßen. Bevor ich gleich das Wort an unseren geschätzten Fußballehrer übergebe und Sie ihn mit Ihren Fragen bestürmen, vorab ein kurzes Wort zum Ort und zu der sicherlich für Sie ungewohnten Zeit.«

Bedächtig griff Carstens nach einem Saftfläschchen und öffnete es. Als gekonnter Selbstdarsteller wußte er natürlich, daß auf Film gebannte Bewegungen schneller aussahen, als sie in Wirklichkeit waren. Um nicht den Eindruck von Hektik zu vermitteln, ließ er sich mit seiner Erfrischung extrem viel Zeit.

»Unsere Nationalmannschaft steht vor einer sehr schweren Zeit«, fuhr er endlich dozierend fort. »In Kürze beginnt mit dem Spiel in der Türkei die Qualifikation zur Europameisterschaft, bei der wir unbedingt unseren Titel verteidigen wollen. Und um nach aller berechtigten Kritik nach dem Ausscheiden im Viertelfinale bei der letzten Weltmeisterschaft ein deutliches Zeichen zu setzen, haben wir uns zusammen mit den Spielern entschieden, Sie zu dieser frühen Stunde zu uns zu bitten.«

Aus den Reihen der Journalisten war das erste unwillige Gemurmel zu hören. Wenn Carstens erst mal richtig in Fahrt war, konnte man getrost zum Einkaufen nach Venlo fahren, ohne Angst haben zu müssen, etwas Wichtiges zu verpassen.

»Im deutschen Fußball und besonders bei der Nationalelf muß wieder mehr gearbeitet werden«, donnerte Carstens in deutlich erhöhter Lautstärke, so daß die Medienvertreter, die schon leicht eingenickt waren, wieder aufrecht auf ihren Stühlen saßen. »Es kann nicht angehen, daß im Zusammenhang mit unseren Spielern mehr von den Gehältern und Prämien berichtet wird denn von den Leistungen, die sie erbringen. Ab heute, und das können Sie als erste Erkenntnis notieren, ab heute brechen beim DFB neue Zeiten an. Zielgerichtete, leistungsorientierte harte Arbeit wird im Vordergrund stehen, nichts anderes. Und jeder, der nicht bereit ist, ständig hundert Prozent seiner Leistung zu bringen, fliegt aus der Mannschaft. Dafür steht unser Trainer, dafür stehen die Spieler, dafür steht der gesamte DFB.«

Statt des erhofften Beifallsturmes erntete Carstens, abgesehen von drei oder vier nickenden Köpfen, lediglich einige herzhafte Gähner. Ohne sich seine Irritation anmerken zu lassen, drehte er den Kopf leicht zur Seite und beendete seine Ansprache: »Weitere Einzelheiten, besonders bezüglich der zukünftigen Spielkultur und Struktur der Mannschaft, wird Ihnen jetzt der Mann geben, der die Verantwortung auf diesem neuen vielversprechenden Weg trägt.«

Der Bundestrainer sah erschrocken auf und Carstens fragend an. Nach einem aufmunternden Nicken stellte er den Rücken senkrecht, so daß das Knacken der Lendenwirbel noch in der dritten Reihe zu hören war. Dann zog er das Mikro näher zu sich und holperte los. »Guten Morgen, noch einmal. Wie Herr Carstens schon gesagt hat, wird sich bei der Elf einiges ändern. Die Korsettstangen sind weggebrochen, und wir müssen sie ersetzen.

Aus diesem Grund habe ich die drei Spieler, in die ich die größten Hoffnungen setze, gleich mitgebracht.«

Die Journalisten sahen sich verwundert an. Zaghaft wagte sich der erste Frager nach vorn. »Verstehe ich Sie richtig, daß drei Spieler, die noch keinerlei Erfahrung in der Nationalelf haben, zukünftig Ihre zentralen Führungsspieler sein sollen?«

»Genau so ist es«, fuhr der Bundestrainer fort, der nicht umsonst während seiner aktiven Zeit den Spitznamen Bulldogge verpaßt bekommen hatte. Mit seiner untersetzten Figur und seiner robusten Spielweise hatte er mehr gelbe und rote Karten gesammelt als der komplette Verein Bayern München während seiner gesamten Bundesligazugehörigkeit. »Wir haben immer noch genug erfahrene Spieler in der Mannschaft, die in kritischen Situationen für Ruhe sorgen können und garantiert nicht den Kopf verlieren werden. Aber für die frischen, neuen Impulse sollen die zuständig sein, die hier neben mir sitzen.«

»Außerdem besitzen alle drei genug internationale Erfahrung, auf die wir bauen können«, sekundierte Carstens. »Herr Heidtmann ist in Mailand unumstritten, Herr Behrens hat es mit seiner Vereinsmannschaft im UEFA-Cup bis ins Viertelfinale gebracht, und Herr Kaltenbach spielte als Jugendlicher in der U-18 der DDR, von den Einsätzen im Europacup ganz zu schweigen.«

»Mag ja sein, daß es für die Quali zur Europameisterschaft reicht«, überlegte Kaffeebecher, der sein Sodbrennen überstanden hatte. »Aber wenn es in der Endrunde dann gegen England oder Holland geht, habe ich doch so meine Zweifel.«

»Die absolut unbegründet sind«, erregte sich der Bundestrainer. »Vergessen Sie nicht, Fußballzwerge gibt es nicht mehr. Diese Erfahrung haben wir bereits bei der Qualifikation zur Weltmeisterschaft und beim eigentlichen Turnier in Frankreich gemacht. Führen Sie sich doch nur mal vor Augen, wie die Norweger und vor allem die Franzosen die Brasilianer vorgeführt haben, dann wissen Sie, was ich meine.«

»Herr Heidtmann, wenn ich nicht irre, haben Sie einmal erklärt, die Nationalelf wäre für Sie nicht interessant«, wechselte ein Hinterbänkler zur Erleichterung der Bulldogge das Thema. »Warum dieser Sinneswandel?«

Der Italienlegionär hob ein wenig die Augenbrauen und knetete gelangweilt mit Daumen und Zeigefinger der rechten Hand seine Nasenspitze. Der Schock, den er gestern abend bei der Ankunft angesichts der Stadt Herne verspürt hatte, hing ihm immer noch in den Knochen. Für das Ruhrgebiet mochte die Stadt einigermaßen passabel sein, im Vergleich zu Mailänder Verhältnissen taugte sie noch nicht einmal als Parkplatz. Heidtmann konnte kaum glauben, daß er vor ein paar Jahren nur ein paar Kilometer weiter vor den Ball getreten hatte.

»Es ist richtig, ich habe einmal gesagt, nie für Deutschland spielen zu wollen. Allerdings hatte der DFB damals einen anderen Trainer unter Vertrag, der mich allerhöchstens als Ergänzungsspieler eingeplant hatte. Bei der Aussicht auf einen Stammplatz haben sich natürlich die Voraussetzungen entscheidend geändert.«

»Sie gehen also davon aus, nächsten Samstag gegen Spanien zu spielen?«

»Natürlich. Sie etwa nicht?«

Das pflichtbewußte Gelächter quittierte Heidtmann mit der gebotenen Zurückhaltung. Einen Moment wartete er ab, ob noch eine weitere Frage an ihn gerichtet wurde, dann lehnte er sich wieder entspannt-gelangweilt zurück.

»Und Sie, Herr Kaltenbach? Spielen Sie auch?«

»Wahrscheinlich«, haspelte das Handtuch, das zwischen der ausufernden Figur des Bundestrainers und Heidtmanns lässig zur Schau gestellter Eleganz beinahe unsichtbar war. »Auf jeden Fall wäre es eine Ehre für mich, für Deutschland spielen zu dürfen. Aber entscheiden tut der Trainer.«

Allmählich dämmerte es Carstens, mit der zeitigen Ansetzung der Pressekonferenz einen Fehler gemacht zu haben. Nahmen die Journalisten sonst jedes Wort begierig auf, schien sie die frühe Stunde in Lethargie fallen zu lassen. Dankbar nickte er daher der nächsten Wortmeldung zu.

»Wie kamen Sie ausgerechnet auf Herne als Ort für ein Trainingslager?«

Bevor der Bundestrainer antworten konnte, zog Carstens das Mikro eifrig an sich. Immerhin hatte er seit fast fünf Minuten nur unwesentliche Redezeit gehabt. »Hier schlägt das Herz des Fußballs, hier im Revier. Denken Sie nur an die großartigen internationalen Erfolge der Revierclubs in der jüngsten Vergangenheit, an den Zuspruch, den der DFB bei Länderspielen in dieser Region hatte. Wir verfügen hier über ausgezeichnete Bedingungen, können abwechselnd die Einrichtungen mehrerer Bundesligaklubs nutzen. Und Herne ist sozusagen unser Stammsitz, weil die Stadt quasi das Herz dieser Region darstellt. Nehmen Sie die Wahl des Ortes als Dankeschön an die vielen Fans, die wir hier im Revier haben.«

»Bis jetzt sind doch gerade mal zwanzigtausend Karten für nächsten Samstag verkauft«, maulte der lokale Sportredakteur. »Glauben Sie wirklich, das Parkstadion ist am Wochenende ausverkauft?«

»Wir sind fest davon überzeugt, obwohl wir natürlich die spezifischen Probleme dieser Region, dabei denke ich besonders an die hohe Arbeitslosigkeit, kennen. Ich gehe jede Wette ein, wir werden mindestens vor fünfzigtausend Zuschauern spielen.«

Selbst die Euphorie des Pressesprechers lockte keine weiteren Fragen aus den Zuhörern heraus. Bevor sich Carstens wiederholen mußte, spielte er seinen letzten Trumpf aus. »Damit sich die frühe Stunde für Sie lohnt, möchten wir Sie gleich zum offiziellen Pressetraining einladen. Sie haben selbstverständlich Gelegenheit, mit allen Spielern ein Wort zu wechseln. Und außerdem haben wir nach dem Training einen kleinen Imbiß vorbereitet, um die Atmosphäre ein wenig aufzulockern. Wenn Sie also die Güte hätten, sich in fünfzehn Minuten vor dem Gebäude einzufinden. Dort werden Sie von zwei Bussen erwartet, die Sie zum Trainingsgelände bringen werden.«

Carstens erkannte an den Mienen der Eingeladenen, daß die Presse am Montag großartig sein würde. Die alte Weisheit, daß ein Journalist nie vor einer guten Mahlzeit gehen sollte, wirkte immer noch wahre Wunder.

»Eins sag ich dir«, informierte Kaffeebecher seinen Nachbarn, während er seine Sachen in den Aktenkoffer sortierte, »wenn der Imbiß genauso beschissen ist wie der Kaffee, können die Samstag ruhig mit vier Toren gewinnen; ich schreib die trotzdem in Grund und Boden.«

## 4

»Oh nein, bitte nicht, was ich denke.«

Katharina zog ihre Bettdecke über die Ohren und versuchte, das beständige Klingeln des Telefons zu ignorieren. Es half nichts, der Anrufer war hartnäckig.

Ulli hatte ihr zum letzten Geburtstag eines dieser drahtlosen Funktelefone geschenkt, damit sie nicht wie eine Irre durch ihre absolut traumhafte und große Wohnung schießen mußte. Die Idee, das Schlafzimmer im ausgebauten Dachgeschoß einzurichten, hatten sie aber auch zu den unseligen Zeiten, während derer Katharina noch mitten in der Nacht den halsbrecherischen Abfahrtslauf in die tiefer gelegene Etage ihrer Wohnung absolvieren mußte, um das Telefon zu erreichen, niemals bereut. Der Blick über die sich weit ausbreitenden Ruhrwiesen, den sie direkt nach dem Aufwachen genießen durften, entschädigte für die teilweise lebensbedrohlichen Balanceakte.

Verstimmt schob Katharina eine Hand unter der Decke

hervor, tappte auf ihrem Nachtschränkchen herum, bis sie den Störenfried gefunden hatte, und zog das Plastikgehäuse ans Ohr. Den Knopf zum Einschalten fand sie ohne Probleme auch im Dunkeln.

»Thalbach«, nuschelte sie müde.

»Liegst du etwa noch im Bett?« erkundigte sich Gassel frisch wie eh und je.

»Wie spät ist es denn?«

»Kurz vor sechs. Die Sonne steht schon hoch am Himmel.«

»Bitte nicht, Karl-Heinz, nicht heute morgen.«

Durch die Muschel hörte sie zwei ruhige Atemzüge, bevor ihr Kollege weitersprach. Allerdings konnte sie sich schon in etwa vorstellen, was kam. Ihre Truppe hatte diese Woche Bereitschaft, und die endete erst am Montag morgen. Bis dahin waren sie für jeden Mord und jedes Kapitalverbrechen im Raum Bochum, Herne und Witten zuständig.

»Meines Wissens warst du vorhin sehr nüchtern«, fuhr Gassel fort. »Tut mir leid, es gibt Arbeit.«

»Für mich nicht. Mir ist schlecht, und mein Kreislauf spielt verrückt.«

Das stimmte sogar. In ihrem Magen rumorte es, als hätte nicht ihr Verlobter auf Hofmanns Polterabend gesoffen, sondern sie.

»Katharina, bitte. Hier ist 'ne riesengroße Sauerei passiert. Sieht mir nach 'nem politisch motivierten Verbrechen aus. Wenn es eben geht, komm vorbei.«

Sie war zwar nicht auf einen Schlag hellwach, innerlich hatte sie aber bereits resigniert. »Schon gut. Wo muß ich hin?«

Gassel nannte ihr die Adresse und legte dann auf.

Seufzend plazierte Katharina den Hörer wieder auf dem Nachttisch und schwang die Beine aus dem Bett. Einen grauenhaften Moment wurde ihr schwarz vor Augen, dann verschwanden die Beschwerden so schnell, wie sie gekommen waren.

Bevor sie das angrenzende Bad betrat, gönnte sie Zander einen kurzen Blick. Ulli lag auf dem Rücken, die Decke nur bis zu den Hüften hochgezogen, und sägte sich durch Kanada. Natürlich hatte er nicht das mindeste gehört.

Nach dem Zähneputzen band sie sich ein Handtuch um den Kopf, sprang mutig unter die Dusche und erledigte die anschließende Bauernmalerei nur oberflächlich. Zum Glück mußte sie noch keine Falten oder Krähenfüße im Gesicht überdecken, obwohl sie fand, auch schon mal besser ausgesehen zu haben.

In der Küche schaufelte sie anderthalb Löffel löslichen Kaffee in ihre Lieblingstasse, ließ Wasser dazu laufen und stellte den Muntermacher in die Mikrowelle. Bis das Getränk heiß war, blieb ihr genug Zeit, sich anzuziehen.

Während sie ihren Kaffee schlürfte, schrieb sie Zander eine kurze Nachricht, daß sie arbeiten müßte und nicht wüßte, wann sie wieder da wäre. Wie sie Ulli kannte, lag der bestimmt noch in Aspik, wenn sie wiederkam.

Als Katharina vor die Haustür trat und nach ihrem Autoschlüssel kramte, nahte ein großes Hindernis. Oma Herbold, ihre Vermieterin, hatte ihren Sonntagsspaziergang schon hinter sich und strebte Richtung Heimat, um sich bei einer Tasse Salpetersäure, die sie selbst Tee nannte, das Morgenkonzert anzuhören. Sie war schon zu nah, als daß Katharina wortlos in ihrem Fiesta verschwinden konnte.

»Guten Morgen, mein Kind«, krähte die alte Frau fröhlich. »Brötchen holen?«

»Schön wär's, Oma Herbold«, schrie Katharina zurück. Natürlich hatte die alte Dame ihr Hörgerät mal wieder nicht dabei. »Die Arbeit ruft.«

Oma Herbold nickte wissend und baute sich vor der zwei Köpfe größeren Polizistin auf. »Sagen Sie mal, Katharina, sind Sie heute nachmittag zu Hause? Ich müßte etwas Wichtiges mit Ihnen und Ihrem Mann besprechen.«

Katharinas Finger krampften sich um die Wagenschlüssel. »Kann ich nicht versprechen. Langt es vielleicht auch heute abend?«

»Da wollte ich eigentlich ins Pfarrhaus. Na, macht nichts. Vielleicht sehen Sie beide morgen mal bei mir vorbei. Aber machen Sie sich keine Sorgen, es ist nichts Schlimmes.«

Nach dieser beruhigenden Auskunft enterte Katharina endlich ihren Kleinwagen. Der Abrieb des Gummis beim Anfahren war wie immer höllisch.

Bis zur Innenstadt war es zwar kein Katzensprung, aber über die leergefegte Königsallee brauchte sie keine zehn Minuten, bis sie kurz vor dem Schauspielhaus den Blinker setzte und nach links Richtung Hattingen abbog. Der Tatort lag nur unweit der Ehrenfelder Straße, in der sie bis vor etwa einem Jahr noch gewohnt hatte. Hinter der zukünftigen Industrieruine von Orenstein und Koppel bremste sie leicht ab, da sie die nächste Nebenstraße nicht verfehlen wollte. Eine knappe halbe Minute später war sie am Ziel.

Das Schlimmste an einem Tatort waren für die Kripobeamtin die Gaffer. In dichten Reihen standen ungeachtet der frühen Stunde knapp hundert Schaulustige wirr in der Gegend herum, einige besonders Abgebrühte hatten sogar an ihre Fotoapparate und Videokameras gedacht.

Rücksichtslos penetrierte Katharina ihre Hupe und stieg erst im letzten Moment in die Eisen. Eine Handvoll Spanner sprang eilig zur Seite und gab ihr schimpfend den Weg frei. Direkt hinter einem der beiden Transittransporter blieb sie stehen und zog den Schlüssel ab.

Die Szene hatte etwas Unwirkliches an sich. Das zweigeschossige Wohnheim, in dem die Verantwortlichen der Stadt Asylsuchende aus mindestens vierzehn verschiedenen Ländern zusammengepfercht hatten, lag jetzt friedlich in der Morgensonne. Wo sich nun ein einige Quadratmeter großes, gezacktes Loch im Erdgeschoß befand, fehlten ein Fenster nebst einigen Kubikmetern

Mauerwerk. Es gab den Blick auf eine altersschwache, primitive Küche frei, deren Einrichtung kreuz und quer durcheinandergewirbelt worden war. Der Sprengsatz mußte eine gehörige Brisanz besessen haben.

Suchend sah sich Katharina nach den vertrauten Gesichtern um. Gassel stand verloren in der Nähe der Eingangstür und betrachtete nachdenklich das sich bietende Bild. Hofmann saß in einem der Streifenwagen und hielt das Funkgerät in der Hand, während Heinzel langsam und scheinbar gelangweilt vom angrenzenden Bolzplatz zurückkam und kontrollierte, ob sein Hosenschlitz geschlossen war.

»Morgen, Karl-Heinz. Was ist denn hier passiert?«

Das Schwergewicht fuhr herum. »Wofür hältst du es denn? Irgendein Kindskopf hat hier seiner Zuneigung zu unseren ausländischen Mitbürgern freien Lauf gelassen. Schweinerei, verdammte.«

Katharina kramte ein Kaugummi aus ihrer Umhängetasche, um den üblen Geschmack auf ihrer Zunge zu vertreiben. »Sag mir bitte nicht, jemand war in der Küche, als das Ding hoch ging.«

Gassel zog geräuschvoll seinen Naseninhalt hoch und schnaubte. »Natürlich. Wenn es dick kommt, dann aber richtig. Ein Asylbewerber aus Sri Lanka.«

»Tot?«

»Als er in den Rettungswagen verfrachtet wurde, hat er noch gelebt. Sah aber übel aus.«

»Scheiße«, kommentierte Katharina tonlos. »Immer auf die ärmsten Säue.«

Heinzel hatte endlich die vier Meter breite Straße überquert und gesellte sich zu seinen Kollegen.

»Und da sagt man immer, Morgenstund hat Gold im Mund«, begrüßte er die Neuangekommene. »Hast du Kaffee mitgebracht?«

»Klar«, entgegnete Katharina genervt. »'nen ganzen Kofferraum voll. Vielleicht auch noch ein paar Teilchen oder 'ne Currywurst?«

»Laß man, so früh spielt mein Magen immer verrückt.«

Heinzel sah beschissen aus. Seit er erfahren hatte, daß sich seine schönen Pläne bezüglich seiner Beförderung in Luft aufgelöst hatten, lag sein Arbeitseifer etwa zehn Meter unter dem Meeresspiegel. Ständig kam er unpünktlich, schwänzte Dienstbesprechungen und legte demonstrativ jedesmal, wenn der Polizeipräsident über den Flur rollte, die Füße auf den Schreibtisch und starrte aus dem Fenster. Insgeheim wunderte sich Katharina, daß er heute so früh aus dem Bett gestiegen war.

»Ich geh mir noch ein bißchen die Beine vertreten«, gähnte der verhinderte Dezernatsleiter. »Dauert ja noch Stunden, bis wir uns den Mist ansehen können.«

»Eine gute Idee«, bestätigte Gassel ruhig. »Vielleicht findest du unterwegs ja einen Rasierapparat. Nötig hättest du es.«

Heinzel zuckte die Achseln und drehte bereits ab. »Ich werd nicht nach meinem Aussehen bezahlt«, grummelte er dabei vor sich hin.

Kopfschüttelnd sahen Thalbach und Gassel dem Mittvierziger hinterher. »Hoffentlich ist der bald wieder anders drauf«, flüsterte Katharina.

»Ganz das Gegenteil wird passieren«, unkte der Dicke in seinem blauen Anzug. »Warte ab, wenn Montag der neue Chef anfängt, erlebst du Gisbert noch von einer ganz anderen Seite.«

»Geht's denn noch schlimmer?«

»Und wie.«

Aus den Überresten des gesprengten Fensters turnte vorsichtig der Leiter der Kriminaltechnik. Als sein Blick Gassel gefunden hatte, winkte er ihn zu sich.

»Mal sehen, was Kommissar Rex gefunden hat«, schnaufte das Schwergewicht. »Kommst du mit?«

»Nee. Du weißt doch, Rex und ich können nicht so gut miteinander.«

Während Gassel näher an den Tatort heranrückte, schlenderte Katharina zu dem Streifenwagen, in dem

Hofmann immer noch das Funkgerät vor Räubern schützte. Als er Katharina sah, hob er grüßend die freie linke Hand.

»Wen hast du denn da am Rohr?« fragte sie.

»Den PP.«

»Den Polizeipräsidenten? Der ist noch nicht auf dem Golfplatz?«

»Doch. Deswegen ist die Verbindung ja so mies.«

Katharina lief um den Wagen herum und pflanzte sich auf den Fahrersitz. Ein idealer Tag, um sich auf den Balkon zu legen und die Sonne zu genießen. Sie hatte schon einen tollen Job.

Aus der Quaktüte quoll ein Schwall unverständlichem Gebabbels. Hofmann hörte aufmerksam zu und bestätigte. Dann hängte er ein.

»Was hat er gesagt?«

»Wir sollen uns einen Moment gedulden. Er ruft gleich wieder durch.«

So gut es bei dem beschränkten Platzangebot ging, reckte Hofmann die Glieder und rieb sich die Müdigkeit aus den Augen. Im Vergleich zu Heinzel sah er aber immer noch blendend aus.

»Hast du überhaupt ein Bett von innen gesehen?« fragte Katharina beiläufig.

»Das schon. Nur geschlafen hab ich nicht.«

»Selbst schuld. Irgendwann vögelt ihr euch noch mal zu Tode. Du hast ja schon kiloschwere Ringe unter den Augen.«

Erschrocken fuhr Hofmann zusammen und faßte in die Innenseite seiner saloppen Lederweste. Augenblicklich entspannten sich seine Gesichtszüge.

»Danke für das Stichwort«, antwortete er ernsthaft. »Ich hab noch nicht gespritzt.«

Mit geübten Handgriffen förderte er ein kleines Etui und ein robustes Fläschchen, dem man den medizinischen Inhalt ansehen konnte, zutage. Aus dem Behältnis fingerte er vorsichtig eine Spritze, die er durch den Verschluß der Ampulle stach. Behutsam zog er ein genau bemessenes Quantum der Flüssigkeit auf und kurbelte anschließend einen Ärmel seines Oberhemdes hoch. Als die Nadel in den Arm eindrang, sah Katharina betreten zur Seite.

Hofmann war Diabetiker, und sie gab sich immer noch die Schuld für seine Krankheit. Dabei hatte er noch verdammt viel Glück und etliche gute Ärzte gehabt, daß er überhaupt noch lebte. Vor etwas mehr als einem Jahr hatte Hofmann Katharina das Leben gerettet, als sie einen durchgeknallten Serienkiller endlich stellen konnten. Auch die Beamtin war nicht ungeschoren davongekommen, aber der angeknackste Knöchel und die Prellungen waren schnell verheilt. Bei Hofmann hatte es allein vier Wochen gedauert, bis er aus dem Krankenhaus entlassen werden konnte, mit einer prachtvollen Stichwunde im Unterleib, die seine Bauchspeicheldrüse fast vollständig pulverisiert hatte. Seitdem war er täglich auf Insulin angewiesen.

Sie hatten nie über das gesprochen, was damals passiert war, Hofmann hatte ihr niemals auch nur den leisesten Hauch eines Vorwurfs gemacht. Ulli war der einzige, dem Katharina von ihrem damaligen Fehler erzählt hatte. Entschlossen würgte sie den Kloß in ihrem Hals herunter und strich sich durch die Haare. »Hat schon jemand verlauten lassen, wie es jetzt weitergeht?«

Hofmann runzelte die Stirn. »Na wie schon? Jede Wette, wir zwei dürfen die Laufarbeit übernehmen, während sich Karl-Heinz in den Schatten verzieht und Gisbert Kopfschmerzen kriegt und nach Hause fährt.«

»Tolle Aussichten.«

»Hoffentlich scheißt der Neue Kollege Heinzel Montag mal richtig zusammen. Langsam geht mir sein Selbstmitleid auf den Sack.«

»Am besten sperren wir Gisbert und unseren neuen Chef aufs Klo, schließen die Tür ab und warten, wer als Sieger raus kommt. Und der kriegt dann den Job.«

»Hast du eigentlich schon was über den Neuen gehört?«

»Nur die üblichen Gerüchte«, winkte Katharina ab. »Ich mach mir lieber selber ein Bild von dem Kerl.«

Das Funkgerät erwachte wieder zum Leben. Hofmann griff nach dem Sprechgerät, während Katharina aus der Wanne kletterte. Gassel hatte seine Diskussion mit den Kollegen beendet und kam auf sie zu.

»Na, bist du jetzt schlauer?«

Der ältere feudelte ein blütenweißes Taschentuch aus der Jackentasche und wischte sich die ersten vorwitzigen Schweißtropen von der Stirn. »Lieblicher Anblick. Das einzige, was die gefunden haben, ist die Hand, die dem armen Schwein jetzt fehlt. Wenigstens brauchen wir nicht großartig Fingerabdrücke vergleichen.«

»Können wir bald mal anfangen? Ich will wenigstens noch zwei Stunden in die Sonne.«

»Solltest du perfekt Englisch, Türkisch, Kurdisch, Srilankesisch oder Kisuaheli sprechen, nur zu. Ansonsten müssen wir auf die Dolmetscher warten. Aber bis die hier sind, könntet Berthold und du ja schon einmal die Anwohner abklabastern. Die übliche Routine halt.«

»Wenn du dafür die Mülleimer, die Kanalisation und die vollgepinkelten Gebüsche durchstöberst, gerne.«

Gassel sah sie einen Moment indigniert an, verkniff sich aber eine Antwort.

Hofmann klemmte das Funkgerät in die Halterung und schwang sich ebenfalls aus dem Streifenwagen. Schon auf den ersten Blick bemerkte Katharina seinen wütenden Blick.

»Wenn ihr mich fragt, sollten wir jetzt nach Hause fahren und ein wenig Schlaf nachholen. Wir sind aus dem Fall raus.«

Die beiden anderen wandten sich ruckartig herum.

»Was soll das heißen?« quetschte Gassel hervor.

»Finito, Schluß, Ende und Erdbeermarmelade. Wir dürfen noch den Tatort absperren, ein paar Leute zum

Aufpassen einteilen und ansonsten auf das BKA warten.«

Katharina spuckte ärgerlich ihr Kaugummi aus. »Das BKA? Was wollen die Schluckspechte denn hier?«

»Bestimmt nicht auf meiner Hochzeit Reis streuen. Der PP hat mir gerade die frohe Botschaft mitgeteilt. Heute nacht sind zeitgleich sechs Anschläge verübt worden. Außer diesem Heim bei uns hat es eine Synagoge in Marburg, ein Aussiedlerheim in der Nähe von Dresden, eine türkische Bank in Köln, das Bürogebäude einer Ausländerinitiative in Stuttgart und ein Konsulat irgendeines Wüstenstaates in Hamburg erwischt. Schön strategisch über das ganze Land verteilt. Scheinbar haben wir es hier mit einer rechten Terrorgruppe zu tun.«

»Verdammter Mist«, fluchte Gassel. »Dann dürfen wir uns in den nächsten Tagen mit den Kollegen aus Wiesbaden abplagen.«

»Liegt schon ein Bekennerschreiben vor?« wurde Katharina wieder dienstlich.

»Weiß ich doch nicht«, gab Hofmann zurück. »Auf jeden Fall wird hier gleich eine Welle von Fernsehteams und Schreiberlingen anrücken. Bis Kohl endlich abgewählt wird, ist das doch 'ne gute Abwechslung. Vielleicht kommen wir ja sogar in die Tagesschau.«

»Gott bewahre«, stöhnte Gassel. »Sag bloß, da rückt sogar unsere Pressestelle aus.«

»Du paßt ja auch nicht auf die Mattscheibe«, meinte Katharina boshaft. »Noch nicht mal auf sechzehn zu neun. Es sei denn, die nehmen dich mit 'nem Weitwinkel auf.«

Der Dicke verdrehte die Augen und tupfte weiter Schweißtropfen.

»Wir alarmieren am besten gleich 'ne halbe Hundertschaft«, überlegte Hofmann laut. »Wenn das BKA anrückt, macht sich eine bewaffnete Postenkette bestimmt gut.«

# 5

Aus dem Fenster des Doppelzimmers hatte Raimund Kaltenbach einen herrlichen Blick über die sorgsam gepflegte Parkanlage. Sogar zu dieser frühen Stunde war schon ein Gärtner damit beschäftigt, mit einem Allzweck-Gartenfahrzeug den Rasen zu schneiden. Das Gesumme des Elektromotors drang allerdings nur schwach durch das geöffnete Fenster.

Unter dem Kinn des Fußballers baumelte der Reißverschluß des Trainingsanzuges hin und her, als sich Kaltenbach aus der gebückten Haltung, in der er seine Sportschuhe zugebunden hatte, aufrichtete. Der Sponsor reagierte auf Nachlässigkeiten im Umgang mit Werbeutensilien sehr empfindlich.

»Brauchst du noch lange im Bad?«

Kaltenbach wartete vergeblich auf Antwort. Als ihm der Bundestrainer Heidtmann als Zimmergenossen aufs Auge gedrückt hatte, war er zunächst ungeheuer stolz gewesen, mit diesem bekannten Star die Unterkunft teilen zu dürfen. Inzwischen gingen ihm die Allüren des Mailänders gehörig auf die Zwiebel.

»Krieg ich mal eine Antwort?« setzte er ungeduldig nach, wobei er einen wütenden Blick in die angrenzende Naßzelle warf.

Heidtmann stand mit einer kleinen Pinzette in der Hand vor dem Badezimmerspiegel und inspizierte ausgiebig sein Konterfei. Schließlich setzte er mit zu Schlitzen verengten Augen die Pinzette an ein Nasenhaar, zuckte kurz zusammen und schnaufte befreit durch.

»Das Büfett ist bestimmt noch nicht leer geräumt, wenn wir mal zwei Minuten später als die anderen erscheinen«, grantelte er unfreundlich zurück, ohne den Blick vom Spiegel zu nehmen. Anscheinend war er immer noch nicht zufrieden.

»Aber der Trainer hat doch gesagt ...«

»Scheiß was drauf. So wie der sich gestern aus dem Fenster gelehnt hat, kann der uns doch gar nicht mehr aus der Mannschaft schmeißen.«

Kaltenbach lehnte sich unsicher an den Türrahmen. »Du hast gut reden«, maulte er. »Wenn ich deinen Vertrag in der Tasche hätte, wäre mir alles andere auch egal.«

Heidtmann legte die Pinzette auf den Rand des Waschbeckens, schneuzte lautstark in ein Papiertaschentuch und drehte sich zur Seite. »Egal? Nichts ist mir egal. Als Nationalspieler steigt mein Marktwert mindestens noch mal um vierzig Prozent. Nächstes Jahr läuft mein Vertrag in Mailand aus. Wird für die Brüder ganz schön teuer, wenn die mich halten wollen.« Gleichzeitig zupfte er aus dem Beutel mit seinen Toilettenartikeln eine Haarbürste und einen Kamm, um sich ausgiebig seiner Frisur zu widmen.

»Übertreibst du es nicht ein wenig mit der Körperpflege?« amüsierte sich Kaltenbach. »Immerhin haben wir gleich noch Training.«

»Kennst du meine Autogrammkarten?« seufzte Heidtmann genervt.

»Nee. Wieso?«

»Die Firma, deren Anzug ich darauf trage, zahlt mir eine hübsche Stange Geld, wenn ich immer so geschniegelt in der Gegend herumspaziere wie auf den Fotos. Also, gönn mir die Zeit und laß mich in Ruhe.«

Kaltenbach stieß sich verärgert ab und kehrte zurück ins Zimmer. Eigentlich hatte er den Legionär aushorchen wollen, da er selbst ein Angebot aus Italien vorliegen hatte. Sein Berater war zwar strikt gegen einen Vereinswechsel, aber bei den im Raum stehenden Summen wurde ihm schwindelig vor Augen. Wenn dieser sture Neubert doch endlich sein Einverständnis geben würde.

»Ich bin fertig. Meinetwegen kannst du jetzt auf die Keramik«, erklärte Heidtmann sarkastisch, als er wie aus dem Ei gepellt ins Zimmer kam. »Scheinst ja gehörig Druck auf der Pfanne zu haben.«

»Meine Mutter hat mir über fünfzehn Jahre lang erklärt, wie wichtig tägliches Zähneputzen ist«, giftete Kaltenbach zurück. »Vielleicht krieg ich ja mal einen Werbevertrag für Zahnpasta.«

Heidtmann winkte ab. »Die zahlen zu schlecht.« Mit einem Blick auf seine Armbanduhr griff er nach dem aktuellen *Handelsblatt* und machte es sich noch einmal auf seiner Matratze gemütlich. Schnell hatte er die Seite mit den Börsenkursen gefunden.

»Warst du schon immer so geldgeil?« erkundigte sich Kaltenbach, während er ins Bad trabte und sich seine Zahnbürste zwischen die Griffel klemmte.

»Kleiner, du mußt noch 'ne Menge lernen«, antwortete Heidtmann mitleidig. »Früher hab ich auch mal gesagt, ich spiel nicht für die Kohle, sondern weil es mir Spaß macht. Entweder du packst die Sache richtig an, oder du läßt es. Gibt nur wenige Jobs, bei denen man sich mit Anfang, höchstens Mitte Dreißig zur Ruhe setzen kann.«

Kaltenbach schrubbte heftig über seine Beißer und hätte dabei am liebsten der Badezimmertür einen Tritt versetzt. Natürlich, er wollte auch so viel wie möglich verdienen. Warum hatte er damals nur so dumm sein müssen und ...

Ein Handy schlug an.

»Es ist deins«, rief der Freizeitbroker. »Ich geh schon mal 'nen Happen essen.«

Kaltenbach spuckte die nach Pfefferminze schmeckende Pampe aus, spülte sich den Mund und griff nach einem Handtuch. Dann schnappte er sich sein quietschbuntes Telefon. »Ja«, bellte er.

»Giribaldi, guten Morgen, Signor.«

Kaltenbach plumpste in einen der kleinen Sessel neben dem Fernsehtischchen. Seine Finger hielten das Plastikgehäuse eine Spur zu fest.

»Guten Morgen, Signor Giribaldi.«

»Ich konnte Sie gestern abend nicht mehr erreichen«, flötete der Italiener ohne die Spur eines Akzentes höflich weiter. »Hatten Sie Ihr Telefon nicht eingeschaltet?«

»Nein, nein, ich war müde und bin früh schlafen gegangen.«

Anscheinend zündete sich sein Gesprächspartner erst eine Zigarette an, denn sein nächster Satz kam erst nach einer kleinen Pause. »Signor Kaltenbach, ich habe Ihnen versprochen, Sie nicht unter Druck zu setzen. Aber ich erhielt gestern einen Anruf aus Turin. Unsere Situation hat sich ein wenig geändert.«

Kaltenbach wurde kalkweiß. »Inwiefern?«

»Uns wurde ein sehr interessanter Spieler angeboten, der eine starke Konkurrenz werden könnte«, sprach der Italiener ohne jegliche Emotion weiter. »Ein sehr interessanter Spieler. Sie verstehen?«

»Nein«, gab Kaltenbach zu. »Heißt das, unsere Gespräche sind geplatzt?«

Aus dem Telefon drang ein leichtes, kehliges Lachen. »Welche Gespräche? Signor, bisher hatten wir doch allenfalls lose Kontakte. Aber ich will Sie nicht, wie sagt man, ah ja, ich will Sie nicht kopflos machen. Natürlich möchten wir Sie noch verpflichten. Aber wir müßten allmählich zu einer Einigung kommen. Vor allem müßten wir uns wirklich einmal ernsthaft zusammensetzen.«

Insgeheim atmete Kaltenbach auf. Der Weg an die prall gefüllten Liretöpfe stand ihm immer noch offen. »Das sehe ich ein, Signor Giribaldi. Ich werde mich gleich mit meinem Berater zusammensetzen und mit ihm einen Termin ausmachen. Wann paßt es Ihnen denn?«

Diesmal blätterte der Anrufer wohl in einem Notizbuch. »Am Donnerstag? Gegen elf am Vormittag?«

Kaltenbach nickte stumm. Zwar hatte der Bundestrainer für diese Zeit eine Besprechung angesetzt, aber bestimmt würde er sich loseisen können. »Prima«, erklärte er euphorisch. »Wo treffen wir uns?«

»Warten Sie ... Ich habe mittags einen Termin in Düsseldorf. Kennen Sie das Café gegenüber dem Hauptbahnhof?«

Der Spieler hatte keinen blassen Schimmer. Trotzdem sagte er zu.

»Nun, dann erwarte ich Sie dort. Am Donnerstag um elf. Ciao.«

In Zeitlupe ließ Kaltenbach das Telefon in seiner Jackentasche verschwinden und stützte den Kopf in die Hände. Als er sich endlich erhob und ebenfalls zum Frühstück ging, waren die Hautpartien um seine Nasenspitze wachsbleich.

## 6

Friedemann Neubert nippte an seinem Cappuccino und lehnte sich in seinem bequemen Ledersessel zurück. Über den Rand der Tageszeitung, die er lässig und halbhoch vor die Augen hielt, beobachtete er die kleine, blonde Kellnerin, die eifrig von einem Tisch zum anderen wuselte, um den überraschend zahlreich vorhandenen Gästen Getränke und appetitlich aussehende Brötchen zu servieren. Knackiger, runder Hintern, nicht übermäßig große Titten. Das Mäuschen war ganz nach Neuberts Geschmack. Ein Quickie hinter der Kuchentheke wäre jetzt genau das richtige.

Unbewußt fuhr sich der auf die Vierzig zugehende Anwalt mit der Zungenspitze über die Lippen und seufzte. Die Zeiten, in denen junge Dinger wie die Blonde allein schon auf sein gepflegtes Äußeres abfuhren und die Beine breitmachten, waren schon ein paar Tage vorbei. Damals, direkt nach der Wende, als er als einer der ersten einen dicken Westschlitten fuhr, Maßanzüge trug und mit den blauen Hundertern um sich schmiß, da konnten die Mädels gar nicht genug von ihm kriegen. Und heute? Fast jeder Popel hatte inzwischen einen Benz vor der Hütte, selbst wenn ihn die Raten für die Karre auffraßen. Neuberts Abschußquote war erheblich nach unten gegangen, obwohl er immer noch, wenn er geschäftlich unterwegs war, irgendeine Schlampe abschleppen konnte. Aber diese Kellnerin war bestimmt ein harter Brocken.

Während er noch abschätzte, ob sich ein Versuch lohnen könnte, flogen die Türen, hinter denen die Herren Nationalspieler ihr Frühstück eingenommen hatten, auf. Augenblicklich entstand bei den meisten anderen Gästen, die um ihn herum im Café saßen, Bewegung. Journalisten, keine Frage. Waren bestimmt ganz heiß darauf, dem schwachsinnigen Gestammel des Bundestrainers zuzuhören und zu bestaunen, wie die Kicker beim Training im Kreis liefen.

Aus dem Pulk der Sportler löste sich eine Person und kam auf ihn zu. Neubert setzte sein geschäftliches Lächeln auf und winkte dem jungen Mann zu.

»Raimund, grüß dich. Gut geschlafen?«

Kaltenbach sah sich gehetzt um und hockte sich hastig auf einen freien Stuhl. »Ich muß mit dir reden, Friedemann. Es ist wichtig.«

Neubert griff erneut nach seiner Tasse und hob abwehrend die Hand. »Hört sich nach Streß oder Arbeit oder beides an. Erst mal das Wichtigste. Spielst du Samstag?«

Kaltenbach rutschte nervös auf der Sitzfläche seines Stuhls herum. »Ich hab jetzt keine Zeit für deinen Sermon. Der ...«

»Jetzt hör mir mal zu«, fauchte Neubert. »Ich wollte dir gerade eine sehr erfreuliche Mitteilung machen. Also beantworte mir meine Frage. Spielst du am Samstag?«

»Ja«, antwortete Kaltenbach unsicher. »So, wie es aussieht.«

»Von Anfang an oder sollst du eingewechselt werden?«

»Von Beginn an.«

Neubert kehrte zu seiner für Mandanten antrainierten Gelassenheit zurück. »Ausgezeichnet«, strahlte er. »Ich habe gestern abend den Vertrag mit dieser Brauerei aus Norddeutschland unterschrieben. Wegen der Bandenwerbung.«

»Wegen was?« fragte Kaltenbach uninteressiert.

»Herr im Himmel, ich hab dir doch alles erklärt. Die haben am Samstag direkt hinter den beiden Toren Bandenwerbung gebucht. Du brauchst nichts anderes zu machen, als, wenn du in der Nähe dieser Werbung einen Zweikampf hast, so zu tun, als ob dich jemand gefoult hätte, und dich fallen lassen. Es reicht, wenn du 'ne Minute oder so liegen bleibst, auf jeden Fall, bis die Betreuer aufs Feld kommen. Hauptsache, die Werbebande ist schön groß im Bild.«

Kaltenbach schaute den Anwalt entgeistert an. »Gar nichts hast du mir davon erzählt. Und was soll das?«

Neubert leerte seinen Cappuccino und winkte der blonden Kellnerin zu. »Weil die Spinner dafür fünfzigtausend extra bezahlen, du Idiot. Dafür kannst du ruhig mal eine Schwalbe riskieren.«

Der Spieler sah seinen Intimus verständnislos an, bis schließlich doch der Groschen fiel. »Fünfzig Riesen? Für eine Minute Schauspielerei?«

»Abzüglich meiner fünfundzwanzig Prozent natürlich«, erklärte Neubert selbstzufrieden. »Bin ich gut oder nicht?«

Kaltenbach fuhr sich mit dem Zeigefinger der rechten Hand unter den Kragen seines Trainingsanzuges und holte tief Luft. »Der Italiener hat mich gerade wieder angerufen.«

Von der Seite schob sich die Kellnerin an ihren Tisch und plazierte einen frischen Cappuccino vor Neubert. Der Anwalt starrt ihr einen langen Moment in den Ausschnitt, lächelte sie freundlich an und gönnte Kaltenbach anschließend einen vernichtenden Blick. »Über dieses Thema haben wir ausführlich genug geredet.«

»Haben wir nicht«, erregte sich Kaltenbach. »Menschenskind, Friedemann, das könnte die Chance meines

Lebens sein. Warum bist du so gegen einen Wechsel nach Italien?«

Neubert sah sich vorsichtig um, ob neugierige Lauscher in der Nähe waren. Dann beugte er sich ein wenig über den Tisch. »Jetzt hör mir mal zu, Kleiner. Den Gang über die Alpen kannst du dir abschminken. Ich habe für dich immer das Beste rausgeholt, was möglich war. Aber das kann ich nur hier, hier in Deutschland.«

Kaltenbachs Finger krampften sich um die Tischkante, bis sie weiß wurden. »Friedemann, warum können wir uns nicht wenigstens mit diesem Giribaldi unterhalten? Was die mir pro Saison zahlen wollen, ist doch eine Riesensumme.«

»Auf den ersten Blick schon. Aber glaubst du denn allen Ernstes, daß du es in Italien packst? Herrgott, du hast schon eine Ewigkeit gebraucht, bis du in der Bundesliga Fuß gefaßt hast. Hier bist du eine Größe, hier kannst du ein Star werden.«

»Aber lange nicht so viel verdienen«, gab Kaltenbach trotzig zurück.

»Geld ist nicht alles«, erklärte Neubert philosophisch.

»Ach nein? Und warum kassierst du dann von allem, was mir gehört, fünfundzwanzig Prozent, brutto gleich netto? Ich mach das nicht länger mit, hörst du?«

Neubert kräuselte die Stirn und verzog den Mund zu einer Schnute. »Und was gedenkst du, dagegen zu tun? Mich anzeigen? Kleiner, du hast einen Vertrag unterschrieben. Ich übernehme deine Vermarktung, ich berate dich in allen finanziellen Dingen, und sonst keiner.«

Kaltenbach krächzte wütend und zermalmte den Würfelzucker, den Neubert zu seinem Cappuccino bekommen hatte, zu feinem Staub. »Glaub ja nicht, ich lasse mir alles von dir gefallen. Damals war ich blöd genug, mich von dir einwickeln zu lassen. Zweimal passiert mir derselbe Fehler nicht.«

»Es wird kein zweites Mal geben«, erklärte Neubert kategorisch. »Ich habe dich zu dem gemacht, was du bist, ohne mich wärst du in der Verbandsliga oder sonst wo verschwunden. Du machst mir nicht kaputt, was ich aufgebaut habe.« Geräuschvoll schlürfte der Anwalt seine Tasse leer und lehnte sich wieder in die weichen, bequemen Polster.

»Schmink dir den Wechsel nach Italien ab«, empfahl er kopfschüttelnd. »Dein Vertrag in der Hansestadt läuft noch drei Jahre, danach sehen wir weiter. Sieh zu, daß dein Gastspiel in der Nationalelf keine Eintagsfliege bleibt, dann kommt der Rest von ganz allein. Es sei denn, du bist bereit, dich aus unserem Vertrag freizukaufen. So ab zwei Millionen ließe ich schon mit mir reden.«

Kaltenbach schoß von seinem Sessel hoch und richtete drohend seinen Zeigefinger auf den Anwalt. »Sei dir deiner Sache nicht zu sicher«, erklärte er mit zitternder Stimme. »Diese Sache versaust du mir nicht.«

Nach diesen Worten machte er auf dem Absatz kehrt und lief zum Ausgang, vor dem bereits der Mannschaftsbus stand, um die Truppe zum Trainingsgelände zu bringen.

Neubert blieb nachdenklich sitzen und starrte seinem Schützling hinterher. Anscheinend mußte er Kaltenbach einmal deutlich klar machen, wer von ihnen beiden das Sagen hatte.

»Möchten Sie noch einen Cappuccino?« wollte die freundlich lächelnde Kellnerin wissen, die, ohne daß Neubert es bemerkt hatte, wieder an den Tisch gekommen war. Da die meisten Journalisten im Troß hinter der Nationalelf hereilten, war der Betrieb merklich zurückgegangen.

Neubert winkte ab, zückte einen Zwanziger aus seiner Innentasche und quetschte ihn unter die Untertasse. Dann faltete er seine Zeitung zusammen, stand auf und sah sich suchend nach einem Telefon um.

# 7

Kriminalhauptkommissar Bernd Wielert war so nervös wie ein Zwölfjähriger nach dem ersten nächtlichen Samenerguß. Die Finger seiner rechten Hand krallten sich verkrampft an den schmuddeligen Fellbezug seines Lenkrades. Und dabei war er stocknüchtern.

Die Straßen rund um das Präsidium an der Uhlandstraße waren vollgestopft bis zum Anschlag. Nicht nur, daß Bochums Ordnungsmacht sämtlichen Parkraum okkupierte; zu allem Unglück lag nur einen Steinwurf vom Präsidium entfernt das prachtvoll renovierte Hauptquartier der Allgemeinen Umsonstkrankenkasse. Und direkt im Anschluß kampierte eines der größten Gymnasien von Bochum. Eine Lücke von mehr als zwei Metern Größe war demnach so selten wie ein Sechser im Lotto.

Die Versetzung nach Bochum war seine große Chance. Dreiundvierzig war er vor einem halben Jahr geworden, er befand sich also in einem Alter, in dem er nicht mehr ohne weiteres von einer Stelle auf die nächste hüpfen konnte, wenn es ihm nicht gefiel oder es nicht so lief. Und jetzt sollte er die Leitung des KK 11 in Bochum übernehmen, ein Glücksfall, eine von den Möglichkeiten, auf die man ein ganzes Leben warten mußte. Hoffentlich versaute er es nicht.

Wielert traute seinen Augen kaum. Tatsächlich wanderte ein Stellplatz für seinen altersschwachen Franzosen in sein Blickfeld. Mit zwei schnellen Korrekturzügen stand der frischgebackene Dezernatsleiter sauber in der Lücke und stieg aus.

Während er langsam die Richtung zum Präsidium einschlug, zermarterte er sich wohl zum x-ten Male den Kopf, wie er es geschafft hatte, die Stelle in Bochum zu bekommen. Sicher, er war beileibe noch kein schlechter

Polizist, sein Spitzname war immer noch ›Mister neunundneunzigkommaneun Prozent‹. Aber dann waren in seiner Abteilung einige Ermittlungspannen passiert. Wielert hatte daran nicht mehr oder weniger Schuld als alle anderen Kollegen gehabt, aber zwischen ihm und seinem Chef hatte nun mal die Chemie nicht so ganz gestimmt. Und so kam Wielert auch heute zu dem Schluß, daß sein ehemaliger Chef alle Hebel in Bewegung gesetzt hatte, um ihn loszuwerden, da Wielert eben immer noch gut genug war, um für schwache Vorgesetzte zum Stolperstein zu werden.

Seinen medienwirksamsten Fall hatte der neue Leiter des KK 11 vor gut sechs Jahren gehabt: mehrere Morde in einem Bundesligaklub, der danach völlig in der Versenkung verschwunden war. Der Kripomann wußte selbst am besten, wieviel Glück er bei der Lösung des Falles gehabt hatte. In seiner Erfolgsbilanz stand aber nur das nackte Ergebnis. Nervös nestelte er an seinem Krawattenknoten und bestieg die paar Stufen zum Eingang. Jetzt bloß cool bleiben.

Der Pförtner in seinem Glaskasten musterte ihn mißtrauisch. Wielert setzte ein freundliches Lächeln auf und nickte dem Uniformierten zu.

»Morgen, Wielert mein Name. Ich habe einen Termin beim Polizeipräsidenten.«

Sein Gegenüber ließ seine Augen langsam über Wielerts gesamte Statur gleiten und behielt seinen muffeligen Ausdruck bei.

»In welcher Angelegenheit?« knurrte er.

»Ich fang heute hier an. Im KK 11.«

Schlagartig änderte sich die Sitzposition des Pförtners. In wenigen Sekundenbruchteilen hatte er seinen bequemen Sessel verlassen, stand an der Eingangstür seines Kabäuschens und hielt Wielert die kollegiale Rechte hin.

»Natürlich, hab ich gar nicht mehr dran gedacht. Herzlich willkommen. Aber im Moment ist der Chef beschäftigt.«

»So früh am Morgen?« schmunzelte Wielert ungläubig.

»Klar. Seit gestern turnt hier doch das BKA rum. Hamse nix in den Nachrichten gehört?«

Der neue Leiter des KK 11 verzichtete vorerst darauf, die Flügeltür zum Treppenhaus aufzustoßen. »BKA? Warum das denn?«

»Ja, hamse keine Nachrichten gehört? Hier ist doch gestern 'ne Bombe hochgegangen. In 'nem Asylantenheim.«

Wielert schüttelte den Kopf. Er war mit seiner Frau gestern erst spätabends von einem Besuch bei seinen Eltern zurückgekommen und todmüde ins Bett gefallen. »Das fängt ja prima an. Der Chef sitzt im ersten Stock, stimmt's?«

Nach dem kräftigen Nicken des Pförtners enterte Wielert die Treppe. Besser konnte er sich seinen Start nicht vorstellen. Noch nicht eine Minute im Dienst und schon trampelten die Wichtigtuer aus Wiesbaden hier herum.

Auf dem obersten Treppenabsatz war Wielert schon ein wenig außer Atem. Zwar verzichtete er seit gut drei Monaten auf seine geliebten Filterlosen. Aber immer noch spielte sein Kreislauf bei der geringsten Belastung verrückt.

Das Büro des Polizeipräsidenten hatte er schnell gefunden. Energisch klopfte er einmal gegen das Milchglas und trat ins Vorzimmer.

## 8

»Na, ist der Neue schon aufgetaucht?«

Hofmann wuchtete schwungvoll seinen Abfalleimer in eine Zimmerecke und blinzelte wütend zu Gassel herüber. »Weder in meinem Schreibtisch noch hinter dem Kleiderständer. Such ihn doch, wenn du Sehnsucht nach ihm hast.«

»Ist dir 'ne Laus über die Leber gelaufen?« wunderte sich Katharina über den rüden Ton.

»Mhm? Quatsch ... oder doch kein Quatsch. Sieh dich doch mal um. Mit vier Leuten wer weiß wie lange in dieser Hütte zusammenzusitzen. Nur, weil unsere geschätzten Kollegen aus Wiesbaden um Räumlichkeiten gebeten haben. Warte ab, die erwarten bestimmt von uns, daß wir für sie den Fremdenführer machen.«

Gassel quetschte sein Übergewicht auf den ihm zugedachten Stuhl, fingerte einen Schokoriegel aus der Jakkentasche und tat etwas gegen seine Unterzuckerung. Nach dem ersten Bissen fühlte er sich sichtlich wohler.

»Was hast du denn erwartet?« kaute er. »Sollen die ständig von Wiesbaden aus hierhergondeln? War doch klar, daß die sich hier breit machen.«

»Aber ausgerechnet bei uns? Herrgott noch mal, oben unterm Dach ist doch genug Platz.«

Katharina sah unschuldig an die Decke. »Du meinst das Archiv?«

»Genau«, fluchte Hofmann. »Sollen die doch Dachpfannen zählen. Hier krieg ich Platzangst.«

»Ich fürchte, bei deiner Beschwerde hast du noch etwas übersehen«, bemerkte Gassel. »Wahrscheinlich hockt uns der Neue ebenfalls auf der Pelle. Sein Büro ist ebenfalls besetzt.«

Hofmann starrte sprachlos auf den Dicken. »Klasse«, fluchte er dann. »Warum ziehen wir nicht gleich in die Kantine um? Da ist wenigstens genug Platz.«

Thalbach und Gassel warfen sich einen schnellen Blick zu. Wenn die Woche so weiter ging, prost Mahlzeit.

»Vielleicht bleibt uns wenigstens Gisbert erspart«, hoffte Gassel nach einer Kunstpause. »Ist der gestern eigentlich noch mal irgendwann aufgetaucht?«

Katharina schüttelte den Kopf. »Keine Spur. Bei aller Freundschaft, so geht das nicht weiter. Ich kann seinen Ärger verstehen, aber wenn der nicht bald vernünftig wird, schafft der es noch, rausgeschmissen zu werden.«

»Wär im Moment kein Verlust«, kommentierte Hofmann, während er verzweifelt versuchte, die akribische

Ordnung auf seinem Schreibtisch wieder herzustellen. Wenn seine Stifte und Büroklammern nicht an ihrem richtigen Platz lagen, drohte ihm ein Herzriß.

Katharina startete den Compi und checkte das Gerät auf Umzugsschäden. Als der himmelblaue Startbildschirm eines nicht gerade unbekannten Systemprogramms aufleuchtete, nickte sie zufrieden.

Ein trockenes Klopfen ließ die drei herumfahren. In der Tür stand der PP, direkt hinter ihm ein leicht bläßlicher Mittvierziger. Die Stunde der Wahrheit war gekommen.

»Ich hätte heute morgen andere Umstände begrüßt«, erklärte der ranghöchste Polizist von Bochum, »aber das Verbrechen schläft nicht. Meine Herrschaften, ich möchte Ihnen Kriminalhauptkommissar Bernd Wielert vorstellen. Ab heute Leiter des KK 11.«

Hofmann hob grüßend die Hand und hämmerte eine verklemmte Schublade in die Halterung. Mit einem zufriedenen »Siehste, geht doch« wischte er sich die Handflächen an seinem Jeanshemd ab und stand auf. Thalbach und Gassel erhoben sich ebenfalls.

»Keine Umstände«, fuhr Wielert dazwischen. »Ich bin kein großer Freund von Förmlichkeiten. Im Laufe der Zeit werden Sie das sicherlich selbst feststellen.«

Als die Lacher ausblieben, trat der neue Häuptling einen Schritt ins Zimmer und sah sich um. Auf den ersten Blick schien die Truppe in Ordnung zu sein.

Der Polizeipräsident kräuselte die Stirn und fixierte schließlich Hofmann. »Ist Herr Heinzel noch nicht da?«

Hofmann spitzte die Lippen. »Steht wahrscheinlich im Stau.«

Der PP zeigte durch sein Kopfschütteln deutlich, was er von dieser Möglichkeit hielt. »In fünfzehn Minuten findet eine erste Besprechung mit den Kollegen des BKA statt«, bemerkte er statt eines Kommentars. »Nutzen Sie bis dahin die Zeit, um sich ein wenig kennenzulernen. Wir sehen uns dann gleich.« Damit machte er auf dem Absatz kehrt.

Wielert sah ihm noch einen Augenblick nach und seufzte. »Vernünftiger Vorschlag. Meinen Namen kennen Sie ja nun. Vermutlich handelt es sich bei Ihnen um Frau Thalbach«, wandte er sich direkt an Katharina.

»Volltreffer«, nickte Katharina.

Hofmann schwang sich elegant um seinen Schreibtisch und stellte sich neben die Blonde. »Berthold Hofmann«, erklärte er wahrheitsgemäß. »Willkommen in Bochum.«

Wielert grinste kurz und deutete auf Bochums Antwort auf Helmut Kohl. »Dann müssen Sie wohl der Kollege Gassel sein.«

Der Dicke tippte mit seiner fleischigen Pranke an die Stirn. »Haargenau. Ebenfalls herzlich willkommen.«

Die vier Gestalten standen sich wortlos gegenüber, keiner traute sich, die Stille zu brechen. Katharina faßte sich endlich ein Herz und trat einen Schritt zur Seite.

»Wenn Sie nichts dagegen haben, können Sie sich vorübergehend hier vorne niederlassen. Ihr Büro ist ja wohl fest in der Hand des BKA.«

»Hab auch so ein Gerücht gehört. Hoffentlich gehe ich Ihnen nicht allzu sehr auf die Nerven.«

Gassel strich sich die Krawatte glatt und zuckte die Schultern. »Wir haben schon Schlimmeres erlebt. Sollte keine Beleidigung sein.«

Wielert zog den ihm zugewiesenen Stuhl heran und setzte sich. »Nach dem, was mir der Polizeipräsident gerade salbungsvoll erzählt hat, sind Sie hier so was wie die Startruppe. Eindrucksvolle Erfolgsquote, muß ich schon sagen. Waren Sie das nicht auch letztes Jahr mit dem Serienmörder?«

Instinktiv glitten Hofmanns Finger an die bleibende Erinnerung, die ihm der Killer verpaßt hatte. »Stimmt schon, das waren wir. Ganz schön hartes Stück Arbeit.«

»Kann ich mir vorstellen«, nickte Wielert. »Selbst wenn die nächsten Tage nicht so laufen, wie wir uns das vorstellen, ich hoffe, wir werden gut zusammenarbeiten. Und damit können wir gleich mal anfangen.«

Erwartungsvoll sahen sich die drei anderen an.

»Erzählen Sie mir doch bitte, was sich hier gestern zugetragen hat und warum der ganze Bau vor Bundesbeamten wimmelt«, bat Wielert. »Zu meiner Schande muß ich gestehen, bis vor fünf Minuten wußte ich nicht das geringste von diesem Attentat.«

Da der offizielle Teil wohl vorbei war, setzten sich alle wieder hin. Nach und nach berichteten sie Wielert die wichtigsten Einzelheiten. Wenigstens würde er so in der Besprechung mit dem BKA nicht wie ein dummer August dastehen.

»Ich fasse also einmal zusammen«, resümierte er, nachdem Gassel mit seinem Part fertig war. »Sie haben den Tatort besichtigt und abgesperrt, aber keine Zeugen befragt und auch keine Spuren gesichert.«

»Wie denn auch?« beschwerte sich Hofmann. »Wir wurden doch sofort zurückgepfiffen. Bloß nichts anfassen, bis die Spezialisten da sind.«

Wielert hob abwehrend die Hände. »Herr Hofmann, ich wollte meinen Einwand nicht als Vorwurf verstanden wissen. An Ihrer Stelle hätte ich genauso gehandelt und wäre wahrscheinlich genauso sauer wie Sie, daß ich den Fall nicht bearbeiten darf.«

»Was meinen Sie, werden wir denen unterstellt?« fragte Katharina direkt heraus.

Wielert wußte sofort, hier war die Chance, bei seinen Mitarbeitern Pluspunkte zu sammeln. Niemand bei der Kripo sah es gern, plötzlich vom Ermittler zum Laufburschen degradiert zu werden. »An der Zuständigkeit des BKA gibt es wohl keinen Zweifel«, erklärte er nachdenklich. »Insgesamt sechs zeitgleiche Anschläge in sechs verschiedenen Städten. Wer da keinen politischen Hintergrund sieht, ist entweder blind oder völlig verblödet. Ob ich Ihnen unsere Gäste völlig vom Hals halten kann, weiß ich noch nicht. Ich werde aber mein Möglichstes versuchen.«

»Arbeit hätten wir genug«, flötete Gassel vorsichtig.

»Schaun mer mal, wie der Kaiser immer sagt. Hören wir uns erst mal an, was die Kollegen aus Wiesbaden bisher herausgefunden haben. Dann sehen wir weiter.«

Mit einem schnellen Blick auf die Wanduhr legte Wielert den kleinen Block, auf dem er sich einige Notizen gemacht hatte, zur Seite und erhob sich. »Ich glaube, es wird Zeit für uns. Wer will vorgehen?«

Katharina und ihre männlichen Kollegen sahen ihn fragend an.

»Ich kenne die Wege hier noch nicht so«, erklärte Wielert gelassen.

Hofmann setzte sich in Bewegung, doch weiter als bis zum Flur kam er nicht. Im letzten Moment blieb er stehen, sonst wäre er mit Heinzel zusammengerasselt.

»Morgen, Gisbert«, schnaufte Gassel, um die peinliche Situation zu überbrücken. Heinzel sah erbärmlich aus. Tiefe, dunkle Ringe unter den Augen, immer noch unrasiert. Sein ansonsten kunstvoll gezwirbelter Kaiser Wilhelm Schnäuzer hing struppig nach allen Seiten, das flekkige blaue T-Shirt stank zehn Meter gegen den Wind nach Schweiß. Die Bermudashorts schrien nach einer Waschmaschine.

Heinzel schob sich an Hofmann vorbei und starrte Wielert ausdruckslos an. Der Neue runzelte die Stirn und verschränkte die Arme vor der Brust. »Sie sind Herr Heinzel?«

»Was dagegen?« nuschelte das wandelnde Vorhermodel für Schönheitsoperationen sofort.

»In keinster Weise. Erscheinen Sie immer so zum Dienst?«

Heinzel trat einen Schritt zurück und sah mit gespielter Verblüffung an sich herunter. »Ist denn irgend etwas nicht in Ordnung?«

Katharina verbarg die Augen hinter ihrer rechten Hand. Sie und die anderen hatten mit einer ähnlichen Reaktion gerechnet, aber im Augenblick fehlten ihnen die Worte.

Wielert ging nicht auf die Provokation ein. Statt dessen hielt er Heinzel seine Rechte hin, die dieser ungerührt ignorierte.

»Dann eben nicht«, meinte Wielert leise. »Herr Heinzel, Sie fahren jetzt am besten nach Hause und bringen Ihr ramponiertes Äußeres in Ordnung. Danach können wir uns meinetwegen in Ruhe unterhalten.«

»So, können wir. Ich hab aber keine Lust.«

»Gisbert, ich bitte dich«, fauchte Gassel wütend. »Spiel hier nicht den Rächer der Enterbten.«

»Du hältst dich da raus, Dicker«, schnauzte Heinzel zurück. »Du, dein neuer Chef, ihr alle könnt mich mal am Hobel blasen. Ich geh jetzt nach Hause. Oder besser noch, ich geh gleich zum Arzt. Diese ganze Scheiße hier macht mich krank.«

Wielert hatte Heinzels Wutausbruch unbewegt verfolgt. Jetzt kratzte er sich unbehaglich an der Nase und nickte. »Eine ausgezeichnete Idee, Kollege. Und kommen Sie erst wieder, wenn Sie sich gesund fühlen.«

Heinzel gönnte ihm noch einen giftigen Blick, murmelte etwas Unverständliches und trollte sich wieder.

»Hat der Mann Alkoholprobleme?« fragte Wielert mit trockenem Mund.

»Gisbert? Nicht die Bohne«, erklärte Hofmann stokkend. »Es ist nur so ...«

»Ja?«

»Eigentlich sollte er den Job kriegen. Ihren Job. Angeblich war schon alles in trockenen Tüchern und plötzlich: Pustekuchen. In ein, zwei Wochen ist Gisbert wieder der Alte.«

»Hoffen wir's«, meinte Wielert knapp.

»Sein Verhalten ist kindisch, zugegeben«, meldete sich Katharina zu Wort. »Aber Sie sollten ihn nicht nach diesem Auftritt beurteilen. Gisbert ist ein hervorragender Polizist.«

Wielert lachte freudlos. »Wissen Sie was? Irgendwie kann ich sein Verhalten sogar verstehen.«

## 9

Das Sportstudio war der letzte Dreck. Aber es war das einzige, das um diese frühe Stunde schon geöffnet hatte.

Falko Groß war noch in seiner Aufwärmphase. Nach den fünfzig Liegestützen und ein paar kurzen Sprints auf der Stelle quälte er sich im Moment mit seinen letzten Kniebeugen ab. Auf seinem beinahe zwei Meter großen, muskulösen, durchtrainierten Körper zeigte sich nicht ein Schweißtropfen; Groß atmete noch nicht mal schwer.

Augenblinzelnd beobachtete er sich in dem seitlich angebrachten Spiegel. Einfach perfekt.

Mit leichten Lockerungsübungen trat er herüber zu den Gewichten. Ruhig wuchtete er jeweils sechzig Kilo auf jede Seite, zog die Flügelschraube fest, stellte sich unter die Stange und wiederholte die Kniebeugen. Nur mit wesentlich mehr Ballast.

Wieder beobachtete er sich im Spiegel. Groß war kein besonders eitler Zeitgenosse, aber jeder der Typen, die ihn in den Kraftsport eingewiesen hatten, hatte sich fast die Zunge fusselig geredet: korrekte Körperhaltung schonte Muskeln, Gelenke und vor allem die hochempfindliche Wirbelsäule. Daher war Groß überaus bestrebt, alles richtig zu machen. Den Kopf hoch, die Brust gewölbt, der Rücken flach und gerade. Sein Gesäß war bis in die letzte Faser angespannt, seine Fersen standen leicht nach innen gedreht.

Fünfzehn Mal führte er die Qual durch, dann erst legte er die Stange in die Halterung und sich selbst auf die dicke Gymnastikmatte. Seine Oberarme pochten wild, er brauchte eine kurze Pause.

Außer ihm war, am anderen Ende der Trainingshalle, lediglich eine Hausfrau dabei, Hanteln lustlos hin und herzuschaukeln. Groß schätzte sie auf Ende Dreißig, unter dem hautengen Stoff ihrer Trainingssachen quollen vereinzelte Fettwülste hervor, auf der sonnenbankgegerbten Haut war eine leichte Zellulitis zu erkennen. Auf den ersten Blick war die Schnalle recht attraktiv, aber wenn er genauer hinsah, verging ihm schnell die Lust. Lediglich die Titten schienen noch ganz in Ordnung zu sein.

Groß trainierte, so oft es ging. Er hatte sich seinen eigenen Rhythmus zugelegt, einmal spezielle Übungen für die Beinmuskulatur, ein anderes Mal für den Oberkörper und die Arme. Für den Rücken trainierte er weniger speziell, da die Muskulatur bei jedem seiner Programme gleichmäßig belastet wurde. Seit fünf Jahren arbeitete er an sich selbst, und allmählich konnte sich das Ergebnis sehen lassen.

Fünf Minuten Verschnaufpause reichten. Da er heute abend nicht mehr in Aktion treten mußte, konnte er eine volle Einheit durchziehen. Tief durchatmend stand er auf, ging wieder zu den Gewichten und startete den zweiten Durchgang.

Die Zeitungen übertrafen sich fast mit ihren Sensationsmeldungen. Es war aber auch so einfach gewesen. Kein Schwanz war unterwegs, als er vor etwas mehr als neunundzwanzig Stunden für den großen Knall gesorgt hatte. Hauptmann Krüger hatte es bereits vorher gewußt. Einen Strategen wie ihn hätten die Versager Anfang fünfundvierzig im Führerbunker gebraucht. Dann wäre der Endsieg nur eine Formsache gewesen.

Die Aktionsgruppe, der Groß angehörte, funktionierte hervorragend. Als er von Krüger und Hertz, dem einzigen, der die gute alte Zeit noch wirklich selbst miterlebt hatte, angeworben worden war, kam ihm die ganze Geheimniskrämerei lächerlich vor. Schnell hatte er jedoch gemerkt, daß alles bis ins letzte Detail durchdacht war. Er wußte nicht, wer außer ihm zur kämpfenden Truppe gehörte, seine Befehle erhielt er direkt von Krüger oder von der gesamten Planungsgruppe. So hatten Spitzel in ihrer Bewegung keine Chance. Die Versammlungen, die für die interessierte Öffentlichkeit abgehalten wurden und der linken Journalistenbrut Futter lieferten, wurden bewußt in Szene gesetzt. Der dort verbratene ideologische Schwachsinn war rechtlich nicht anzufechten und hörte sich für den Nachwuchs national genug an. Was wirklich los war, wußten allerhöchstens zehn, maximal fünfzehn Leute. Und er, Falko Groß, dreißig Jahre alt, gehörte dazu.

Erst durch die Presse hatte er von dem Kanaken erfahren, den es erwischt hatte. Im ersten Moment hatte er gar nicht begreifen können, was da stand. Eigentlich sollte die erste Aktionswelle lediglich Sachschaden anrichten, um die nötige Aufmerksamkeit zu wecken. Daß ausgerechnet er das Glück hatte, eines dieser Niggerschweine fast auf den Mond geschossen zu haben, machte ihn stolz. Egal, daß der Kümmelfresser nicht sofort abgenibbelt war. Laut Zeitungsbericht hatte er kaum Überlebenschancen.

Groß hatte den Typen nicht bemerkt. Doch allein die Vorstellung, daß dieser Kerl in der Küche gestanden hatte, während er den Sprengsatz montierte, amüsierte ihn ungemein. Fast wünschte er sich, der Kanake hätte mal aus dem Fenster geschaut.

Die zweite Übungseinheit war absolviert. Seine Körperspannung ließ nach, die Adern auf seinen Muskeln traten überdeutlich hervor. Mit einem gewaltigen Knall landete die Stange wieder in der Halterung. Eine weitere Einheit wäre wohl zuviel des Guten.

Die Schnalle schaute zu ihm herüber und lächelte. Groß ignorierte sie und wischte sich mit einem Handtuch den Schweiß von der Stirn. Kleine Pause, danach noch einige Lockerungsübungen, schließlich ab unter die Dusche und irgendwo frühstücken. Bis zu seinem Termin mit Krüger und Hertz hatte er noch gut eine Stunde Zeit.

Die Gruppe finanzierte ihn. Er hatte keine Wohnung, die Adresse auf seinem Personalausweis und seinem Führerschein stimmte seit gut sechs Jahren nicht mehr.

Groß lebte entweder bei einem Sympathisanten der Bewegung oder, wenn keine Veranstaltungen oder Aktionen anstanden, in einem der Campingwagen, die Hertz für die Mitglieder der kämpfenden Truppe angeschafft hatte. Groß' Lebensstil war genügsam, mit den dreitausend Mark, die er monatlich per Scheck für Lebensmittel, Benzin und andere Spesen erhielt, kam er bestens zurecht. Und im Augenblick war er mit dem Unterschlupf, den ihm der Alte besorgt hatte, ganz zufrieden. Die Baracke stand zwar auf einem abbruchreifen Gelände, aber sie war sauber, vollkommen abgedunkelt, hatte ein komplett eingerichtetes Badezimmer und ein richtiges, bequemes Bett. Und sie lag so einsam wie es in einer Großstadt nur möglich war.

Groß lockerte ein weiteres Mal seine Muskulatur, trat an die Sprossenwand, hakte sich ein und federte mit den Beinen ab, bis sie im rechten Winkel zu seinem restlichen Körper standen. Nach einem tiefen Atemzug hielt er die Luft an und verharrte, so lange es ging, in dieser Position.

»Hallo, Großer. Bist du das erste Mal hier?«

Natürlich, die Schnalle. Groß hatte schon auf den Anbaggerversuch gewartet.

Langsam ließ er die Beine wieder sinken und richtete seine himmelblauen Augen leicht nach rechts. »Sieht ganz so aus.«

»Bist aber schon 'ne Weile im Training, oder?«

Groß nahm sich die Zeit, die Frau aus der Nähe zu betrachten. Vor zwanzig Jahren war sie bestimmt mal ganz nett anzusehen gewesen, aber jetzt war der Lack ab. Sein erster Eindruck hatte ihn nicht getäuscht. Bestimmt Ende Dreißig, aber wegen der dicken Schicht Schminke in ihrer Visage war das Alter schwer zu schätzen. Die Figur war noch einigermaßen okay, würde in den nächsten Jahren aber vermutlich hoffnungslos aus dem Leim gehen.

»Lange genug«, meinte er knapp und sah sich nach seinen Sachen um. Besser, er machte sich aus dem Staub.

»Mußt du schon los? Ich dachte, du könntest mir vielleicht ein paar Übungen zeigen.«

Groß ignorierte das Angebot und warf sich sein Handtuch über die Schulter. Die Schnalle hatte scheinbar immer noch nicht kapiert.

»Oder wir könnten auch was trinken gehen.«

Der Hüne bellte vor Lachen auf und drehte sich behende um. Die Schnalle grinste dämlich und trat einen Schritt näher heran. Groß reagierte blitzschnell. Mit einer ansatzlosen Bewegung faßte er die Frau im Nacken und drückte sie auf die Knie.

»Hör zu, Schätzchen, für deine blöde Anmachtour hab ich keine Zeit. Wenn du so heiß darauf bist, kannst du mir gerne einen blasen, hier und jetzt. Wenn nicht, kannst du dich verpissen. Hast du das verstanden?«

Die Frau war völlig perplex und erstarrt. Erst nach einer ganzen Weile nickte sie, so gut es ging, mit dem Kopf.

»So ist es schon besser«, flüsterte Groß, ohne den Griff zu lockern. »Und, wofür hast du dich entschieden?«

»Laß mich los«, kam es leise von unten.

Mit einem Ruck stieß er die Frau von sich und grinste auf das hilflose Bündel vor seinen Füßen. »War nicht persönlich gemeint«, erklärte er trocken. Dann schulterte er seine Tasche und schlug den Weg zu den Kabinen ein.

»Fick dich doch selber, du Arsch«, schrie sie hinter ihm her.

Als er das heiße Wasser andrehte, verfluchte er sich für seine Reaktion. Er durfte ums Verrecken nicht auffallen, und was machte er? Brachte sich nachdrücklich in Erinnerung. Wenigstens war er so beherrscht gewesen und hatte der Tussi nicht das Nasenbein gebrochen. Und wenn die Schnalle jetzt die Bullen rief? Wie sollte er Krüger erklären, daß er wegen seiner Unbeherrschtheit ihren ganzen Plan in Gefahr brachte?

Sobald das Wasser jeden Punkt seines makellosen Körpers gestreift hatte, drehte er die Dusche wieder ab und rubbelte sich in Windeseile trocken. Eine weitere Minute später hatte er sich komplett in seine schwarze Jeans, das schwarze Muskelshirt und die bequemen Turnschuhe gehüllt, um ohne weitere Verzögerungen das Sportcenter zu verlassen. Aufatmend trat er auf die sonnendurchflutete Straße, gerade in dem Moment, als ein Lkw an ihm vorbeidonnerte.

Dieses Dortmund war an sich schon ein Scheißkaff, Eving jedoch die Krönung. Groß kam aus einem kleinen Dorf in Mecklenburg-Vorpommern, keine zwei Kilometer von der Ostsee entfernt. Wie die meisten Landeier konnte er Großstädte nicht ausstehen, das unübersichtliche Gewusel war ihm ein Greuel. Und hier wurde das Ganze noch von dem Charme der gammeligen Arbeitersiedlung gekrönt.

Federnd lief er zur nächsten Bushaltestelle. Sein Wagen stand zwar nur zwei Straßenecken entfernt, aber Krüger und Hertz warteten in einem Café unweit des Hauptbahnhofes auf ihn. Da er die Verhältnisse in dieser Stadt nicht kannte, zog er es vor, seinen Weg mit öffentlichen Verkehrsmitteln zurückzulegen. Und für den Fall, daß er verfolgt werden sollte, konnte er sich auf etwas anderes als den Verkehr konzentrieren.

Gut zwanzig Minuten später hatte er sein Ziel erreicht. An der Häuserecke vor dem Café stellte er seine Tasche auf den Boden, lehnte sich an einen Transformatorenkasten und beobachtete die Szenerie. Er war nicht verfolgt worden, aber vielleicht hatten seine beiden Gesprächspartner, die er hinter der Glasscheibe des Cafés sitzen sehen konnte, Aufmerksamkeit erregt. Doch so sehr er nach unauffälligen Zeitungslesern Ausschau hielt, konnte er doch nichts Ungewöhnliches feststellen. Nach weiteren zehn Minuten nahm er seine Sachen wieder auf und legte die letzten Meter zurück.

Das Café war klimatisiert, angenehme Kühle schlug ihm entgegen. Langsam näherte er sich dem Tisch seiner Kumpane und setzte sich ohne Gruß zu ihnen.

»War gute Arbeit, gestern«, eröffnete Peter Krüger, der Hauptmann, das Gespräch. »Ist bei dir alles glatt gegangen?«

Groß nickte stumm und studierte die Karte. Sein Magen knurrte laut und vernehmlich. »Sicher, kein Problem. Und bei den anderen?«

Werner Hertz, der zweiundachtzigjährige SS-Veteran, rückte seine goldgeränderte Brille zurecht und streckte den Daumen der rechten Hand nach oben.

»Alles hervorragend gelaufen. Keine Ausfälle. Unsere erste Aktion war ein Volltreffer.«

Groß winkte einer der vorbeilaufenden Kellnerinnen und bestellte einen großen Kaffee, zwei Brötchen und Konfitüre. Dann sah er den Hauptmann neugierig an. »Habt ihr von dem Kanaken gehört?« fragte er leise.

Krügers Gesicht blieb ausdruckslos. »Klar. Hast wohl verdammtes Glück gehabt. Oder hat der dich etwa gesehen?«

»Wieso? Soviel ich weiß, ist der doch schon halb tot.«

Hertz gluckste auf. »Du glaubst aber auch alles. Meinst du wirklich, die Polizisten wüßten nicht, was sie der Journaille erzählen müssen? Wahrscheinlich sitzt der Kanake schon im Präsidium und singt wie ein Vögelchen.«

Groß schüttelte energisch den Kopf. »Unmöglich. Ich weiß hundertprozentig, daß mich niemand gesehen hat. Der Kerl muß in der Küche gewesen sein, aber das Fenster war geschlossen. Mich konnte keiner sehen.«

»Wer's glaubt«, meinte Krüger kalt.

»Ich bin kein Anfänger«, fauchte Groß zurück. »Wenn Gefahr im Verzug gewesen wäre, hätte ich mich zurückgezogen, ganz wie besprochen.«

Hertz wog zweifelnd den Kopf. »Hoffentlich. Da kommt dein Frühstück.«

Als die Brötchen vor ihm standen, schob Groß den Teller achtlos beiseite. Der Appetit war ihm gründlich vergangen. Aber einen Kaffee brauchte er jetzt.

»Wenn ich es doch sage«, beharrte er. »Außerdem, wenn der Kanake in der Küche war, als mein Paket geliefert wurde, *muß* der schwer verletzt worden sein. Und die Bilder in den Zeitungen? Ich hab eine ganze Wand weggepustet. Sollte der das wirklich überlebt haben, dann nur in Einzelteilen.«

Krüger und Hertz sahen sich einen Moment an. Dann sprach der Jüngere weiter. »Falko, wir zweifeln nicht an deiner Loyalität oder etwa an deinen Fähigkeiten. Aber es steht einfach zuviel auf dem Spiel. Wir können uns keinen Fehler erlauben. Deswegen noch einmal: Ist bei dir wirklich alles glatt gelaufen?«

Groß nahm einen gewaltigen Schluck, dachte kurz an seine Eskapade in dem Sportcenter und nickte. »Ich sagte doch schon, keine Probleme. Ich hab den Kanaken genauso wenig gesehen wie der mich. Und selbst wenn, immerhin hatte ich die Motorradmaske auf. Da kann nichts schief gegangen sein. Und ansonsten scheint ganz Bochum geschlafen zu haben.«

Krüger atmete durch und nickte. »Also gut. Am besten verkriechst du dich in deinem Unterschlupf. Vorbereitung ist der halbe Sieg.« Mit diesen Worten zog er seinen mitgebrachten Aktenkoffer auf die Knie, öffnete ihn und zog einen bräunlichen DIN-A5-Umschlag hervor. Groß' Augen weiteten sich vor Neugier.

»Die nächste Aktionswelle startet am Wochenende«, erklärte Hertz leise, »diesmal allerdings erst am Sonntag morgen um zehn. Zielobjekt und genauere Instruktionen findest du im Umschlag.«

»Mach dich mit den Unterlagen vertraut«, ergänzte Krüger. »Wenn du diese Sache durchziehst, hast du eindeutig und endgültig bewiesen, daß dir unsere Sache wichtig ist.«

Stirnrunzelnd nahm der Muskelmann den Umschlag, schlug die Lasche zurück und zog einen Papierbogen heraus. Seine Augen flitzten über den Text und nahmen blitzschnell jede Einzelheit auf.

Als er am Ende des Schreibens angelangt war, faltete er das Papier wieder zusammen und schob es zurück in den Umschlag.

»Und wie soll es laufen?« fragte er.

»Wir lassen dir freie Hand«, grinste Krüger. »Menschliche Verluste wollen wir noch vermeiden, aber wenn es nicht anders gehen sollte ... Natürlich Verluste auf der anderen Seite.«

»Brauchst du noch Ausrüstung?« fragte Hertz.

Groß schloß für einen Moment die Augen, ging die ihm verbliebenen Bestände an Waffen und Sprengstoff durch und nickte schließlich. »Ein wenig Explosivität könnte ich noch gebrauchen. Sind die anderen Ziele genauso lustig?«

»Warte es doch einfach ab«, empfahl ihm Krüger.

Nachdenklich warf Groß einen Blick über die Schulter. Sie saßen einsam und allein in der Nähe der Kuchentheke, der Großteil der Besucher hatte es sich vor dem Ladenlokal unter den ausladenden Sonnenschirmen bequem gemacht, so daß die drei ihre Ruhe hatten.

»Junge, Junge, das wird ganz schön Staub aufwirbeln.«

»Hast du ein Problem damit?« hakte Hertz sofort nach.

»Ach was. Kanake ist Kanake, ich mach da keine Unterschiede. Aber ich glaube, einige aus der Bewegung könnten damit nicht einverstanden sein. Und was die linke Brut darüber schreibt, ist eh schon klar.«

»Aber es ist ein Zeichen«, dozierte Krüger nickend. »Wir können endlich zeigen, daß wir es ernst meinen. Was haben die anderen denn bisher erreicht? Klar, da haben Asylantenheime gebrannt oder es sind auch mal Kanaken zusammengeschlagen worden. Und? Keine Konsequenz. Alle Welt regt sich über die Aktionen auf, aber niemand hat die Chance genutzt, die Bewegung zu vereinen und die Aktionen zu koordinieren. Überleg doch mal, allein die Tatsache, daß wir immer sechs Mal gleichzeitig zuschlagen, macht doch deutlich, wie hilflos dieser korrupte Staat uns gegenüber ist. Und es ist nur eine Frage der Zeit, bis wir alle nationalen Kräfte bündeln und vereinen können.«

Groß leerte seine Kaffeetasse und schielte auf die Brötchen. Sein Appetit war plötzlich wieder da.

## 10

Katharina hatte als erste den Besprechungsraum erreicht. Energisch drückte sie die Tür auf. Die bereits versammelten Bundesbeamten sahen nur kurz auf und setzten dann in Grüppchen ihre Gespräche fort. Die Atmosphäre war schon seit gestern mittag, als der Troß aus Wiesbaden eintraf und ihre Büros okkupierte, reichlich frostig.

Hagenbeck, der Häuptling der BKA-Leute, war ein langer, dunkelhaariger Schlacks Mitte Fünfzig, der stolz eine quer über die Stirn verlaufende Narbe präsentierte. Das Andenken hatte er Mitte der Siebziger durch einen Streifschuß bei einer Schießerei mit der RAF erhalten. Katharinas Bemerkung, daß die Narbe auch daher rühren könne, daß man ihm die notwendige Intelligenz erst implantiert habe, als er Abteilungsleiter beim BKA wurde, hatte für etliche böse Blicke gesorgt.

Als Wielert hinter seinem Gefolge den Konferenzsaal betrat, lupfte Hagenbeck doch noch seine Augenbrauen und trat den Neuankömmlingen entgegen.

»Sie sind bestimmt der neue Leiter des KK 11«, mutmaßte er freundlich. »Tut mir leid, daß wir Ihnen den Einstand versauen, aber was sollen wir machen?« Achselzuckend wuchtete er Wielerts Rechte ein paarmal hin und her.

Der Neubochumer grinste unverfänglich. »Ist ja nicht für immer und ewig. Fühlen Sie sich ganz wie zu Hause.« Dabei wanderten seine Augen über die übrige Versammlung. Die wenigen Bochumer, die der Audienz beiwohnen durften, saßen stumm in die Ecken gequetscht und grüßten gierig jedes bekannte Gesicht.

»Vielleicht können wir uns nachher ein wenig miteinander bekannt machen«, sülzte Hagenbeck weiter. »Im Moment haben wir zu tun.«

»Nur zu«, erwiderte Wielert freundlich.

Die Adjutantin des Häuptlings, eine leicht pummelige Rothaarige, klatschte in ihre mit tiefblauen Fingernägeln dekorierten Hände und zog so die allgemeine Aufmerksamkeit auf sich. Hagenbeck trottete zurück zu seinem Platz und ordnete ein letztes Mal seine Unterlagen.

»Meine Damen und Herren, lassen Sie uns beginnen. Nehmen Sie bitte Platz. Ich kann mir Besseres vorstellen, womit man eine Arbeitswoche beginnt, aber leider liegt das manchmal nicht in unserer Hand«, begann Hagenbeck seinen Vortrag. »Immerhin sind wir so weit, daß wir die ersten Ergebnisse besprechen und unser weiteres Vorgehen planen können. Beginnen wir mit dem Bericht der Spurensicherung.«

Wie aufs Stichwort sprang der zuständige Beamte auf und nestelte seine Krawatte zurecht.

»Zunächst ein Kompliment an die Kräfte vor Ort«, schnarrte der Mann abgehackt. »Der Tatort war vorbildlich abgesperrt, so daß wir fast 'ne Jungfrau vor uns hatten. Genutzt hat das aber reichlich wenig.« Er machte eine kurze Pause, um auf die vor ihm liegenden Notizzettel zu blicken und heftete seine Augen dann wieder auf seinen Chef. »Verwertbare Spuren haben wir bisher nicht gefunden. Zur Bestimmung des Sprengstoffes haben wir einige Trümmer ins Labor geschickt, mit verläßlichen Ergebnissen ist aber nicht vor morgen früh zu rechnen. Auf den ersten Blick tippe ich aber mal auf das gute alte C4.«

»War das alles?« fragte der Vorsitzende.

»Leider ja. In der näheren Umgebung des Tatortes gab es nichts, was zum Täter führen könnte. Keine Fußabdrücke, keine Reifenspuren. Natürlich untersuchen wir alles noch auf Faserspuren, aber viel Hoffnung mach ich mir da nicht. Auch die erste Untersuchung der weitläufigeren Umgebung hat nichts gebracht. Nichts in den Mülltonnen, nichts in der Kanalisation. Der Täter war sehr sorgfältig, der hat wohl alles, was ihm gehörte, wieder mitgenommen.«

»Gut. Haben die Zeugenbefragungen etwas ergeben?«

Allgemeines Kopfschütteln.

»Wie sieht es mit dem Opfer aus, diesem Asylbewerber?«

»Keine Chance«, warf sich ein höchstens Fünfundzwanzigjähriger in die Brust. »Der ist mit Schmerzmitteln so abgefüllt, daß der noch mindestens bis morgen durchschläft.«

»Wetten, als nächstes sagt er, das war bestimmt ein Profi?« flüsterte Thalbach Hofmann zu.

»Die Mainzelmännchen waren das bestimmt nicht«, antwortete Hofmann ebenso leise. »Wenn die in Wiesbaden alle so euphorisch bei der Arbeit sind wie der Haufen hier, verstehe ich, warum die so lange vergeblich hinter den Terroristen her waren.«

»Wir müssen also von einem oder mehreren gewissenhaft vorgehenden Tätern ausgehen«, dozierte der lange Schlacks. »Mit Amateuren haben wir es offensichtlich nicht zu tun.«

Katharina konnte eben noch ein Kichern unterdrücken und räusperte sich statt dessen lautstark.

»Haben Sie eine Frage, Frau Kollegin?«

Thalbach sah unschuldig in die Meute und nickte langsam.

»Wie man's nimmt. Gehe ich recht in der Annahme, daß es an den übrigen Tatorten genauso aussah wie hier in Bochum? Keine Spuren, keine Zeugen?«

»Allerdings. Womit wir bei dem eigentlichen Problem wären. Die bisherigen rechtsradikalen Anschläge mit politischem Hintergrund waren Einzeltaten, zum großen Teil stümperhaft durchgeführt und eher einer spontanen Idee entsprungen. Die Serie der letzten Nacht hat eine andere Qualität. Zeitgleich, an sechs verschiedenen Orten, perfekt durchgeführt. Offensichtlich waren die Taten von langer Hand geplant.«

Um die Wichtigkeit seiner Worte zu unterstreichen, machte Hagenbeck eine Kunstpause. Gerade, als er seinen Mund wieder öffnen wollte, meldete sich das Handy seiner Assistentin. Die Frau fing sich einen bitterbösen Blick ein, sprang hastig auf und stürmte aus dem Raum.

»Wie ich schon sagte, die Anschläge am Sonntag morgen waren anscheinend das Werk einer hervorragend organisierten und äußerst brutalen Gruppe. Ich habe den Kollegen Reimann vom Verfassungsschutz gebeten, heute an der Besprechung teilzunehmen. Er soll Ihnen einen Überblick über die aktuellen Gruppierungen der rechten Szene geben. Kollege, wenn ich bitten darf.«

Ein gutaussehender, dynamischer Glatzkopf erhob sich, der mit einem spöttischen Lächeln um die Mundwinkel an den Tageslichtprojektor trat und eine Folie auflegte. Bevor er das Gerät einschaltete, pfefferte er seine Rechte in die Hosentasche und lehnte sich an die Wand.

»Anfang sechsundneunzig erhielten wir die ersten Hinweise, daß sich in der rechten Szene ein neuer Organisationstypus zu etablieren beginnt. Gefährlich ist nicht mehr der Skinhead, der nach einem wüsten Besäufnis einen Molli in ein Ausländerheim schmeißt, sondern ein gut ausgebildeter Terrorist, bestens mit Waffen präpariert und mit genügend Materialien versorgt, um das Kanzleramt bis auf den Mond zu sprengen. Die Bundesanwaltschaft hat bereits erste Verfahren eingeleitet, zwei der ranghöchsten Neonazis wurden wegen des versuchten Aufbaus einer ›Braunen Armee Fraktion‹ angeklagt. Klingelt da was bei Ihnen?«

Die übrigen Beamten sahen sich erstaunt an. Braune Armee Fraktion?

»Sie haben richtig gehört«, fuhr Reimann fort. »Diese Leute ziehen bewußt die Parallele zur RAF, allerdings sind die ideologischen Grundsätze völlig anderer Natur.

Angeblich ist Deutschland in der Hand fremder Mächte, die sich die biologische Vernichtung des deutschen Volkes zum Ziel gesetzt haben. Hübsches Feindbild, vor allem schön dehnbar. Denn als politischer Gegner wird jeder betrachtet, der nicht auf ihrer Seite steht, der PDS-Bürgermeister im Osten genauso wie kritische Journalisten. Da kursieren regelrechte schwarze Listen.«

»Verstehe ich Sie richtig?« meldete sich Wielert. »Eine Art neuer Gestapo?«

Reimann nickte. »So könnte man das auffassen. Sehen Sie, je mehr rechte Gruppen beobachtet oder verboten werden, um so weiter wird die Bewegung in den Untergrund gedrängt. So gewinnt sie erst recht an Bedeutung. Und ein brauner Terrorismus ist mit Sicherheit wesentlich gefährlicher als jede rechte Kleinpartei.«

»Aber die rekrutieren ihre Leute doch nicht durch Zeitungsanzeigen oder mit Reklametafeln«, warf einer der BKA-Beamten ein. »So viele können das doch nicht sein.«

Der Vertreter des Verfassungsschutzes grinste breit. »Täuschen Sie sich da mal nicht. Wir gehen inzwischen von fünfzig bis hundert militanten Neonazis aus, die man als ausgebildete und organisierte Terroristen bezeichnen könnte. Und eventuellen Nachwuchs erreichen die einfacher als Sie denken. Ein große Rolle spielen dabei unsere Fußballstadien und natürlich die Bundeswehr.«

»Jetzt fangen Sie nicht auch noch damit an«, erboste sich der oberste anwesende Bundesbeamte. »Das sind Einzelfälle.«

»Eben nicht«, behauptete Reimann entschieden. »Anfang Dezember letzten Jahres hat die bayerische Polizei in der Leichrain-Kaserne in Landsberg ein Nest von rechtsextremistischen Bundeswehrsoldaten ausgehoben. Die hatten bergeweise Material zum Thema Bombenbasteln gehortet, Chemikalien, Zündschnüre und Baupläne. Außerdem fand die Kripo noch jede Menge Waffen und

Munition, dazu eine Abschußvorrichtung einer Milan-Panzerabwehrrakete.«

»Sponsored by Rühe«, entfuhr es Hofmann so leise, daß nur seine Kollegen ihn hören konnten.

»Wie dem auch sei«, kam Reimann wieder zu seinem eigentlichen Thema zurück. »In der rechten Szene ist bereits ein Dokument über Anschläge nach dem Muster der RAF im Umlauf. In bestem Dreiunddreißigerdeutsch soll ein geeigneter Werwolfkader zur Organisation des bewaffneten Kampfes herangebildet werden. Natürlich geht es wieder um das Judensystem; neu ist allerdings, daß sogar ein braunes Guerillahandbuch existiert, welches, stringent ausgearbeitet, etliche Operationsziele für Aktionen nennt. Beispielsweise sollen gezielt Sendeanlagen der Systemmedien zerstört werden, Geiselnahmen, Brandstiftungen erfolgen und natürlich Banküberfälle, um den ganzen Mist zu finanzieren.«

»Das kommt mir bekannt vor«, fluchte Hagenbeck.

»Von den Staatsfeinden von einst sprechen unsere rechten Freunde übrigens mit höchstem Respekt«, erklärte Reimann. »Die RAF habe die Grundsätze des bewaffneten Untergrundkampfes der Stadtguerilla erkannt. Und Grundsätze sind bekanntlich unabhängig von einer Weltanschauung.«

»Wollen Sie damit allen Ernstes behaupten, wir stehen am Beginn einer neuen Terrorwelle wie in den Siebzigern?« staunte Gassel.

»Ich behaupte gar nichts. Ich weise nur auf die Möglichkeit hin. Aus meiner Sicht ist ein solches Vorgehen aber lediglich eine logische Fortentwicklung. Zu Zeiten der APO galt doch ›Macht kaputt, was Euch kaputt macht‹. Organisiert waren die ersten politisch motivierten Taten doch höchstens von den Sprüchen her. Bis die RAF kam.«

»Heilige Scheiße«, fauchte der Spurensucher der Wiesbadener. »Und wieviele Gruppen gibt es, die in dieses Szenario passen könnten?«

Reimann trat wieder an den Tageslichtprojektor und schaltete das Gerät ein. Wegen des grell einfallenden Sonnenlichtes brauchten die Augen der Anwesenden eine gewisse Zeit, bis sie die Schriftzeichen klar erkennen konnten.

»Hier sehen Sie eine Aufstellung der uns bekannten rechten Gruppierungen im Einzugsbereich NRW«, erklärte Reimann ruhig. »Insgesamt siebzehn Vereine stehen zur Auswahl, von der ›Aktionsfront Sauerland‹ bis hin zur ›Zitadelle für ein befreites Deutschland‹. Mitgliederzahl schätzungsweise sechshundert.«

»Und wieviele davon militant?«

Reimann lachte freudlos auf. »Keine Ahnung, wenn ich ehrlich sein soll. Wir haben ja noch nicht mal in jedem Haufen einen V-Mann. Allerdings ist ein Schwerpunkt der rechten Szene in Bochum zu finden, speziell der Stadtteil Wattenscheid hat es ganz schön in sich.«

»Womit unser weiteres Vorgehen ja wohl auf der Hand liegen dürfte«, übernahm Hagenbeck wieder das Kommando. »Wir müssen den Brüdern mal ein wenig auf die Finger klopfen. Kollege Reimann hat, soweit bekannt, natürlich auch Mitgliederlisten, notfalls besorgen wir uns das Material in den Zentralen dieser Gruppen. Die notwendigen Durchsuchungsbefehle werden in Kürze vorliegen. Wir fangen mit den Gruppen in Bochum an und arbeiten uns dann entsprechend weiter vor.«

Thalbach machte sich auf ihrem Stuhl so klein wie möglich. Klar, was jetzt kam.

»Unsere geschätzten Kollegen aus Bochum bitten wir dabei um bestmögliche Hilfe«, schleimte der Hagere dann auch weiter. »Ich möchte nicht erst auf die Unterstellungsmöglichkeit der örtlichen Kripo hinweisen. Bei einem Fall von solcher Brisanz ist effiziente Zusammenarbeit wohl selbstverständlich.«

Hagenbecks Taschenträgerin hatte anscheinend austelefoniert. Mit hektischen Flecken im Gesicht stürmte sie an die Seite ihres Chefs, einige Papierbögen in der Hand.

Aufgeregt flüsterte sie ihm etwas ins Ohr, worauf die Gesichtsfarbe des Narbigen auffällig changierte.

»Herrschaften, jetzt wird es interessant«, röhrte er los, während die Rothaarige zu Reimann und dem Tageslichtprojektor wieselte. »Wir haben ein Bekennerschreiben erhalten.«

Neugierig ruckten alle mit den Köpfen nach vorne. Die Assistentin zog eine Folie aus den mitgeführten Papierblättern und reichte sie dem Vertreter des Verfassungsschutzes. Reimann runzelte die Stirn, nahm seine eigenen Unterlagen an sich und überließ der Frau das Feld.

»Vor einer halben Stunde ging bei der Redaktion der FAZ dieses Schreiben ein«, erklärte sie stockend. »Ich habe das Fax so gut es ging auf eine Folie gezogen ...« Gleichzeitig schob sie die Folie auf den Projektor.

Gassel pflückte seine Brille aus der Innentasche und setzte sie seufzend auf. Die Schrift war zwar ein wenig verschwommen, aber immer noch deutlich genug. An den Ecken der Folie prangte das von den Nazis zweckentfremdete alte germanische Zeichen des Hakenkreuzes. Der Text hätte ebenfalls von Goebbels stammen können:

*Die National-Revolutionären Zellen bekennen sich zu den Befreiungsakten vom Sonntag morgen.*
*Der Kampf hat begonnen!*
*Die jahrzehntelange Unterdrückung des Deutschen Volkes ist nicht länger zu ertragen. Unser Land darf nicht länger der Spielball des jüdischen Kapitals sein. Deutschland muß wieder zu dem werden, was es einmal war: ein Hort der arischen Rasse, national gefestigt und vereint mit den besetzten Gebieten jenseits der Oder. Schluß mit der Verbrüderung mit den Feinden in England und Frankreich, weg mit dem Gesindel, das sich auf unsere Kosten aushalten läßt, Deutsche Arbeitsplätze besetzt und es dem Deutschen Volke durch Gewalt und Kriminalität entlohnt.*
*Wagen Sie es nicht, uns im Wege zu stehen: Wer nicht für*

*uns ist, ist gegen uns! Wir werden den Kampf solange nicht beenden, bis alle national gesinnten Kräfte auf unserer Seite stehen, bis man wieder stolz sagen darf, man ist Deutscher.*
*Der Kampf wird weitergehen, bis jeder weiß, daß wir bereit sind. Weitere Akte der Befreiung werden das Land wachrütteln, bis jeder begriffen hat, wie sehr wir uns um das Wohl unseres Vaterlandes sorgen.*
*Deutschland den Deutschen – Der Führer lebt!*

»Ach du lieber Himmel«, fluchte Wielert. »Das kann ja lustig werden.«

Katharina sah ausnahmslos in beunruhigte Gesichter. »Ist das Schreiben authentisch?« fragte sie. »Oder sind das Trittbrettfahrer?«

»Fragen Sie mich etwas Leichteres«, meinte Reimann. »Mit Gewißheit kann ich nur eins sagen.«

»Und das wäre?« erkundigte sich Hagenbeck ungeduldig.

»Von den National-Revolutionären Zellen hab ich noch nie etwas gehört. Scheint eine brandneue Truppe zu sein.«

»Na Klasse«, seufzte Hofmann. »Und was machen wir jetzt?«

»Na was wohl«, erklärte der Chef der BKA-Truppe. »Wir fangen mit der Arbeit an. Genug zu tun haben wir. Um achtzehn Uhr treffen wir uns zur nächsten Einsatzbesprechung. Herr Reimann, könnten Sie sich in den nächsten Tagen zu unserer Verfügung halten?«

»Kein Problem«, entgegnete der Verfassungsschützer.

## 11

»Und los geht's.«

Der Bundestrainer pumpte einen Hektoliter Luft in seine Trillerpfeife, die erschrocken einen schrillen Schrei hören ließ. Acht Beinpaare wechselten vom gemütlichen Trab in einen verschärften Sprint, bis der nächste Pfiff des Übungsleiters ertönte. Das Spielchen wiederholte sich noch einige Male, dann war der Bundestrainer zufrieden.

»Donnerwetter, der nimmt uns aber ganz schön ran«, keuchte Kaltenbach, als er neben Heidtmann langsam austrudelte. »Wenn der so weiter macht, laufen wir Samstag alle auf dem Zahnfleisch.«

Der Italienlegionär sah spöttisch zur Seite. »Von dem Bißchen bist du schon geschafft? Mein Gott, wie trainiert ihr eigentlich heutzutage in der Bundesliga?«

»Auf jeden Fall keinen Zehnkampf«, antwortete der Stürmer erschöpft und angelte sich seine Flasche mit dem mineralstoffangereicherten Fruchtsaft.

Heidtmann gab seinem Zimmerkollegen einen Klaps. »Gewöhn dir mal an, jeden Morgen vor dem Frühstück 'ne Extraeinheit einzuschieben. Irgendwann bist du körperlich so gut drauf, dann lachst du über den Kinderkram hier.«

»Was für eine Extraeinheit?« argwöhnte Kaltenbach.

»Fünf Kilometer auf der Tartanbahn, anschließend zwanzig Minuten Gymnastik und Lockerungsübungen im Trainingsraum. Nicht wie du jeden Morgen bis acht in der Pofe liegen.«

»Und wie oft in der Woche machst du das?«

»Jeden Morgen natürlich.«

Kaltenbach zog zweifelnd die Augenbrauen zusammen. Bei diesem Heidtmann war er nie sicher, ob der ihn über den Leisten zog oder die Wahrheit sagte.

Wenigstens war er nicht der einzige, dem das Programm des Bundestrainers zusetzte. Etliche Mannschaftskollegen waren ebenso geschlaucht wie er. Langsam trabte er auf die Umkleidekabinen zu, gab den wartenden Journalisten das, was sie von ihm erwarteten, und trollte sich dann unter die Dusche.

Zwanzig Minuten später fühlte sich Kaltenbach schon

erheblich frischer. Fröhlich pfeifend schulterte er seine Tasche und schlug den Weg zum Hotel ein, als er direkt hinter dem abgrenzenden Metallzaun Neubert entdeckte.

»Ich hab gerade gehört, daß dein Einsatz am Samstag klar geht«, empfing ihn der Anwalt. »Glückwunsch.«

Kaltenbach quetschte sich neben den Älteren und senkte seine Stimme auf ein Flüstern. »Ist mir scheißegal. Hauptsache, du versaust mir nicht die Sache am Donnerstag.«

Neubert zog seine Sonnenbrille ein Stück herunter und funkelte den Spieler genervt an. »Geht das schon wieder los? Herrgott noch mal, Raimund, wie oft muß ich dir eigentlich noch sagen, daß ein Wechsel nach Italien absolut nicht in Frage kommt.«

Drohend trat Kaltenbach näher an seinen Berater heran, obwohl dieser auch schon vorher kaum dreißig Zentimeter von ihm entfernt war. »Friedemann, mach mich nicht wahnsinnig. Das ist die Chance meines Lebens.«

»Meinst du!«

»Was denn sonst? Menschenskind, drei Millionen im Jahr, netto. Soviel verdien ich in Deutschland in fünf Jahren nicht.«

»Abwarten und Tee trinken«, schmunzelte Neubert gutgelaunt. »Zugegeben, das ist ein hübsches Sümmchen, bei dem könnte ich schon schwach werden.«

»Und wo ist dann das Problem?«

Neubert ging einen Schritt zurück, so daß zwischen Kaltenbach und ihm wieder eine kleine Lücke entstand. »Kleiner, hast du es immer noch nicht verstanden? Ich kann meine Kanzlei nicht aufgeben, du müßtest allein über die Alpen. Und das kommt nicht in Frage.«

Kaltenbach donnerte wütend seine Tasche auf den Boden. »Komm mir nicht wieder mit unserem Vertrag. Ich bekomme vor jedem Gericht recht, das Ding ist sittenwidrig. Und das weißt du.«

Neubert sah gelangweilt in die Höhe. »Finde ich nicht. Meine Prozente liegen im Rahmen des Üblichen.«

»Erzähl nicht so einen Scheiß, Neubert. Das meine ich nicht.«

Der Anwalt stieß seinem Vertragspartner wuchtig den rechten Zeigefinger vor die Brust. »Weiß ich doch, Kleiner. Aber das interessiert mich nicht. Vergiß nicht, ich hab keine Lizenz als Spielerberater, weder vom DFB noch von der UEFA. Jeder wirklich professionell geführte Klub setzt mich doch vor die Tür, bevor überhaupt die Kaffeetassen gefüllt sind. Du bist meine beste Geldanlage, und das bleibst du auch. Oder meinst du etwa, deine Karriere geht weiter so steil nach oben, wenn ich einige Details erzähle, die außer uns fast niemand kennt?«

Kaltenbach kochte vor Wut. »Du mieses Schwein«, erklärte er gepreßt. »Das kannst du nicht machen.«

»Oh, nein? Dann warte ab. Du weißt gar nicht, was ich alles kann.« Gleichzeitig klemmte sich Neubert eine frische Zigarette zwischen die Lippen, ließ seinen Gesprächspartner aber keinen Moment aus den Augen. »Am besten, du vergißt die Sache«, schlug er versöhnlich vor, nachdem sein Glimmstengel brannte. »Alles bleibt beim Alten. Ich schließ die Werbeverträge für dich ab, bekomme meine Provision und damit basta. Es sei denn, du kaufst dich aus unserem Kontrakt heraus.«

Kaltenbach griff hastig nach seiner Tasche und drehte sich um. »Leck mich am Arsch, Neubert. Das wirst du noch mal bereuen.«

Der Anwalt nahm einen tiefen Lungenzug. Als Kaltenbach schon einige Meter entfernt war, zupfte er eine imaginäre Fluse von seinem Jackett.

»Oder du, Kleiner«, meinte er dabei mehr zu sich selbst.

## 12

»Wer war denn der Heini, mit dem du fast in den Clinch gegangen bist?« fragte Heidtmann nicht wirklich interessiert, als Kaltenbach, immer noch reichlich geladen, kurz darauf ins Zimmer stürmte.

»Kümmer dich um deinen eigenen Scheiß«, bellte der entsprechend genervt.

Heidtmann hob beschwichtigend die Hand und versteckte sich wieder hinter seinem Wirtschaftsjournal.

»Mein Berater«, erklärte Kaltenbach dann doch mühsam beherrscht. »Oder wie immer man die Kanaillen auch nennen soll.«

»Ach, es geht um das liebe Geld«, vermutete Heidtmann aus seiner liegenden Position. »Wollte er dir 'ne Waschmaschine verkaufen?«

Kaltenbach wollte wieder aufbrausen, biß sich aber im letzten Moment auf die Lippen. »Nein«, antwortete er knapp. »Der will mir einen Wechsel versauen.«

Heidtmann horchte auf. »Wohin denn?«

»Turin. Von denen habe ich ein Superangebot.«

Der Abwehrspieler faltete seine Zeitschrift zusammen und gönnte Kaltenbach seine ganze Aufmerksamkeit. »Turin? Schöne Stadt. Was wollen die dir zahlen?«

Kaltenbach atmete hörbar durch. »Drei Millionen pro Jahr.«

Heidtmann pfiff leise durch die Zähne. »Nicht schlecht für den Anfang. Und dein Berater ist dagegen?«

Der verhinderte Legionär knallte sich in einen Sessel und vergrub das Gesicht in seinen Händen. »Absolut. Der will, daß ich auf jeden Fall in Deutschland bleibe.«

»Verstehe ich nicht«, gab Heidtmann offen zu. »Hier kriegst du doch höchstens ein Taschengeld, oder?«

»Das ist es ja«, bestätigte Kaltenbach. »Und das Schlimmste ist, Turin hat inzwischen schon einen andern Spieler an der Angel.«

Heidtmann lachte leise auf. »Mit wem hast du denn gesprochen? Agostini oder Giribaldi?«

Kaltenbach sah überrascht hoch. »Du kennst Giribaldi?«

»Klar. Ist einer der dicksten Haie in der Seria A. Mach

dir keine Sorgen, wenn der an einem Spieler interessiert ist, läßt der erst locker, wenn die Unterschrift unter dem Vertrag steht. Aber ein bißchen Druck auf die betreffende Person kann natürlich nicht schaden.«

»Ach, so ist das«, überlegte Kaltenbach. »Aber wenn schon! Scheint ja sowieso nicht zu klappen.«

Heidtmann setzte sich ebenfalls auf. »Spinnst du? Wenn dein Berater dir die Sache versaut, kannst du den in Regreß nehmen. Steht doch in den FIFA-Statuten.«

Kaltenbach wand sich wie ein angeschossener Eber. »Ganz so leicht ist das nicht«, maulte er kleinlaut. »Neubert hat keine Lizenz.«

»Ist ja noch besser für dich. Dann schieß den Kerl doch einfach in den Wind.«

Sekundenlang gab der Stürmer keine Antwort. Verzweifelt suchte Kaltenbach nach den richtigen Worten. »Das geht nicht so einfach«, antwortete er schließlich ausweichend.

Heidtmann tat ihm nicht den Gefallen nachzufragen.

»Weißt du, ich hatte vor ein paar Jahren ein paar Probleme. Neubert hat mir damals ziemlich geholfen.«

»Und deswegen bist du ihm ewig zu Dank verpflichtet«, spottete Heidtmann amüsiert. »Mensch, Junge, wo lebst du eigentlich? Wir gehen auf das Jahr Zweitausend zu.«

Kaltenbach knetete nervös seine Finger und schwieg. Dachte angestrengt nach. Öffnete den Mund, um zu sprechen, besann sich anders, kratzte sich am Hinterkopf und wechselte urplötzlich das Thema.

»Wie ist das denn damals bei dir gelaufen? Mit deinem Wechsel nach Italien, mein ich.«

Heidtmann machte sich wieder lang. »Das war nichts Besonderes. Ging reichlich fix. Erst 'ne halbe Saison damals bei der Eintracht, dann anderthalb Jahre in Bochum, eine Saison bei den Bayern und dann ab ins Land der Lira.«

»Hast du es jemals bereut?«

Heidtmann lachte hell auf. »Bereut? Du spinnst wohl. Ich hab den festen Vorsatz, mit dreißig Schluß zu machen, mir irgendwo 'nen schönen Landsitz zu kaufen und dann zu leben. Und ich bin auf dem besten Weg, diesen Vorsatz verwirklichen zu können.«

»Und wieviel kriegst du pro Saison?«

»Sag's nicht dem Finanzamt, aber im Augenblick lieg ich bei viereinhalb Millionen im Jahr. Und wenn ich ein paar Spiele in der Nationalelf hinter mir habe, dann gibt es wohl noch mal 'nen satten Nachschlag.«

»Hast du das im Vertrag?«

»Was? Ach, Quatsch. Aber dann steigen die Angebote anderer Clubs, und wenn einer dabei ist, der meine Vorstellungen trifft, dann geh ich eben.«

»Aber die Ablösesumme ...«

»Ist doch völlig Wurst. Nationalspieler sind nun mal teuer. Deshalb mach ich das Theater doch überhaupt nur mit.«

Kaltenbachs sah irritiert auf. »Bitte? Nur deshalb?«

»Ja, was denkst du denn? Meinst du, mir geht einer ab, nur weil ich den Pleitegeier auf der Brust hab?«

»Aber du spielst doch immerhin für unser Land.«

Heidtmann tippte sich langsam an die Stirn. »Na und? Hoffentlich steht am Samstag der Text der Hymne auf der Anzeigetafel, sonst kann ich leider nur mitsummen.«

»Bedeutet dir das wirklich nichts?«

»Unsinn. Dir etwa?«

Kaltenbach nickte fassungslos mit dem Kopf. »Na klar doch. Als ich noch in der DDR gespielt ...«

»Himmel, hab ich mir doch gleich gedacht«, fuhr Heidtmann dazwischen. »So 'nen nationalen Gefühlsduselscheiß kann auch nur ein Dunkeldeutscher von sich geben. Von welchem Stasiclub kommst du denn? Lüsterklemme Dresden, Kombizange Karl-Marx-Stadt oder Stromkabel Cottbus?«

»Das find ich gar nicht witzig«, beschwerte sich Kaltenbach beleidigt. »Und mit der Stasi hatte ich nie was am Hut. Als die Wende kam, war ich gerade mal sechzehn.«

»Reg dich wieder ab«, grinste Heidtmann. »Schnapp dir lieber deine Klamotten, wir müssen noch zur Physiotherapie.«

Gleichzeitig sprang er auf, schnappte sich ein Handtuch aus dem Schrank und schlüpfte in seine Badelatschen. »Übrigens, als ich aufs Zimmer kam, lag ein Brief für dich auf der Minibar.«

Suchend sah sich Kaltenbach um und entdeckte den schmucklosen Umschlag auf dem kleinen Schreibtisch. Auf der Vorderseite stand in Druckbuchstaben lediglich sein Nachname, jede weitere Anrede hatte sich der Absender gespart.

Mit den Fingernägeln pulte er die Klebelaschen auseinander und riß den Umschlag auf. Dann zog er aus dem Inneren ein einmal gefaltetes Blatt Papier. Unruhig huschten seine Augen über die Zeilen.

»Bist du gleich fertig, oder soll ich schon mal vorgehen?« erkundigte sich Heidtmann, die Türklinke schon in der Hand.

Als er keine Antwort bekam, drehte er sich um. Kaltenbach saß wachsbleich in seinem Sessel, die Augen stur auf den Bogen in seinen Händen gerichtet.

Heidtmann lehnte sich an den Türrahmen. »Raimund, aufwachen. Wir haben noch 'nen Termin.«

Kaltenbach schien weder die Worte zu hören oder sonst irgend etwas wahrzunehmen. Heidtmann trat neben ihn, stand einen Augenblick unschlüssig herum und patschte seinem Kollegen schließlich härter als nötig auf die Schulter.

»Aua«, beschwerte sich der Gemarterte. »Spinnst du?«

»Das wollte ich dich gerade fragen«, entgegnete Heidtmann ruhig. »Du siehst ganz schön beschissen aus.«

Kaltenbachs Augen zuckten nervös hin und her. Langsam faltete er den Briefbogen wieder zusammen und reichte ihn Heidtmann. »Lies«, bat er knapp.

Heidtmann überflog die Zeilen, die Kaltenbach so aus der Fassung gebracht hatten.

»Verfluchter Mist«, schnaufte er eine gute Minute später. »Hast du so etwas schon einmal gekriegt?«

Kaltenbach lehnte sich schnaufend gegen die Rückenpartie des Sessels. »Nein«, antwortete er leise. »Mein Gott, wer tut so etwas?«

»Vielleicht ist das ja auch nur ein schlechter Scherz«, überlegte Heidtmann ohne viel Hoffnung.

»Schlechter Scherz?« fragte Kaltenbach zurück. »Irgendein Arschloch will meiner Freundin und mir ans Leder, und du bezeichnest das als schlechten Scherz?«

»He, immer langsam. Ich hab dir das Ding nicht untergeschoben.«

Über Kaltenbachs Arme zog sich eine dicke Gänsehaut. »Und was soll ich jetzt machen?« fragte er kleinlaut. »Wenn das ernst gemeint ist ...«

Heidtmann plumpste wie ein nasser Sack auf die Matratze des Nervenbündels. »Auf jeden Fall sagen wir sofort dem Trainer und Carstens Bescheid. Und wir müssen zur Polizei.«

»Und dann?«

»Keine Ahnung. Aber hier sitzen zu bleiben und Trübsal zu blasen, hilft dir auch nicht weiter.«

## 13

»Was kostet eigentlich 'ne einfache Fahrt nach Wiesbaden?« Erschöpft plumpste Hofmann in seinen Drehstuhl. Unter seinen Achselhöhlen hatten sich riesige Schweißflecken gebildet, sein Gesicht war hektisch gerötet. Thalbach sah nicht wesentlich besser aus.

»War's so schlimm?« erkundigte sich Gassel mitleidig.

»Schlimmer«, nickte der Jüngere aufgebracht. »Wenn die noch lange hier herumgeistern, gibt es demnächst einen Massenmord.«

Wielert hängte das ehemals weiße Handtuch wieder an den Haken und trat vom Waschbecken hinter der Türfüllung zurück in den Raum. Hofmann sah ihn aus den Augenwinkeln und verstummte.

»Keine Hemmungen, Herr Kollege«, schmunzelte Wielert. »Mir gehen unsere Besucher genauso auf den Nerv.«

Katharina quetschte sich an Gassel vorbei und öffnete das Fenster. Die Luft im Büro wurde dadurch nicht besser, aber allein der Windhauch tat ihr gut.

»Dabei war alles für die Katz«, grummelte sie müde. »Wir haben kaum jemanden angetroffen. Und eine Sightseeing-Tour im Berufsverkehr ist bei den Temperaturen alles andere als lustig.«

Wielert hockte sich nieder und strich sich durch die verklebten Haare. »Sehen Sie es doch mal positiv. Schlimmer kann es nicht mehr kommen.«

»Ihr Wort in Gottes Ohr«, murmelte Gassel und langte in seine halb geöffnete Schreibtischschublade. Behutsam beförderte er eine Tüte mit Backwaren ans Tageslicht, bot anstandshalber jedem eine halbe Sekunde lang ein Stückchen an und bediente sich danach großzügig selbst.

»Danke, ich hab keinen Hunger«, winkte Hofmann sarkastisch ab, während der Dicke hingebungsvoll auf einem Puddingplätzchen kaute. Bei normalem Tempo brauchte er für die vier Stückchen höchstens fünf Minuten.

»Irgendwann platzt du noch mal«, bemerkte Katharina trocken. »Iß lieber mal 'nen Salat, der ist wenigstens gesund.«

»Schwermetalle und Kadmium«, nuschelte der Dicke. »Außerdem muß ich auf meine Figur achten. Ich hab keine Lust, für eine neue Garderobe ein paar tausend Mark auszugeben.«

»Quatsch«, fuhr Hofmann dazwischen. »Die Hemden kann deine Frau dir enger machen. Und mehr als drei Anzüge hast du doch sowieso nicht.«

»Gehen Sie immer so freundlich miteinander um?« fragte Wielert.

»Meistens«, bestätigte Gassel, das zweite Plätzchen attackierend. »Mit der Zeit gewöhnen Sie sich daran.«

Wielert schielte auf seine Armbanduhr. Kurz nach sieben. »Herrschaften, machen wir es kurz. Ich glaube, Sie möchten genauso gerne unter die Dusche wie ich. Vorhin habe ich an der Abendbesprechung der Kollegen vom BKA teilgenommen. Wir sind noch keinen Schritt weitergekommen, weder hinsichtlich des Sprengstoffes, noch in bezug auf Zeugenaussagen.«

»Und das heißt?« fragte Hofmann eher rhetorisch.

»Ziehen Sie sich morgen bequeme Schuhe an. Die gleiche Ochsentour noch mal.«

Katharina verließ ihren Stehplatz am Fenster und hockte sich neben Gassel auf den Schreibtisch. »Keine Chance, sich irgendwie zu drücken? Meinetwegen auch Verkehrserziehung in einem Kindergarten?«

Der neue Chef schüttelte bedauernd den Kopf. »Tut mir leid. Ab morgen wird jeder verfügbare Beamte den Kollegen aus Wiesbaden zugeteilt. Im Augenblick haben wir saure Gurkenzeit.«

»Hätte nie gedacht, daß mir ein Mord mal gelegen käme«, grunzte Hofmann. »Nun denn, wenn niemand was dagegen hat, geh ich jetzt nach Hause. Ach übrigens, für Donnerstag haben wir alle drei einen Tag Urlaub eingereicht. Ich hoffe, Sie machen uns keinen Strich durch die Rechnung.«

Wielert kräuselte die Stirn. »Alle drei auf einmal?«

Hofmann grinste. »Ich heirate. Kollegin Thalbach spielt die Trauzeugin, und Kollege Gassel wäre tödlich beleidigt, wenn er aus diesem Anlaß nichts Vernünftiges zu essen bekäme.«

»Glückwunsch«, erklärte Wielert gähnend. »Von mir aus, kein Problem.«

»Liegt noch was an?« drängelte Katharina. »Oder machen wir Schluß für heute?«

»Spricht nichts dagegen«, antwortete Wielert sofort. »Zumindest hat mich keiner unserer lieben Gäste gebeten, daß wir uns verfügbar halten.«

»Na dann«, meinte Hofmann und wuchtete sich hoch. »Verziehen wir uns, bevor die es sich noch anders überlegen.«

Auf dem Flur waren undeutlich Schritte zu hören, die genau in Richtung ihres Büros kamen. Hofmann sandte ein Stoßgebet gen Himmel. Doch als er den Mann, der als erster um die Ecke blickte, erkannte, traute er seinen Augen nicht.

»Ist der Herr Wielert hier?« fragte Heidtmann.

Wielert drehte sich um und blinzelte. Nach einer Schrecksekunde stand er langsam auf.

»Das gibt es doch nicht! Was machen Sie denn hier?«

Heidtmann deutete mit dem Kopf hinter sich und trat einen Schritt nach vorne. Kaltenbach und Carstens tauchten auf, der erste in einen von Sponsorenaufklebern übersäten Trainingsanzug gepreßt, der zweite gestriegelt und wie aus dem Ei gepellt.

Heidtmann klinkte seine Rechte in die Waagerechte. »'n Abend, Herr Wielert. Lange nicht gesehen.«

»Das kann man wohl sagen«, antwortete der Polizist schleppend. »Sagen Sie nicht, Sie haben wieder irgendwo eine Leiche gefunden.«

Heidtmann lachte auf. »Keine Panik, soweit ist es noch nicht. Aber wir haben ein Problem, das in Ihren Bereich fällt.«

Walter Carstens drängte sich an dem Spieler vorbei und baute sich vor Wielert auf. Dabei ließ er seine Jacketkronen blitzen. »Carstens, guten Abend. Meine Dame, meine Herren, ich bitte Herrn Heidtmanns Unhöflichkeit zu entschuldigen. Der junge Mann dort an der Tür ist Raimund Kaltenbach. Wir möchten Sie um Ihre Hilfe bitten.«

»Meine Kollegin, Frau Thalbach, die Herren Gassel und Hofmann«, stellte Wielert seine Crew vor. »Ich würde Ihnen gerne einen Sitzplatz anbieten, aber wie Sie sehen ...«

Gassel legte sein letztes Plätzchen sichernd in seine Schreibtischschublade zurück und erhob sich schwerfällig. Dann wischte er seine Hand an seiner Jacke ab und begrüßte die Neuankömmlinge so ehrfürchtig wie möglich.

»Bin ich hier im falschen Film?« flüsterte Thalbach genervt in Richtung Hofmann.

»Wenn ich mich nicht irre, ist Herr Carstens der Pressesprecher des DFB«, erklärte der Angesprochene ruhig. »Und die beiden anderen spielen am Samstag in der Nationalmannschaft.«

Carstens nickte bestätigend und okkupierte, ohne zu fragen, Wielerts Stuhl. »Genau so ist es, junger Mann. Aber deswegen sind wir jetzt nicht hier.«

»Hab ich mir fast gedacht«, entfuhr es Katharina leise.

Carstens ignorierte die Bemerkung höflich und deutete mit dem Kopf auf Kaltenbach, der immer noch völlig verstört unter der Türzarge stand. »Zunächst möchte ich Sie um absolute Diskretion bitten«, fuhr er fort. »Nichts von dem, was wir Ihnen gleich erzählen werden, darf an die Presse geraten. Können wir uns darauf verlassen?«

Wielert wechselte einen schnellen Blick mit seinen Leuten und sah Carstens erwartungsvoll an. »Vielleicht sollten Sie uns erst einmal verraten, warum Sie hier sind.«

»Ich werde bedroht«, platzte Kaltenbach plötzlich heraus. »Darum sind wir hier.«

Katharina verschränkte resignierend die Arme vor der Brust. Das hörte sich nach Arbeit an. »In welcher Form?« fragte sie knapp.

Kaltenbach griff in die Innentasche seiner Jacke, holte einen schon reichlich ramponierten Briefbogen hervor und drückte ihn Wielert in die Hand.

»Den hab ich heute nachmittag in meinem Hotelzimmer gefunden«, erklärte er dabei.

Wielert faßte das Papier mit den Fingerspitzen an den Ecken, als könne er sich die Griffel verbrennen. Ohne den Schrieb zu lesen, heftete er seine Augen auf Kaltenbach.

»Wer hat das Ding schon in der Hand gehabt?«

»Ist das im Moment von Bedeutung?« fragte Carstens indigniert. »Um die Details können wir uns ja wohl nachher kümmern.«

Gassel pulte sich einen Teigkrümmel aus dem Mundwinkel und lehnte sich zurück. »Die Frage ist, ob es sich noch lohnt, das Papier auf Fingerabdrücke oder eventuelle sonstige Spuren zu untersuchen. Nicht, daß wir nachher die halbe Nationalmannschaft hinter Schloß und Riegel setzen müssen, weil der Brief nur so vor Prints wimmelt.«

»Ach so«, verstand Kaltenbach. »Also, ich hab den gelesen, der Dieter auch, dann hab ich den Brief dem Bundestrainer und dem Herrn Carstens gegeben. Das war's.«

»Mehr als genug«, kommentierte Wielert und faltete den Bogen vorsichtig auseinander. Nachdem er ihn gelesen hatte, reichte er den Brief an Hofmann weiter.

»Steckte der Brief in einem Umschlag?«

»Na klar«, bestätigte Kaltenbach.

»Und wo ist der?«

»Den hab ich weggeschmissen.«

Wielert pumpte seine Lungen voll Luft, verkniff sich aber eine weitere Bemerkung. Bis jeder im Raum den Inhalt des Briefes kannte, herrschte Stille.

»War das der erste?« erkundigte sich Katharina, während sie das Papier in einen braunen Umschlag steckte.

»Wie meinen Sie das?«

»Haben Sie früher schon einmal so einen Drohbrief erhalten?« präzisierte die Blonde ihre Frage geduldig.

Kaltenbach schüttelte den Kopf. »Nein, das war der erste.«

Aus den Augenwinkeln beobachtete Wielert, wie sich Hofmann einen Block angelte und die ersten Notizen machte.

»Jetzt mal der Reihe nach. Herr Kaltenbach, haben Sie eine Vorstellung, wer diesen Brief geschrieben haben könnte?«

»Raimund hätte, sofern er einen diesbezüglichen Verdacht besäße, sicherlich schon längst eine Andeutung gemacht«, unterbrach Carstens ungeduldig. »Jemand hat sowohl Herrn Kaltenbach als auch seine Lebensgefährtin mit dem Tode bedroht.«

»Ich kann lesen«, konterte Wielert trocken.

»Dann frage ich mich, was Sie zu unternehmen gedenken.«

»Herr Carstens, bevor wir nicht irgend etwas über die Hintergründe dieser Drohung wissen, können wir gar nichts unternehmen. Und ich wäre Ihnen dankbar, wenn Sie uns unsere Arbeit machen ließen.«

Carstens wollte aufbrausen, aber Wielerts Blick brachte ihn dazu, seinen Mund zu halten.

»Also, Herr Kaltenbach, noch mal von vorn«, fuhr der Leiter des KK 11 fort. »Können Sie wirklich ausschließen, daß jemand aus Ihrem Umfeld diesen Brief geschrieben hat?«

Hofmann gab dem Spieler einen Wink, sich endlich zu setzen. Generös schob er ihm seinen eigenen Stuhl hin.

»Absolut«, erklärte Kaltenbach nach kurzem Überlegen.

»Auch niemand aus der Mannschaft?« fragte Katharina.

»Sie meinen, aus der Nationalmannschaft?« fragte Carstens entsetzt.

»Aus welcher denn sonst? Ich glaube kaum, daß irgend ein x-beliebiger potentieller Attentäter während eines Trainingslagers ungesehen an einen Nationalspieler herankommen kann. Sie haben doch bestimmt einen Sicherheitsdienst?«

»Natürlich«, schnappte Carstens.

»Besonders wachsam scheint der aber nicht zu sein«, meldete sich Hofmann zu Wort.

»Wo genau haben Sie den Brief überhaupt aufgefunden?« wechselte Gassel das Thema.

»Raimund kam kurz nach mir auf das Zimmer«, warf Heidtmann ein. »Der Brief lag deutlich sichtbar auf der Minibar, ich habe ihn dann auf den Schreibtisch gelegt.«

»War das Türschloß beschädigt?« hakte Gassel nach.

Kaltenbach sah fragend zu Heidtmann herüber.

»Keine Spur. Zumindest hab ich nichts bemerkt.«

»Wir untersuchen das trotzdem noch«, bemerkte Wielert. »Wie ist es, könnte es jemand aus der Mannschaft gewesen sein?«

»Glaub ich nicht«, antwortete Heidtmann ruhig. »Am Nachmittag waren wir alle auf dem Trainingsplatz, ohne Ausnahme. Nach dem Training sind wir gleich wieder auf die Zimmer. Da müßte sich jemand schon verdammt beeilt haben.«

»Wäre auch absolut undenkbar«, mischte sich Carstens wieder ein. »Für die Jungs leg ich meine Hand ins Feuer. Von denen hat keiner was mit diesem braunen Gesocks zu tun.«

Katharina setzte zum Sprechen an, aber Wielert kam ihr zuvor. »Wir werden sicherlich noch mit jedem der Herren ein Wörtchen wechseln. Mich interessiert vor allem, warum gerade Sie diesen Drohbrief bekommen haben. Vielmehr Sie und Ihre Freundin.«

»Aber das steht doch alles in dem Brief«, meinte Kaltenbach ungeduldig. »Irgendein Idiot hat wohl ein Problem mit der Hautfarbe meiner Freundin.«

Katharina angelte sich sofort den Schrieb wieder aus dem Umschlag.

»Wieso mit der Hautfarbe?« fragte sie. »Davon steht hier nichts.«

»Ach, was weiß ich«, jammerte Deutschlands neue Sturmhoffnung. »Jasmins Vater war ein Farbiger.«

»Deshalb also«, nickte Hofmann. »Und anscheinend stößt es gewissen Leuten sauer auf, wenn ein Nationalspieler nicht mit einer Deutschen befreundet ist.«

»Aber sie ist doch Deutsche.«

»Dann halt mit 'ner Farbigen«, korrigierte sich Hofmann.

Gassel fingerte gedankenverloren nach seiner letzten Kalorienbombe. Außer dem Frühstück und dem bißchen Kuchen hatte er noch keine feste Nahrung zu sich genommen. Dabei war schon längst Zeit fürs Abendessen.

»Wenn ich mich recht entsinne«, bemerkte er mit vollem Mund, »kennt doch kaum jemand die Frauen von Fußballern, von einigen Ausnahmen mal abgesehen. Spricht eher für einen Täter aus Ihrem Bekanntenkreis.«

Kaltenbach schüttelte den Kopf. »Nee. Vor ein paar Wochen hat eine Sportzeitung eine Homestory bei Jasmin und mir gemacht, auch mit Fotos. Wahrscheinlich hat das dieser Typ gelesen.«

»Und schickt Ihnen erst jetzt den Drohbrief?« zweifelte Wielert.

»Damals war ich noch kein Nationalspieler«, antwortete Kaltenbach beinahe trotzig.

»Sachen gibt's«, seufzte Katharina. »Und was wollen Sie jetzt bei uns?«

Die drei DFB-Angehörigen wechselten einen schnellen Blick.

»Ist das nicht offensichtlich?« fragte Carstens spöttisch.

»Keineswegs«, erklärte Gassel. »Wenn Sie allerdings eine Anzeige erstatten wollen ...«

»Ich möchte Polizeischutz«, erklärte Kaltenbach bestimmt. »Für mich und meine Freundin.«

Wielert runzelte die Stirn und sah zweifelnd auf ihre Besucher. »Jetzt mal langsam. Sie werden nicht erpreßt, wenn man mal davon absieht, daß irgend jemand etwas gegen Ihre Freundin hat. Selbstverständlich werden wir den Brief untersuchen und auch Ihr Hotelzimmer in Augenschein nehmen. Wir können aber nicht für jeden Spinner, der sich interessant machen will, alles andere stehen und liegen lassen.«

Carstens brachte mit einigen schnellen Handgriffen

seine Tolle wieder in Form und sah Wielert herausfordernd an. »Wenn ich mich nicht irre, gehört auch die Gefahrenprävention zu den Aufgaben der Polizei. Herr Kaltenbach ist eine Person des öffentlichen Interesses. Wenn eine solche Person bedroht wird, ist es aus meiner Sicht Ihre verdammte Pflicht und Schuldigkeit, vorbeugend einzugreifen. Vor allem, wenn man an den Anschlag von Sonntag morgen denkt. Der hatte doch wohl auch einen rechtsradikalen Hintergrund, oder?«

Wielert sagte nichts.

»Überlegen Sie nur einen Moment«, fuhr Carstens fort, »was die Medien für ein Gezeter anstimmen werden, wenn Herrn Kaltenbach etwas zustößt und Sie Ihre Unterstützung verweigert haben, obwohl wir Sie darum baten.«

»Mhm«, überlegte Wielert gedehnt. »So leid es mir tut, aber zur Zeit haben wir überhaupt keine Möglichkeit, Ihrer Bitte nachzukommen. Für eine lückenlose Überwachung fehlt uns das Personal.«

Der Pressesprecher winkte generös ab. »Das verlangen wir ja auch gar nicht. Aber es wäre für Herrn Kaltenbach und auch für alle anderen schon sehr beruhigend, wenn Ihre Leute zumindest bei öffentlichen Terminen und während der Trainingseinheiten präsent sind. Unser Sicherheitsdienst ist zwar sehr aufmerksam, aber unsere Leute tragen zum Beispiel keine Waffen.«

»Und deshalb sollen wir Tagesmutter spielen?« platzte Hofmann heraus.

»Wenn Sie so wollen, warum nicht?«

Wielert kratzte sich nachdenklich die Nasenflügel. »Wie lange soll der Zinnober denn dauern?«

Thalbach und Hofmann sahen erstaunt zu ihrem neuen Chef hinüber, während Carstens siegesgewiß die Schultern zuckte.

»Am Samstag ist das Spiel, danach wird das Trainingslager sowieso beendet. Wenn Sie solange zwei, drei Leute entbehren könnten, entspräche das sicherlich unseren Vorstellungen. Bezüglich des Polizeischutzes seiner Lebensgefährtin hat Herr Kaltenbach bereits mit der örtlichen Polizei an seinem Wohnsitz gesprochen. Ihre Kollegen waren wesentlich kooperativer.« Den letzten Satz sprach Carstens bewußt schärfer aus als die anderen.

»Meinetwegen«, gab sich Wielert geschlagen. »Ab morgen früh stellen wir Ihnen zwei Leute zur Verfügung. Bis Samstag und keinen Tag länger. Und das auch nur tagsüber.«

Kaltenbach seufzte erleichtert auf.

»Dann wären wir uns ja einig«, schmeichelte Carstens. »Am besten besprechen wir die weiteren Einzelheiten morgen früh vor Ort.«

»Ich schicke Ihnen gleich noch ein Team unserer Kriminaltechnik vorbei. Bitte lassen Sie Ihr Zimmer bis dahin so, wie es ist«, nickte Wielert.

Carstens stand auf, verabschiedete sich und enterte den Flur. Heidtmann und Kaltenbach folgten ihrem Pressesprecher.

»Das haben Sie doch nicht ernst gemeint«, begann Katharina, nachdem die Schritte der drei nicht mehr zu hören waren. »Wer soll für diese aufgeblasenen Wichtigtuer denn das Kindermädchen spielen?«

Wielert sah erst zu Thalbach, dann zu Hofmann. »Ich dachte eigentlich an Sie beide.«

»Bitte?« fragte Katharina gedehnt.

»Ist doch allemal interessanter als Verkehrserziehung in einem Kindergarten.«

Gassel wischte die letzten Krümel seiner Zwischenmahlzeit von der Tischplatte und tippte Katharina leicht aufs Knie. »Dieser Carstens hat gar nicht so unrecht. Nach unserem allseits beliebten Polizeigesetz ist zur Abwehr einer konkreten Gefahr vorübergehender Personenschutz durch die Kripo möglich. Ich wüßte zwar nicht, wann das schon mal durchgeführt wurde, aber wie gesagt ...«

»Hätten wir nicht gestern morgen diesen Anschlag auf

das Asylbewerberheim gehabt, wäre mir dieser Drohbrief reichlich egal«, ergänzte Wielert ruhig. »Aber wer sagt Ihnen denn, daß dieser Brief nicht tatsächlich von derselben Truppe geschrieben wurde, die die Bombe hat hochgehen lassen?«

»Darauf gibt es doch überhaupt keinen Hinweis«, beharrte Thalbach, allerdings schon sichtlich ruhiger.

»Andererseits können wir es aber auch nicht ausschließen«, meinte Hofmann.

»Eben«, bestätigte Wielert. »Sie und Hofmann drücken sich auf dem Trainingsgelände und im Hotel herum, halten Augen und Ohren offen, unterhalten sich mit den Figuren, die sich da herumtreiben, und sehen zu, daß Sie keinen Sonnenbrand bekommen.«

## 14

»Katharina!«

»Scheiße«, fluchte die Kommissarin leise. Sie stank wie ein Maulesel nach einer Himalajatour und wollte nur noch unter die Dusche. Ein Pläuschchen mit ihrer Vermieterin war das letzte, wonach ihr der Sinn stand.

»Katharina, kommen Sie doch bitte noch kurz in den Garten. Ihr Mann ist auch da.«

Sich in ihr Schicksal ergebend, rammte die Blonde ihren Schlüssel wieder in die Hosentasche, ließ die Haustür links liegen und schlug statt dessen den gepflasterten Weg in den Garten ein. An der Gebäudeecke erwartete sie ihre um zwei Köpfe kleinere Vermieterin und strahlte sie fröhlich an.

»'n Abend, Frau Herbold. So spät noch draußen?«

»Kind, es ist doch gerade mal acht Uhr durch. So alt bin ich auch noch nicht.«

Katharina sparte sich die Antwort und zählte innerlich bis zehn. Die alte Dame war zwar eigentlich ganz gut zu ertragen, aber nicht an Tagen wie diesem.

Hinter dem Haus hatte Ulli es sich gemütlich gemacht. In einem ärmellosen T-Shirt und abgeschnittenen Jeans lümmelte er sich auf einem Gartenstuhl und schlürfte genüßlich einen erfrischend aussehenden Eistee.

»Schon Feierabend?« fragte die Polizistin scheinheilig. Nicht zum erstenmal schwor sie sich, in ihrem nächsten Leben entweder Lehrerin oder Sozialarbeiterin zu werden.

Ulli hob grüßend die Hand. »Schon seit 'ner halben Ewigkeit. Möchtest du auch einen Schluck?«

»Ich hätte auch einen heißen Tee für Sie«, bot Frau Herbold an.

»Bitte nicht, ich brauch was Kaltes.«

Ulli pflanzte seiner Lebensgefährtin einen Schmatzer auf die Wange und versorgte sie mit der gewünschten Erfrischung. Katharina hockte sich auf einen freien Stuhl, streckte die Beine aus und atmete durch.

»Ich hatte Sie ja gestern schon gebeten, mal bei mir rein zu schauen«, flötete Frau Herbold fröhlich. »Wir drei müßten mal was besprechen.«

Katharina leerte ihr Glas auf einen Zug und spitzte die Ohren. Bestimmt kam jetzt die Kündigung wegen Eigenbedarfs.

»Denken Sie eigentlich nie darüber nach, eine Familie zu gründen?«

Ulli spuckte fast seinen Eistee über die Terrasse und bekam einen Hustenanfall.

»Wie meinen Sie das?« fragte Katharina.

»Naja, nicht jetzt und sofort«, kicherte Frau Herbold. »Ich meinte prinzipiell.«

Ulli schnappte atemlos nach Luft. Allmählich war seine Luftröhre wieder frei. »Irgendwann sicher«, japste er. »Konkrete Pläne haben wir allerdings noch nicht.«

»Ich meinte ja auch nur, falls das mal so weit ist, wird Ihre Wohnung auf Dauer sicher zu eng.«

»Das geht schon noch«, erklärte Katharina. »Wir leben ja nicht gerade zusammengequetscht in einem Zimmer.«

»Kinder brauchen Platz«, entschied die alte Dame. »Wollen Sie sich nicht mal selbst ein Häuschen kaufen?«

Wortlos wechselten Katharina und Ulli einen Blick.

»Es ist ja nur, weil meine Tochter mich gefragt hat, ob mir alleine das Haus nicht zu groß wird.«

Also doch Eigenbedarf, dachte Katharina resignierend. »Vielleicht irgendwann mal«, sagte sie laut. »Wenn wir das nötige Kleingeld haben.«

»Jaja, das liebe Geld«, meinte Frau Herbold verständnisvoll. »Darauf ist meine Tochter, das Miststück, auch immer aus. Stellen Sie sich vor, da ruft die mich doch an, sie hätte da eine schöne Seniorenanlage entdeckt, ob das nicht etwas für mich wäre. Das Haus könnte man ja verkaufen.«

Bevor Ullis Konditionierung als Sozialarbeiter ansprang, fuhr Katharina dazwischen. »Ihre Tochter will Sie in ein Altenheim abschieben?«

Frau Herbold grinste von einem Ohr zum anderen. »So sieht's aus. Aber der mach ich einen Strich durch die Rechnung.«

»Und wie?« fragte Ulli verständnislos.

»Wollen Sie das Haus nicht kaufen?«

Jetzt spuckte Katharina fast ihren Eistee über die Fliesen.

»Das meinen Sie nicht wirklich«, zweifelte Ulli.

»Natürlich«, bekräftigte Frau Herbold. »Sie beiden sind so ein nettes Paar. Ich würde natürlich gerne noch hier wohnen bleiben, aber Ihnen beiden würde ich das Haus gerne verkaufen.«

»Das können wir nicht bezahlen«, erklärte Katharina fast lautlos. »Das ... das ist doch mindestens ... na, 'ne halbe Million ist das Haus doch bestimmt wert.«

»Siebenhunderttausend«, erklärte Frau Herbold mit erhobenem Zeigefinger. »Vergessen Sie nicht, vor zwei Jahren wurde das Dach komplett neu gedeckt. Damals hab ich ein Gutachten machen lassen.«

»Vielen Dank, aber das geht nicht«, meinte Katharina

enttäuscht. »Das zahlen wir ja in achtzig Jahre nicht ab.«

»Papperlapapp, jetzt sehen Sie nicht zu schwarz. Ich dachte, Sie leisten eine Anzahlung, und den Rest machen wir auf Rentenbasis. Ewig werd ich bestimmt nicht leben.«

Ulli wollte etwas sagen, verschluckte sich, setzte neu an und gab es schließlich auf.

»Eine Anzahlung?« fragte Katharina.

»Ach, vielleicht so fünfzigtausend. Und das, was Sie jetzt an Miete bezahlen, zahlen Sie dann für das Haus ab.«

Klirrend landete Ullis Glas auf dem Boden. Mit einem Reflex schoß seine rechte Hand nach unten und packte natürlich in die Scherben.

»Aua«, jaulte er auf. Zwei Finger waren kräftig aufgeschlitzt, mit schmerzverzerrtem Gesicht nuckelte er das Blut aus den Wunden.

Katharina hörte ihr Herz deutlich bis unter die Schädeldecke wummern. »Damit macht man keine Scherze«, flüsterte sie atemlos.

»Das ist kein Scherz«, erklärte Frau Herbold. »Ich hab schon mit meinem Anwalt gesprochen, so ein Vertrag ist überhaupt kein Problem. Die Anzahlung muß sein, sonst könnte jemand meinen, der Kauf sei sittenwidrig. Und das wollen wir ja nicht.«

»Und wo ist der Haken?« knatschte Ulli undeutlich mit seinen Fingern im Mund.

»Nirgends«, strahlte Frau Herbold. »Wenn wir im Vertrag festhalten, daß ich hier weiter Wohnrecht habe, können wir den meinetwegen sofort abschließen. Wenn Sie wollen, natürlich.«

Katharina hatte nicht mal mehr die Kraft, um zu nikken.

## 15

»Verfluchter Mist.«

Wütend hämmerte Falko Groß seinen rechten Fuß auf die Bremse und sah sich suchend um. Dieses Wuppertal war genauso ein Scheißkaff wie Dortmund.

Seit mindestens zwanzig Minuten umrundete er mit seinem Wagen die Innenstadt, quetschte sich durch Einbahnstraßen, tigerte durch verkehrsberuhigte Zonen, ohne daß ein einziges Mal das gesuchte Straßenschild aufgetaucht wäre. Im Moment stand er vor dem Stadion am Zoo vor einer roten Ampel im Stau. Die Geschäftszeiten waren zwar schon vorüber, aber trotzdem war der Verkehr noch ganz beachtlich.

Natürlich hatte er vor Beginn seines Trips auf den Stadtplan geschaut, sich Stichworte gemacht und den Zettel mit der Wegbeschreibung auf das kleine Clipboard geheftet. Den Stadtplan hatte er jedoch in seinem Unterschlupf vergessen, er hatte es erst bemerkt, als die A 43 in die A 1 überging. Jetzt hatte er sich hoffnungslos verfahren.

Wie Hauptmann Krüger auf die Idee kommen konnte, gerade in dieser Ecke den nächsten Anschlag zu verüben, war ihm schleierhaft. Die Chance, ungesehen aus der Stadt verschwinden zu können, war wesentlich geringer als in Bochum. Er würde höllisch aufpassen müssen, um nicht erwischt zu werden.

Die Ampel sprang auf Grün, zögernd setzte sich der Troß der Fahrzeuge wieder in Bewegung. Noch bevor Groß seinen Fuß von der Bremse löste, kam bereits die nächste Rotphase.

Stöhnend ließ er sein Fahrzeug hinter dem nächsten Wagen ausrollen und griff ins Handschuhfach. Mit einer Hand fummelte er den Plastiküberzug von einem Zitronenklümpchen und steckte es sich in den Mund.

Keine sechs Monate, nachdem er aus der Bundeswehr entlassen worden war, hatte er Hauptmann Krüger kennen gelernt. Die vier Jahre als Unteroffizier hatten ihm gut gefallen, aber wegen der Truppenreduzierung hatte er keine Chance gehabt, sich länger zu verpflichten. Also hatte er versucht, im zivilen Bereich einen Job zu finden, aber egal, was er auch anfing, er hielt es nirgends länger als drei Wochen aus.

Hauptmann Krüger brachte ihn in die Partei. Sie hatten sich durch Zufall in Hamburg getroffen, Krüger war als Gastredner auf einer Wahlveranstaltung einer rechten Gruppe geladen, Groß stand unter den Zuhörern. Wie viele aus der ehemaligen DDR stand er Parteien sehr skeptisch gegenüber, aber was dieser breitschultrige Kerl, der fast an seine Größe heranreichte, erzählte, imponierte ihm. Nach der Kundgebung hatte er Krüger angesprochen. Der Anfang war gemacht.

Groß wurde als Verwaltungsmitarbeiter bei der Partei angestellt. In Wirklichkeit fungierte er als Ordner, Kurier, Drucker oder was gerade so anfiel. Das dritte Reich hatte ihn schon immer fasziniert, und hier endlich war er auf Leute gestoßen, die nicht nur genauso dachten wie er, sondern auch bereit waren, dafür zu arbeiten.

Ziemlich schnell war er in der Hierarchie der Partei nach oben geklettert. Nach nur einem weiteren halben Jahr zog ihn Krüger eines Abends beiseite, verfrachtete ihn in seinen Wagen und brachte ihn mit Hertz, dem Parteivorsitzenden, zusammen. Bei diesem Treffen erfuhr Groß dann, worum es wirklich ging.

Wie beinahe alle rechten Parteien darbte die von Hertz gegründete Vereinigung nahe am Rande der Bedeutungslosigkeit. Gelegentliche Erfolge bei Landtags- oder Kommunalwahlen waren zwar ermutigend, brachten aber bei weitem nicht die gewünschte Aufmerksamkeit und neuen Zulauf.

Hertz schwärmte an diesem Abend überschwenglich von einer Doppelstrategie nach dem Muster der IRA. Auf der einen Seite legale, politische Arbeit, auf der anderen Seite der konsequente Kampf gegen das System und die Verräter an der deutschen Sache. Kurzfristig wollte Hertz zunächst ein Sammelbecken für alle national gesinnten Kräfte bilden, langfristig jedoch sollte sich der Kampf gegen die verhaßten etablierten Parteien und deren Helfershelfer richten.

Natürlich war dieses Ziel nicht problemlos zu erreichen. Immerhin hatte auch der größte Führer aller Zeiten lange Jahre seines Lebens darauf verschwenden müssen, zunächst die Widerstände im eigenen Land zu brechen. Allen in der Bewegung war klar, daß die endgültige Machtübernahme noch einige Jahre auf sich warten lassen würde. Bis dahin hing es von Männern wie Groß ab, daß Deutschland nach und nach wieder zu dem werden konnte, was es einmal war.

Und so war Groß Mitglied der National-Revolutionären Zellen geworden, von deren Existenz außer Hertz noch Stenner, der ideologische Vordenker der Partei, Hauptmann Krüger und die handverlesenen Kämpfer, die sich aus Sicherheitsgründen untereinander nicht kannten, wußten.

Hinter ihm blökte eine Hupe auf. Der Wagen vor ihm war weg, Groß hatte glatt die nächste Grünphase verpaßt. Instinktiv gab er Gas, der Wagen schoß nach vorn. Und tatsächlich rutschte er gerade noch bei Gelb über die Ampel. Ratlos starrte er auf die Wegweiser. Er erinnerte sich, daß sein Ziel in Elberfeld lag, nur hier war kein einziger Hinweis auf die gewünschte Richtung. Auf der rechten Seite tauchte eine Tankstelle auf, aber er fuhr stur geradeaus. Nach dem Weg zu fragen wäre unter Umständen ein tödlicher Fehler. Manche Leute erinnerten sich nicht daran, wann sie zum letzten Mal mit ihrer Frau gebumst hatten, aber sie wußten genau, wann sie ein Ortsfremder nach einer bestimmten Straße gefragt hatte.

Rechts ging es zum Hauptbahnhof. Kurz entschlossen zog Groß auf die äußerste Spur, fädelte sich ein und gab ein wenig mehr Gas. Schon tauchte das imposante, sandsteingeblasene Bauwerk auf. Aus den Augenwinkeln suchte er nach einer legalen Parkmöglichkeit.

Die Versuchung war groß, für einen Moment vor einer der Ausfahrten oder auf der Taxispur zu parken. Aber das war genauso undenkbar wie die Frage nach der Fahrtstrecke. Nach Möglichkeit wollte sich Groß kein Knöllchen einhandeln, wer weiß, vielleicht kam einer vom BKA auf die Idee, auf gut Glück die Strafmandate des letzten Monates durchzusehen. Als Profi achtete er selbst auf winzigste Kleinigkeiten.

Geduldig fuhr er auf den Parkplatz und wartete, bis er sich in eine freie Lücke quetschen konnte. Dann griff er nach dem Clipboard und einem Kugelschreiber, stieg aus und sah sich nach einem Stadtplan um.

Direkt vor dem Bahnhofseingang wurde er fündig. Als kein anderer Passant in der Nähe war, suchte er schnell das Straßenverzeichnis nach der Graf-Adolf-Straße ab und heftete seine Augen auf das Gewirr von bunten Linien, Geraden und Kurven. Fluchend notierte er sich mit wenigen Notizen den kürzesten Weg. Er war wie eine Katze um den heißen Brei immer im Kreis gefahren.

Mit Leuten aus seiner Vergangenheit hatte er fast keinen Kontakt mehr. Seine Eltern waren schon lange unter der Erde, Geschwister hatte er nicht. Die ganzen Hohlköpfe aus der FDJ hatte er damals gehaßt, von zwei, drei Ausnahmen abgesehen. Doch seit er im Untergrund lebte, waren diese wenigen Verbindungen nahezu völlig eingeschlafen.

Das Clipboard landete wieder in der Ablage zwischen den Sitzen. Umsichtig dirigierte Groß seinen Wagen aus der Parklücke, ordnete sich in den Verkehr ein und steuerte vom Bahnhof weg Richtung Cronenberg. Wenn er sich nicht arg verschätzt hatte, würde er in spätestens fünf Minuten da sein, wo er hin wollte.

Der Verkehr hatte nachgelassen, ohne weitere Schwierigkeiten erreichte er die Südstraße, beschleunigte und bog kurz darauf in die Cronenbergstraße ab. Jetzt mußte er nur noch die Augen offenhalten, dann konnte nichts mehr schiefgehen.

Die Straße stieg ziemlich steil bergan. Bei jeder Abzweigung schossen seine Augen nach links, schließlich setzte er erleichtert den Blinker und zog den Wagen in eine kleine Seitenstraße.

Sein Gesicht wurde lang. Die Graf-Adolf-Straße war eine reine Wohnstraße, in der keine zwei Autos nebeneinander auf die Fahrbahn paßten. Bei Gegenverkehr war man entweder gezwungen, stehenzubleiben oder den anderen in die Walachei zu bugsieren. Beide Möglichkeiten sagten ihm gar nicht zu.

Langsam rollte er noch ein Stück weiter und hielt endlich, nach einem weiteren Blick auf die Hausnummern, am Straßenrand. Die letzten Meter legte er lieber ohne Wagen zurück. Ein einzelner Fußgänger war nie so auffällig wie ein langsam fahrendes Auto und jemand, der sich aus seinem Fahrzeug aufmerksam umsah.

Groß war müde. Der Adrenalinschub, der sich nach der gestrigen Aktion in seinem Körper ausgebreitet hatte, war längst abgeebbt, sein Training heute morgen und das ewige Herumkurven hatten ihn ziemlich geschlaucht.

Der Weg führte an schmucken, aber nicht allzu pompösen Reihenhäusern vorbei. Seine erste Verärgerung hatte sich wieder gelegt; wenn er mitten in der Nacht zuschlug, konnte er es sicher so arrangieren, daß er längst weg war, wenn sein Päckchen hochging. Nur die Zündschnur müßte er ein wenig länger machen, damit er genug Zeit hatte.

Aus einem der Hauseingänge schoß eine rattengroße Töle, der scheintote Besitzer am anderen Ende der Leine war kaum größer als der Kläffer. Groß liebte Hunde, besonders Dobermänner und Rottweiler, aber diese zwei Kilo mit wedelndem Schwanz hätte er am liebsten mit einem Fußtritt in den nächsten Gully befördert. Statt dessen verzogen sich seine Mundwinkel zu einem Lächeln, der Tattergreis nebst Köter grüßten zurück und schlugen zu seinem Glück die andere Richtung ein. Groß atmete unhörbar auf.

Hinter der nächsten unscheinbaren Hecke lag sein Ziel. Das Haus stand ein wenig von der Straße zurückgezogen und war mit einem etwa zwei Meter hohen Maschendraht umzäunt. Ärgerlich, aber kein ernsthaftes Hindernis. Ohne seinen Schritt zu verlangsamen, ging Groß an dem Gebäude vorbei. Hinter der Häuserzeile erkannte er so etwas wie einen Feldweg. Wenn er den erreichte, konnte er sich das Ziel in aller Ruhe ansehen.

Die erste Zeit in der Aktionsgruppe war stinklangweilig gewesen. Der tägliche Ablauf änderte sich um keinen Deut, Groß hielt das Ganze irgendwann schon für einen Witz, bis er seinen ersten Auftrag bekam. Und der hatte es in sich gehabt: Die Gruppe brauchte Waffen. Er sollte sie besorgen. Als ehemaliger Bundeswehrsoldat entwarf er einen Plan, tollkühn und waghalsig, aber Krüger war begeistert. Er änderte ihn nur in einigen Kleinigkeiten ab und teilte Groß zwei Männer zu, von denen er nicht einmal die richtigen Namen kannte. Wegen ihres Dialektes vermutete er, daß sie aus Süddeutschland oder Österreich kamen, aber das war unwichtig. Er trainierte eine Woche mit ihnen, dann ging der erste Schlag los.

Groß hatte ein mulmiges Gefühl in der Magengegend gehabt, weil er als Ziel seinen ehemaligen Standort ausgesucht hatte, aber immerhin war es damals schon über fünfzehn Monate her gewesen, daß er entlassen worden war. Ein prallgefüllter Munitionsbunker der Bundeswehr war das Objekt der Begierde, auf dem Gelände seiner ehemaligen Kaserne gab es ein regelrechtes Depot, welches immer gut gefüllt war. Die acht Leute von der Wachmannschaft waren kein Problem.

Beinahe wäre alles glatt gegangen. Sie hatten losgeschlagen, unmittelbar nachdem die Doppelstreife einen Rundgang gestartet hatte. Die sechs verbliebenen Soldaten in der Wachstube wurden blitzschnell überwältigt und wie ein Rollbraten zusammengeschnürt. Auf der Ladefläche des Anderthalbtonners standen schon etliche Kisten mit G3-Sturmgewehren, P1-Pistolen, Uzi-Maschinenpistolen, Munition, 7,62mm und 9mm, etliche Kilo C4-Sprengstoff, mehrere Kisten mit Splitter- und Sprenggranaten und als besondere Zugabe zehn Heckler & Koch Scharfschützengewehre mit Zielfernrohr und Spezialmunition. Gerade als sie sich wieder aus dem Staub machen wollten, kam die Streife völlig außerplanmäßig zurück. Einem der beiden war schlecht geworden. Zum Glück hatte Groß die beiden rechtzeitig bemerkt und sofort seine Waffe gezogen. Mit dem ersten Schuß, purer Zufall, traf er den Streifenführer direkt zwischen den Augen, der andere erhielt eine Kugel in die Schulter.

Ohne weiter zu zögern, war Groß von der Ladefläche gesprungen, hatte seine Leute ins Führerhaus gedrängt und war losgedonnert. Sie walzten durch einen Zaun, fuhren bis zu ihrem geparkten Lieferwagen und luden die Beute um. Seine beiden Kumpane hatte Groß noch am selben Abend in einen Intercity nach München verfrachtet. Seitdem hatte er keinen von beiden wiedergesehen.

Der Feldweg begann am Ende der Straße, hinter dem letzten Haus. Unauffällig sah er sich noch einmal um und bog dann auf den unbefestigten Schotterweg ab. Mit federnden Schritten lief er gut zweihundert Meter, bis er sich hinter dem Zielobjekt befand. Dieser Standort war ideal. Hinter den dichten Bäumen und dem wild wuchernden Buschwerk konnte er nicht gesehen werden. Vorsichtig ging er in die Hocke und nahm das Gelände in Augenschein. Auch hinter dem Garten war ein Maschendrahtzaun, aber mit einem beherzten Schwung könnte er ihn überwinden. Bis zum Haus hätte er dann gerade noch zehn Meter zu laufen. Unter dem Erker bot sich die beste Möglichkeit, den Sprengstoff zu plazieren. Zwar wäre er gerne in das Gebäude eingestiegen, aber die Fenster waren vergittert.

Menschenopfer würde das hier sicher nicht geben. Der Bau gehörte einer Kanakenorganisation, die von hier aus ihre Kanakenideen verbreitete. Und niemand von diesen Kanaken sollte auf die Idee kommen, die Bewegung würde sich nicht um ihn kümmern.

Groß musterte noch einmal aufmerksam das Gelände. Wenn er das nächste Mal hier war, würde es stockduster sein, der Einsatz einer Taschenlampe verbot sich. Sicherheitshalber pflückte er die Sofortbildkamera aus seiner Umhängetasche und machte drei, vier rasche Fotos. Sobald die Abzüge trocken waren, stopfte er sie zusammen mit der Kamera zurück in den Beutel.

Als er aufstand, knackten seine Gelenke. Groß ging nicht den Feldweg zurück, sondern lief weiter in die einmal eingeschlagene Richtung. Vielleicht gab es ja eine noch bessere Möglichkeit, sich diesem Haus zu nähern.

Keine dreißig Meter weiter machte der Weg einen scharfen Knick und führte steil bergab. Der Schotter endete nach fünfzig Metern auf einem kleinen Parkplatz, der eine direkte Ausfahrt auf die Hauptstraße hatte. Groß schmunzelte. Das war ein Anfahrts- und Fluchtweg – wie für ihn gemacht.

Zufrieden wollte er sich auf den Rückweg machen, als aus dem Stoffbeutel das Klingeln seines Handys ertönte. Hastig griff er in die Tasche und schaltete das Gerät auf Empfang. Auf der ganzen Welt gab es maximal sechs Personen, die die Nummer kannten. Aber als sich der andere Anrufer mit Namen meldete, wäre ihm trotzdem das Telefon vor Überraschung beinahe aus der Hand gefallen.

## 16

»Herrje, geht's dir immer noch nicht besser?«

Besorgt blickte Hofmann auf die bleiche Figur neben sich auf dem Beifahrersitz. Katharina saß kerzengerade und atmete flach durch die Nase. Ihr verbliebener Mageninhalt stand ihr bis Oberkante Unterlippe. In jeder Kurve befürchtete sie, den Fußraum des Vectra zweckentfremden zu müssen.

»Langsam fühl ich mich wieder menschlich«, stöhnte sie leise, als Hofmann vor einer Ampel halten mußte.

»So siehst du auch aus. Das sprühende Leben«, spottete ihr Chauffeur.

Katharina hatte schon den ganzen Morgen fieberhaft überlegt, woran sie sich den Magen hatte verderben können. »Ich hab mir bestimmt am Samstag abend 'nen Magen-Darm-Virus eingefangen«, meinte sie. »Hast du den Brötchenbelag im Sonderangebot gekauft?«

»Natürlich«, nickte Hofmann. »Direkt von der Freibank. War unheimlich billig.«

Thalbach starrte entsetzt nach links.

Hofmann grinste. »Menschenskind, geh doch zum Arzt. Den Babysitterjob schaff ich auch noch alleine.«

Katharina winkte ab, lehnte sich zurück und schloß die Augen.

Hofmann zog in die Hoteleinfahrt, steuerte in die Tiefgarage und dirigierte den Wagen in eine freie Parklücke. Ein Stück weiter im Hintergrund lief ein muskelbepackter Stiernacken vor einer Ansammlung von Nobelboliden Streife.

»Schau mal«, bemerkte Hofmann. »Wenn du Nationalspieler bist, wird sogar dein bestes Stück bewacht.«

»Wußte gar nicht, daß Sabrina mit deinem Golf ins Bett geht«, konterte die Blonde trotz ihres erbärmlichen Allgemeinzustandes. Allmählich fühlte sie sich wieder ein wenig lebendiger, ihr Kreislauf setzte nur noch alle zwanzig Sekunden aus.

Als sie aus dem Dienstwagen kletterten, gönnte ihnen der Ruhrgebietsterminator einen mißtrauischen Blick und konzentrierte sich erneut auf seine Laufstrecke.

»Dann schon lieber bei Aldi Einkaufswagen sortieren«, sagte Hofmann ein wenig zu laut.

»Wird längst nicht so gut bezahlt. Beeil dich lieber, sonst kommen wir gleich am ersten Tag zu spät.«

Gemeinsam bestiegen sie den Fahrstuhl zur Hotelhalle. Als der Fahrkorb anruckte, biß sich Katharina noch einmal fest auf ihre Lippen, aber das Schlimmste schien überstanden. Sie konnte sogar tief Luft holen, ohne sich übergeben zu müssen.

In der Eingangshalle des Hotels herrschte Trubel. Offenbar hatten die Kicker gerade ihr Frühstück beendet und bequemten sich zu arbeiten. Bevor die beiden Bochumer sich unter die vielen kleinen Grüppchen mischen konnten, näherte sich ihnen der Zwilling des Tiefgaragensheriffs. Hofmann zückte lässig seinen eingeschweißten Adler, worauf sie passieren durften.

Kaltenbach stand, in einem dunkelblauen Trainingsanzug verpackt, zusammen mit Heidtmann und einem aalglatten Mittdreißiger in wesentlich modischerem Outfit unter den Auswucherungen zweier gigantischer Zimmerlinden. Bei dem Gewusel hatten sie die Beamten noch nicht bemerkt.

»Hast du eigentlich mal ein Bild von deinem Schokoplätzchen da?« fragte Neubert gerade.

»Wovon?« meinte Kaltenbach ratlos.

»Na, von deinem Schätzken. Zeig deinem Zimmergenossen doch mal, was dir zu Hause die Bettdecke vorwärmt.« Der Typ in dem veilchenblauen Jackett grinste unverschämt.

»Oben, auf dem Zimmer, in meiner Brieftasche«, erklärte Kaltenbach ausweichend.

»Bei meinem letzten Urlaub auf Kuba hab ich mir auch mal für zwei Wochen eine dunkle Braut aus der Karibik angelacht«, biederte sich Neubert bei dem Wahlitaliener an. »Hohl wie ein Brötchen, aber dafür konnte die einen Medizinball durch einen Gartenschlauch saugen.«

Während Kaltenbach überlegte, ob er mitlachen oder Neubert eine pfeffern sollte, schüttelte Heidtmann peinlich berührt den Kopf.

Hofmann erwischte Katharina eben noch am Ellbogen und schob sich vor sie. »Morgen, die Herren. Stören wir?«

Kaltenbach sah irritiert über seine Schulter. Als er die Polizisten erkannte, entspannten sich seine Gesichtszüge. »Da sind Sie ja. Entschuldigen Sie, daß ich Ihnen solche Umstände mache. Gestern stand ich wohl reichlich neben mir.«

»Keine Laufschuhe dabei?« spöttelte Heidtmann.

Thalbach sah ihn herausfordernd an. »Wieso das?«

»Wie wollen Sie den Kleinen denn bewachen, wenn Sie nicht ständig an seiner Seite sind?«

Hofmann klopfte unterhalb seiner linken Achsel gegen seine leichte Sommerjacke. »Wir sind gute Schützen. Aus elf Metern hab ich jedenfalls noch nie daneben geballert.«

»Der Mann hat Humor«, schleimte der Modezar. »Gut so. Ich bin Friedemann Neubert, der Manager von Herrn Kaltenbach. Passen Sie mir gut auf den jungen Mann hier auf. Ist mein bestes Pferd im Stall.«

»Sie reden ja fast wie ein Zuhälter«, entgegnete Katharina ebenso gutgelaunt. »Wieviel bringt der denn im Monat?«

Ihr Kollege sah grinsend zur Seite, aber Neubert umschiffte die Provokation. »Mehr, als Sie im Jahr verdienen.«

»Wie geht's denn jetzt weiter?« fuhr Hofmann schnell dazwischen. »Schon Pläne für den Vormittag?«

Kaltenbach griff nach seiner Sporttasche und nickte. »Klar doch. Bis halb elf ist Training, danach ausgiebige Massage.«

»Müssen wir da auch aufpassen?« fragte Katharina mit einem Seitenblick.

»Wohl nicht«, antwortete Hofmann. »Glaube kaum, daß ein Kontaktgift im Massageöl ist.«

Heidtmann hatte sich inzwischen dem Troß der Spieler angeschlossen. Die meisten Nationalhelden waren bereits auf dem Weg zum angrenzenden Trainingsgelände.

»Kommst du um zwölf an die Bar?« wandte sich Neubert an seinen Schützling. »Du weißt, wir haben noch einiges zu besprechen.«

Kaltenbach rümpfte die Nase, nickte aber. Neubert verzog sich in den Einzugsbereich der knackigen Kellnerin.

»Ein netter Mensch«, meinte Hofmann versonnen. Gleichzeitig setzten die drei sich in Bewegung.

»Friedemann? Ein Anwalt mit Haken und Ösen. Es gibt sicher sympathischere Manager, aber kaum so gute.« Dabei zitterte Kaltenbachs Stimme unmerklich. »Haben Ihre Kollegen heute morgen noch etwas erzählt, was ich noch nicht weiß?« fragte er ein wenig forscher.

»Wen meinen Sie?« wollte Thalbach wissen.

»Na, diese Spurensicherung oder wie das heißt. Die haben doch gestern noch unser Zimmer auf den Kopf gestellt.«

»Ach das«, wehrte Hofmann ab. »Absoluter Fehlschlag. Ich hab vorhin mit meinem Chef gesprochen. Entweder hat derjenige, der Ihnen den Brief ins Zimmer geschmuggelt hat, einen Nachschlüssel benutzt, eine professionelle Ausrüstung dabei gehabt oder hervorragende Kontakte zum Hotelpersonal. Nicht der kleinste Kratzer.«

»Und Fingerabdrücke?« gierte Kaltenbach nach Informationen.

»Da waren so viele Prints auf der Tür, daß die Kollegen keinen sauberen Abdruck nehmen konnten. Das Reinigungspersonal in diesem Haus scheint ziemlich schlampig zu sein. Und von den Bediensteten hat angeblich auch niemand etwas gesehen oder gehört.«

»Und was wollen Sie jetzt unternehmen? Däumchen drehen und warten, bis ich oder meine Freundin umgebracht werde?«

Katharina zog verärgert die Brauen in die Höhe. »Schlagen Sie was vor! Ganz Herne in Präventivhaft nehmen? Sie nach Grönland in Schutzhaft bringen? Kosmetische Chirurgie? Mann, sehr wahrscheinlich hat sich jemand einen schlechten Scherz mit Ihnen erlaubt.«

Wütend blieb Kaltenbach stehen. »Ich habe Angst«, keifte er. »Wenn Sie einen solchen Drohbrief bekommen hätten, wäre Ihnen genauso mulmig zumute wie mir.«

»Meine Kollegin meint damit ja auch nur, daß wir im Moment unser Möglichstes unternehmen«, erklärte Hofmann gedehnt. »Wenn wir jedem, der sich bedroht fühlt, Polizeischutz gewähren würden, müßten wir noch hunderttausend Leute einstellen. Aber wenn es Sie beruhigt, wir werden die Augen offenhalten und selbstverständlich weiter ermitteln.«

»Das ist ja wohl das mindeste«, fauchte Kaltenbach zurück. Abrupt setzte er sich wieder in Bewegung und stieß die Tür zu dem weitläufigen Rasengelände eine Spur zu heftig auf.

»Guck mal, jetzt ist unsere Primadonna beleidigt«, meinte Katharina sarkastisch.

»Ich weiß gar nicht, was du willst«, entgegnete Hofmann. »Das hier ist doch allemal besser, als die Kollegen vom BKA durch die Gegend zu kutschieren oder denen bei Bedarf 'nen Kaffee zu holen. Apropos, möchtest du auch etwas zu trinken?«

»Gern. Ein Eistee wäre nicht schlecht.«

»Kommt sofort. Geh schon mal vor.«

Während Hofmann zur Theke stiefelte, trat Thalbach ins Freie. Es war ein herrlicher Tag, nicht zu heiß, strahlender Sonnenschein, ein stetiges laues Lüftchen sorgte für eine angenehme Erfrischung. Die Spieler tummelten sich bereits auf dem Rasen, vom Blitzlichtgewitter der in Massen anwesenden Presse begleitet. Gut fünfzehn Meter hinter den Reportern wurde eine andächtige Zuschauermenge durch einen stabilen Drahtzaun auf Distanz gehalten. Langsam ließ die Kommissarin ihre Augen über die Menschenansammlung gleiten. Überwiegend Rentner und schulschwänzende Kinder.

Die Beamtin hockte sich mit dem Rücken zu den Spielern auf eine der Holzbänke, streifte die Ärmel ihres Oberteils zurück, damit die Haut genug Sonne abbekam, und machte ihren Job. Kurz darauf plumpste Hofmann mit zwei beschlagenen Gläsern neben sie.

»Was kostet der Spaß?«

Hofmann grinste. »Gar nichts. Geht auf Kosten des DFB. Dieser Pressefritze hüpfte plötzlich neben mir auf und ab und gab mir zu verstehen, daß wir uns als Gäste des Verbandes fühlen dürfen. Für Samstag kriegen wir übrigens auch Karten.«

»Samstag?«

»Für das Länderspiel natürlich. Was dachtest du denn?«

»Meine kannst du meistbietend verkaufen«, meinte Katharina, Eistee schlürfend.

»Besten Dank. Ulli wird sich aber gar nicht darüber freuen.«

## 17

»Verdammt, was ist denn da passiert?«

Katharina schreckte hoch. Seit einer guten Stunde wanderten ihre Augen mehr oder weniger aufmerksam über die Zuschauer. Erst jetzt merkte sie, daß sie kurz vor dem Einnicken war.

Instinktiv schoß ihre rechte Hand zum Pistolenhalfter. Auch sie hatte den Schrei vom Rasenplatz her gehört. »Was ist?« fragte sie elektrisiert.

»Na, hast du das nicht gesehen?« fragte Hofmann. »Den Zusammenprall?«

Verständnislos sah sie auf das Spielfeld, wo sich Kaltenbach mit schmerzverzerrtem Gesicht hin und her wälzte. »Ach du Scheiße«, entfuhr es ihr. Wie der Blitz war sie auf den Füßen.

»Reg dich ab«, meinte Hofmann amüsiert. »Unser Schutzbefohlener hat in ’nem Zweikampf einen Pferdekuß abgekriegt. Nichts besonderes.«

Trotzdem stand er ebenfalls auf und folgte seiner Kollegin auf die Rasenfläche. Neben Kaltenbach kniete bereits ein Betreuer und plazierte einen Eisbeutel auf die lädierte Stelle. Neugierig schauten die Beamten einigen Spielern über die Schulter.

»Wer war das?« sagte Katharina arglos.

Einige Kicker sahen sie erstaunt an.

»Sollen wir den Schuldigen sofort erschießen oder erst mal verhaften?« fragte sie Hofmann ernsthaft.

»Klugscheißer«, fauchte Kaltenbach wütend. »Verarschen kann ich mich alleine.«

»Für dich ist heute Feierabend«, erklärte der Betreuer ruhig. »Pack dir noch ein paar Minuten den Eisbeutel auf den Oberschenkel und dann zurück ins Hotel. Und bete, daß die Schwellung nicht dicker wird. Sonst kannste das Spiel am Samstag vergessen.«

Kaltenbach kam stöhnend in die Höhe und humpelte vorsichtig zum Rand der gepflegten Wiese, Thalbach und Hofmann dicht an seiner Seite. Als sie den anderen Akteuren nicht mehr im Weg waren, ließ sich Kaltenbach in das Gras fallen, den Eisbeutel fest auf den Oberschenkel gepreßt. Die beiden Polizisten hockten sich neben ihn.

»Tut's sehr weh?« fragte Katharina freundlich.

Der Spieler gönnte ihr einen bitterbösen Blick, ließ das Kriegsbeil aber vergraben. »Geht so. Aus der Bundesliga bin ich ja einiges gewöhnt.«

»Das wird bestimmt keine böse Sache«, tröstete Hofmann versöhnlich. »Wundert mich nur, daß sich das kein Arzt ansieht.«

»Im Moment kann der doch sowieso nichts machen. Unser Physiotherapeut legt mir nachher einen Salbenverband an, und dann wirft der Doc auch mal ein Auge drauf.«

Katharina zupfte einige Grashalme aus und lehnte sich bequem zurück. Sie hatte schon stressigere Momente in ihrem Job erlebt.

»Haben Sie sich noch mal durch den Kopf gehen lassen, wer Ihnen den Drohbrief geschickt haben könnte?« wechselte sie das Thema.

Kaltenbach nickte langsam. »Stundenlang. Aber das war bestimmt niemand, den ich kenne.«

»Vorsicht, keine vorschnellen Urteile«, mahnte die Beamtin. »Hätte denn jemand einen Vorteil davon, wenn er Ihnen Angst einjagt oder Sie sich von Ihrer Freundin trennen?«

»Nein.«

»Keine verflossene Geliebte oder ein eventueller Nebenbuhler?«

»Unsinn«, wehrte Kaltenbach ab. »Jasmin und ich sind seit über vier Jahren zusammen, in der ganzen Zeit gab es keine anderen Frauen für mich. Und für sie keinen anderen Mann.«

Katharina schluckte ihren ironischen Kommentar herunter und betätigte sich weiter als Rasenmäher.

»Haben Sie irgendwelche Feinde?« mischte sich Hofmann ein. »Vielleicht gibt es ja jemand, an den Sie schon gar nicht mehr denken.«

»Ach, das ist doch Quatsch. Ich bin niemandem auf die Füße getreten, jetzt nicht und früher nicht. Außerdem habe ich nur zu sehr wenigen Leuten wirklich guten Kontakt. Falsche Freunde finden sich schnell, wenn man im Licht der Öffentlichkeit steht.«

»Irgendwie verstehe ich das nicht«, seufzte Hofmann. »Wenn angeblich niemand ein Motiv hat, woher kommt dann dieser Drohbrief?«

»Wenn ich das wüßte«, schnaufte Kaltenbach.

»Hat Ihr Manager eventuell eine Vermutung?«

»Friedemann? Kein bißchen. Der ist wegen dieser ganzen Sache fast noch nervöser als ich.«

»Woher kennen Sie den eigentlich?« erkundigte sich Katharina beiläufig.

»Neubert war Funktionär in meinem ersten Fußballclub. Er hat als erster erkannt, daß ich mal ein ganz Guter werden könnte. Seitdem berät er mich.«

»Und verdient kräftig daran«, spöttelte die Blonde.

»Das ist doch Alltag in der Branche. Dafür kann ich mich ganz auf den Sport konzentrieren.«

»Ich wundere mich nur, warum Ihr Berater den ganzen Tag hier herumlungert«, meinte Katharina. »Hat der nichts anderes zu tun?«

»Doch, seine Kanzlei scheint recht ordentlich zu laufen. Aber im Troß der Nationalmannschaft tummeln sich dermaßen viele Sponsoren, daß Friedemann nach neuen Werbepartnern Ausschau halten kann. Läuft bisher auch ganz gut.«

»Wo kommen Sie eigentlich her?« fragte Hofmann neugierig. »Ich meine nur, wir müssen ja irgendwann auch mal einen offiziellen Bericht machen.«

»Anklam«, antwortete Kaltenbach.

»Wo ist das denn?« platzte Katharina überrascht heraus.

»Mecklenburg, ungefähr dreißig Kilometer südlich von Greifswald.«

»Aber das ist doch fast schon in Polen, oder?« protzte Hofmann mit seinen geographischen Kenntnissen.

»Nicht ganz. Bis dahin muß man gut und gerne noch eine halbe Stunde fahren.« Dabei rappelte sich Kaltenbach wieder auf, der Eisbeutel unter seinen Fingern war allmählich warm geworden. Prüfend belastete er das verletzte Bein und nickte zufrieden. »Dürfte tatsächlich nicht besonders schlimm werden. Ich geh jetzt ins Hotel und spring unter die Dusche. Kommen Sie mit?«

»Wird das nicht reichlich eng?« zweifelte Hofmann.

Kaltenbach schüttelte grinsend den Kopf und setzte sich in Bewegung. Zu dritt schlenderten sie gemütlich zurück in die Eingangshalle. Im Vergleich zum Morgen herrschte jetzt fast Totenstille.

»Wo liegt Ihr Zimmer?«

»Zweiter Stock. Befürchten Sie etwa, jemand hätte die Fahrstuhlseile angeritzt?«

»Man kann nie wissen«, schmunzelte Katharina. »Wir bringen Sie bis zu Ihrem Zimmer.«

»Von mir aus.«

Der zweite Stock lag einsam und verlassen vor ihnen, als sich die Türen des Liftes wieder öffneten. Hofmann checkte schnell die Umgebung, während Kaltenbach seinen Schlüssel hervorholte und das Zimmer aufschloß.

»Ich brauche höchstens eine halbe Stunde«, trompetete der Spieler und wollte die Tür hinter sich zu ziehen

Doch Hofmann blieb ihm dicht auf den Socken. »Nichts da. Während Sie im Bad sind, inspizieren wir mal Ihre Minibar. Sonst heißt es noch, wir nehmen unseren Job nicht ernst.«

Gleichgültig trat Kaltenbach in den Raum, während Hofmann direkt die Getränke ansteuerte. Katharina ließ sich auf einen Sessel plumpsen und streckte die Beine aus. Der Spieler öffnete seinen Schrank, schulterte ein Badetuch, einen frischen Trainingsanzug und diverse andere Artikel. Dann nickte den Beamten noch einmal zu. »Bis gleich. Wenn ich jemanden brauche, der mir den Rücken einseift, rufe ich Sie.«

»Cola oder Mineralwasser?« fragte Hofmann.

Bevor Katharina antworten konnte, hörten sie durch die dünne Badezimmertür Kaltenbachs Aufschrei.

Mit gezogener Waffe hetzte der Kommissar die höchstens drei Meter bis zur Naßzelle, seine Kollegin nahm den direkten Weg über die Betten.

Kaltenbach fuhr herum und starrte sie mit schreckgeweiteten Augen an. An der Halterung des Duschkopfes hing, an einem dünnen Nylonseil befestigt, der aufgeschlitzte Kadaver einer Katze. Die Duschtasse und die Kacheln waren von Blutspritzern übersät. Und auf der Ablage für die Seife lag ein weißer Briefumschlag.

## 18

Wielert reckte, in seinem Drehstuhl sitzend, die steifen Glieder und gähnte herzhaft. Sein Magen knurrte, und er sah mißmutig auf die Uhr. Erst kurz nach halb zwölf. Die Kantine hatte noch zu.

Zum erstenmal seit langer Zeit hatte er morgens verschlafen. Nicht bis in die Puppen, aber die Zeit war zu knapp gewesen, das obligatorische Frühstück, bestehend aus drei Scheiben Knäckebrot, etwas Konfitüre und zwei großen Tassen Kaffee, zu sich zu nehmen. Naja, zumindest was den Kaffee betraf, hatte er im Laufe des Vormittages kräftig aufgeholt.

Auch jetzt griff er wieder zur Thermoskanne und schüttelte sie prüfend. Leer. Nach einem flüchtigen Blick auf seinen Tischkalender entschied er sich, auf frischen Nachschub zu verzichten. In einer Viertelstunde stand die nächste Besprechung mit den Kollegen vom BKA an.

Sein erster Tag in Bochum war besser als erwartet verlaufen. Die Hektik, die zur Zeit im Präsidium herrschte, war Wielert sehr willkommen. In dem ganzen Chaos achtete kaum jemand auf ihn, er hatte also ausreichend Gelegenheit, die Arbeitsweise seiner neuen Mitarbeiter kennenzulernen und die Hackordnung zu studieren. Brisante Rückstände, an denen er sich die Zähne ausbeißen konnte, gab es zum Glück auch nicht.

Vom Flur her näherten sich lautstarke Schritte. Wielert mußte sich nicht umdrehen. Gassel erkannte auch er bereits an den leichten Vibrationen, die den Fußboden sachte erzittern ließen. Das Schwergewicht kam ins Zimmer, quetschte sich an seinen Schreibtisch und nickte Wielert zu. Der legte seinen Stift zur Seite und sah den Dicken neugierig an. »War's schlimm?«

Gassel zuckte nur kurz mit den Augenlidern. »Ekelhaft. Da ist mir 'ne Leiche tausendmal lieber.« Gleichzeitig hantierte er an einer seiner Schubladen herum, bis er einen Schokoriegel zu fassen bekam.

»Ist der Mann wirklich schon ansprechbar?«

»Geht so«, antwortete Gassel kauend. »Der Schockzustand läßt wohl langsam nach. Ich glaube, der hat noch gar nicht richtig begriffen, was ihm da passiert ist.«

»Besteht noch Lebensgefahr?«

»Nach dem, was der Arzt gesagt hat, nicht mehr. Fragt sich nur, was für ihn besser ist.«

Wielert rieb sich müde die Augen. Gassel war vor zwei Stunden mit zwei Leuten vom BKA und einem Dolmetscher ins Krankenhaus gefahren. Der schwerverletzte Asylbewerber war aus seiner Bewußtlosigkeit erwacht.

»Hat er denn wenigstens etwas Neues sagen können?«

»Keine Spur. Einen Schatten vor dem Fenster hat der gesehen, sonst nichts.«

»Mist, verdammter«, entfuhr es Wielert.

»In einer Hinsicht hat ihm der Attentäter ja einen Gefallen getan«, erklärte Gassel sarkastisch. »Abgeschoben wird der jetzt wohl nicht mehr.«

Wielert horchte auf.

»Können Sie sich vorstellen, was das für ein Presseecho geben würde?« fuhr der Dicke fort. »Da kommt so eine arme Sau nach Deutschland, weil er in seinem Heimatland um sein Leben fürchten muß, stellt einen Asylantrag, und der wird abgelehnt. Kurz bevor er abgeschoben werden soll, geht unter seinem Hintern 'ne Bombe hoch, die ihn zum Krüppel macht, und dafür kriegt er Kanthers goldenen Handschlag. Lebenslange Duldung in unserer ach so tollen Republik, zweimal täglich Windelnwechseln inklusive. Zum Kotzen ist das.«

Während seiner für ihn ungewöhnlich langen Rede sah Gassel seinen Chef herausfordernd an. Dieser legte den Kopf in den Nacken und hob abwehrend die Hände. »Bald ist Wahl. Vielleicht ändert sich danach ja einiges.«

Gassel hatte seine Kaloriendröhnung verputzt und warf die Verpackung in seinen Papierkorb. Scheinbar war Wielerts Antwort nicht das, was er erwartet hatte.

»Am schlimmsten waren die Arschgeigen aus Wiesbaden«, ärgerte sich der Dicke. »Kaum waren wir aus dem Krankenzimmer raus, meinte der eine von den beiden unbedingt einen Witz machen zu müssen. Nach dem Motto, das war's dann wohl mit dem Wichsen ...«

Wielert sah ihn fragend an.

»Die rechte Hand ist weg, die linke fehlt zur Hälfte«, erklärte Gassel.

»Beim BKA muß jeder Bewerber einen Eignungstest machen«, antwortete Wielert mit trockenem Mund. »Und dann nimmt man die, die durchfallen.«

»Wahre Worte«, seufzte Gassel tonlos. »Wie geht's jetzt weiter?«

Der andere zeigte mit dem Kopf Richtung Flur. »Unsere Freunde halten gleich Kriegsrat ab. Wir sind herzlich eingeladen.«

»Na dann mal los.«

Gemeinsam machten sie sich auf den Weg. Nach ein paar Schritten erzählte Wielert: »Ihr Spezi hat vorhin angerufen.«

»Wer?«

»Herr Heinzel. Hat sich für die nächsten zwei Wochen krank gemeldet, Krankenschein käme mit der Post.«

Gassel breitete in einer hilflosen Geste die Arme aus. »Vielleicht ganz gut so.«

Als sie den Konferenzraum betraten, schlug ihnen ein Schwall miserabler Luft entgegen. Der Raum war bis auf den letzten Platz gefüllt. Fast alle Kripoleute aus Bochum standen inzwischen unter der Fuchtel der Bundesbeamten. Nicht wenige der Eingeborenen hätten liebend gerne mit Thalbach und Hofmann getauscht und Babysitter gespielt.

Hagenbeck, der Chefermittler des BKA, blickte forschend in die Runde. Als seine Assistentin die schwere Tür geschlossen und sich neben ihn gesetzt hatte, stand er auf. Augenblicklich herrschte Ruhe.

»Meine Damen und Herren, langsam aber sicher machen wir Fortschritte. Wie Sie wissen, ist es uns bisher nicht gelungen, die Gruppe, die sich für die Anschläge verantwortlich erklärt und weitere Attentate angekündigt hat, den uns bisher vorliegenden Informationen zuzuordnen. Keine unserer Quellen hat bisher etwas von den National-Revolutionären Zellen gehört. Entweder ist diese Bezeichnung ein Deckname, oder wir haben es mit einer hervorragend organisierten Bewegung zu tun, die sich meisterhaft abschirmen kann und sich nicht an den sonst eher tumben Aktionen der Rechten beteiligt. Auch das Bekennerschreiben hat keine neuen Erkenntnisse gebracht. Geschrieben wurde das Pamphlet auf ganz normalem Papier und in einem Allerweltsbriefumschlag verschickt.«

Nach einer Kunstpause, während der sich Hagenbeck affektiert den Scheitel gerade zog, pumpte er seine Lungen voll Luft und zog seinen bisher einzigen Trumpf. »Allerdings konnte unser Labor den bei den Anschlägen verwendeten Sprengstoff analysieren und auch identifizieren. Herr Schlömer, ich glaube, das ist Ihr Part.«

Der Angesprochene, ein früh ergrauter Endzwanziger mit eleganter Designerbrille und kunstvoll gestutztem Schnauzbart, sortierte seine Unterlagen und ergriff das Wort. »Unsere Chemiker haben in den Trümmern aus Bochum Spuren von TNT, PETN sowie RDX gefunden. Sieht also verdammt nach dem guten alten C4 aus. Angesichts der Schwere des angerichteten Schadens haben die schätzungsweise ein Kilo in die Luft gejagt. Beschafft haben sich die Täter das Zeug in einer Bundeswehrkaserne, im Sauerland.«

In der Menge der Zuhörer entstand Gemurmel. Schlömer grinste. »Wir haben an einem anderen Tatort eine komplette Zündvorrichtung gefunden. Anscheinend hat ein Attentäter die Kapsel verloren. Anhand der Kennzeichnung konnten wir die Spur dieser Vorrichtung schnell zurückverfolgen. Bei einem bis heute nicht aufgeklärten Überfall auf ein Munitionsdepot der Bundeswehr vor etwa dreizehn Monaten wurde eine ganze Lieferwagenladung Waffen, Munition und Sprengstoff entwendet. Inklusive dieses Zünders.«

Auf einigen Gesichtern machte sich so etwas wie Zufriedenheit breit. An diesem Punkt ließ sich nachhaken.

»Unsere Freunde sind demnach doch nicht so perfekt, wie wir erst dachten«, übernahm Hagenbeck wieder das Wort. »Sie machen Fehler, zwar nur minimale, aber immerhin.«

»Gab es Fingerabdrücke?« wollte ein kleiner Hagerer aus der letzten Reihe wissen.

»Ich sagte, sie machen minimale Fehler. Ein frischer Print wäre zwar schön gewesen, ist aber nicht. Immerhin haben wir die damaligen Ermittlungsergebnisse von den Feldjägern, der Kripo und dem MAD. Die Kopien werden gleich an Sie verteilt.«

»Ist mir irgend etwas entgangen?« fragte Gassel ruhig. »Von so einem Überfall auf ein Bundeswehrdepot hab ich nie etwas gehört.«

»Glauben Sie etwa, die machen damit großartig Reklame?« schmunzelte Hagenbeck. »Schon allein aus ermittlungstechnischen Gründen kann ein solcher Überfall nicht an die große Glocke gehängt werden.«

»War in dem Fall aber schwer genug, die Presse da raus zu halten«, mischte sich Reimann, der Verfassungsschützer, plötzlich ein. »Ein Bundeswehrsoldat ist damals getötet worden, ein anderer wurde schwer verletzt. Schreiben Sie sich das am besten dick hinter die Ohren, wenn Sie einen von diesen Typen schnappen wollen. Die fackeln nicht lange, die schießen.«

»So weit sind wir leider noch nicht«, meinte Hagenbeck mit einem Seitenblick. »Zumindest haben wir jetzt die Namen der seinerzeit Verdächtigen an der Hand. Gelingt es uns, einem dieser Leute eine Verbindung zu einer rechten Gruppe nachzuweisen, sind wir einen gewaltigen Schritt weiter.«

## 19

»Haben Sie auch das Gefühl, daß die Typen sich wichtiger nehmen, als sie eigentlich sind?« fragte Gassel seinen neuen Chef, als sie eine halbe Stunde später den Konferenzsaal verließen.

»Das nicht«, schmunzelte Wielert leise. »Aber die tappen so was von im dunkeln, da helfen noch nicht mal zwanzig Taschenlampen.«

»Gott sei Dank geht das nicht auf unsere Kappe«, erklärte der Dicke. »Wenn das ein Schuß in den Ofen wird, kriegen wenigstens nicht wir das Fett ab.«

Wielert stutzte und tippte Gassel leicht auf den Ellbogen. »Sehen Sie mal, wir kriegen Verstärkung. Unsere Bodyguards sind zurück.«

Überrascht riß der Dicke die Augen auf. Thalbach und Hofmann kamen ihnen vom anderen Ende des Flures entgegen.

»Haben sich die Eleven vom DFB die Sache anders überlegt?« frotzelte Wielert. »Oder seid ihr denen so auf die Nerven gegangen, daß die euch rausgeworfen haben?«

»Schön wär's«, seufzte Hofmann genervt. »Kaltenbach hat 'nen neuen Drohbrief gekriegt.«

Auf dem Korridor herrschte wegen der eifrig umher laufenden Bundesbeamten extreme Kollisionsgefahr. Wielert dirigierte seine Leute in ihr Büro und schloß die Tür hinter sich.

»Hab ich richtig gehört? Schon wieder ein Drohbrief?«

»Tatsache«, bestätigte Katharina müde. »Und natürlich hat wieder mal niemand etwas gesehen oder gehört.«

»Jetzt mal der Reihe nach«, beruhigte Gassel. »Am besten fangt ihr von vorne an.«

»Da gibt es nicht viel zu erzählen«, maulte Hofmann. »Sofort, nachdem wir angekommen sind, gingen die Herrschaften auf den Trainingsplatz. Etwa nach einer Stunde wurde Kaltenbach verletzt und mußte das Training abbrechen. Wir sind mit ihm zurück ins Hotel. In seinem Zimmer hat er das Ding dann gefunden.«

»Aufgebrochene Tür?« fragte Wielert dazwischen.

»Nein, genau so sauber geknackt wie beim ersten Mal.

Kaltenbach schwört Stein und Bein, daß er die Tür fest verschlossen hat, als er das Zimmer verließ. Außerdem hat Kaltenbachs Freund diesmal ein kleines Andenken zurückgelassen. In der Dusche hing 'ne aufgeschlitzte Katze. War 'ne ganz schöne Sauerei.«

Gassel klatschte zufrieden in seine Hände. »Da wird sich die Spurensicherung samt Freund Rex ja freuen.«

»Woher kannten Sie diesen Heidtmann eigentlich?« fiel Katharina plötzlich ein. »Schien ja so, als seien Sie alte Bekannte.«

Wielert lachte freudlos auf. »Kann man so sagen. Vor ein paar Jahren gab es doch diesen Bundesligaskandal, als bei der Eintracht kurz nacheinander Präsident und Stellvertreter umgebracht wurden.«

»Stimmt«, staunte Hofmann. »Die Stadionmorde. Heidtmann hat damals, glaub ich, bei der Eintracht gespielt, nicht wahr?«

Wielert nickte. »Exakt. Er war ein wichtiger Zeuge.«

»Sie haben die Ermittlungen geführt?« fragte Hofmann fast ehrfürchtig. Der Fall hatte damals wochenlang für großes Aufsehen gesorgt.

»Ich hatte sehr viel Glück«, meinte Wielert bescheiden.

»Habt ihr das Ding mitgebracht?« kehrte Gassel wieder in die Gegenwart zurück.

»Wenn du den Brief meinst, ja. Die tote Katze haben wir erst mal hängen lassen«, meinte Katharina. Gleichzeitig zupfte sie mit den Fingerspitzen den Briefumschlag aus ihrer Tasche. Sie hatte sich in dem Hotel fast wunde Füße gelaufen, um einen Klarsichtbeutel zu organisieren, in dem das Beweisstück einigermaßen sicher deponiert werden konnte. »Steht fast derselbe Schwachsinn drin wie im Vorgänger.«

Wielert drängte sich neben Gassel, als dieser den Briefbogen mit Hilfe von zwei Kugelschreibern vorsichtig entfaltete. Das Blatt war wieder mit blitzsauberen Druckbuchstaben beschrieben, die Kanten der Buchstaben sahen aus wie mit einem Lineal gezogen.

»Ich versteh das langsam nicht mehr«, sagte Wielert mehr zu sich selbst. »Was soll denn dieser Schwachsinn heißen: *Denk an unsere erste Warnung, sonst wird es dich, deine Negerschlampe oder einen anderen aus deiner Mischpoke erwischen. Nationale Grüße.* Was soll denn das?«

»Wo ist dieser Kaltenbach jetzt?« fragte Gassel kopfschüttelnd.

»In seinem Zimmer unter einer Bettdecke«, ätzte Hofmann. »Ein hundertzwanzig Kilo Mann steht vor der Tür und läßt noch nicht mal 'ne Küchenschabe über die Schwelle.«

»Angeblich wollte der Sicherheitsdienst doch die inneren Räume des Hotels im Auge behalten«, überlegte Wielert. »Haben die gepennt?«

»Keine Ahnung. Der Chef von dem Haufen sagt, daß alle fünf Minuten zwei seiner Leute über die Flure getigert sind. Die bewachen sogar die Autos in der Tiefgarage.«

»Dann ist unser Mann ein total abgezockter«, stellte Wielert mißmutig fest. »Gehört schon einiges dazu, so sauber und schnell zu arbeiten.«

»Aber ich sehe keinen Zusammenhang zu dem Anschlag vom Sonntag«, mischte sich Hofmann wieder ein. »Das paßt doch alles nicht zusammen.«

»Übereinstimmungen gibt es schon«, widersprach Gassel. »Professionelles Vorgehen, so gut wie keine Spuren, rechtsextremer Hintergrund. Aber wer sagt denn, daß wir es hier mit ein- und derselben Gruppe zu tun haben?«

»Geht jetzt deine Phantasie mit dir durch?« spöttelte Thalbach.

»Warum denn?« verteidigte sich Gassel. »Sieh mal, einerseits deutet der rechtsradikale Hintergrund ja in der Tat erst mal darauf hin, daß hinter beiden Vorgängen dieselbe Truppe steckt. Aber in dem ersten Fall, bei dem Anschlag auf das Asylbewerberheim, sind die Attentäter sehr medienwirksam vorgegangen. Im zweiten Fall wird nur gedroht, die Bedrohung richtet sich auch nur gegen eine einzelne Person, und zwar so, daß es die Öffentlichkeit nicht mitbekommt. Da kann man sich schon die Frage stellen, ob wir es hier nicht mit einem Trittbrettfahrer zu tun haben. Leuchten wir doch mal Kaltenbachs Umfeld aus, vielleicht entdecken wir da die eine oder andere Überraschung.«

»Und wenn er die Briefe selbst schreibt?« meldete sich Hofmann leise. Alle Augen im Raum richteten sich sofort auf ihn.

»Und warum?« fragte Wielert interessiert.

»Keine Ahnung«, gestand Hofmann. »Aber es will mir einfach nicht in den Kopf, daß ein Erpresser oder was auch immer zweimal in das verschlossene Zimmer eines exklusiven Hotel spazieren und einen Drohbrief deponieren kann, ohne dabei gesehen zu werden. Zumindest ist das Risiko der Entdeckung doch sehr groß. Warum schickt er die Briefe nicht einfach mit der Post?«

»Hat was für sich«, nickte Wielert anerkennend. »Aber warum sollte Kaltenbach das tun? Er schadet sich doch nur selbst damit. Er riskiert, in hohem Bogen aus der Mannschaft zu fliegen wegen der ganzen Unruhe, die seinetwegen entsteht. Zwar hat das BKA festgestellt, daß das Papier, auf dem der erste und, wie ich vermute, auch dieser Drohbrief geschrieben wurde, ein völlig anderes ist als das, auf dem das Bekennerschreiben für die Anschläge verfaßt wurde. Vielleicht haben die beiden Sachen wirklich nichts miteinander zu tun, vielleicht haben wir es mit einem Trittbrettfahrer zu tun, der sich nur einen schlechten Scherz erlauben will. Andererseits ...«

»Was?« fragte Hofmann.

»Mit der Post kann jeder so ein Ding verschicken. Aber die Bedrohung wird viel konkreter, wenn jemand demjenigen, den er bedroht, klar macht, daß er jederzeit in seine Privatsphäre eindringen kann – wie im Falle Kaltenbach. Und das spricht nicht gerade für einen Scherzbold.«

»Und auch nicht die Sauerei mit der Katze«, nickte Katharina.

»Wahre Worte«, bestätigte Gassel. »Aber an das Einfachste denkt mal wieder keiner.«

»Häh?« machte Hofmann.

»Ist doch logisch«, fuhr das Schwergewicht fort. »Ich glaube auch nicht an den phantomgleichen Unbekannten, der mit einer Tarnkappe durch die Landschaft läuft. Vielmehr dürfte unser Täter aus dem nächsten Umfeld von Kaltenbach kommen. Jemand, den niemand verdächtigt, der die Umstände in dem Hotel genau kennt und der weiß, wann der Sicherheitsdienst seine Runden dreht. Womöglich wohnt er sogar in dem Laden.«

»Vielleicht der Bundestrainer«, platzte Thalbach heraus.

»Das nicht gerade«, entgegnete Gassel ernsthaft. »Aber ich verwette einen Kilopack Snickers, daß der Täter entweder ein Mannschaftskollege ist oder im persönlichen Beziehungsumfeld von Kaltenbach zu finden ist.«

»Und was schlägst du jetzt vor? Sollen wir alle in Beugehaft nehmen, bis einer gesteht?« sagte Hofmann.

»Quatsch. Ihr solltet euch mal dafür interessieren, mit wem Kaltenbach am meisten Kontakt hat. Oder hat er mit einem der anderen Spieler Streit? Trifft er sich mit Personen, die nichts mit der Mannschaft zu tun haben?«

»In meinen Augen ist das Ganze nur ein schlechter Scherz«, entschied Katharina. »Selbst wenn einer seiner Kumpels dahinterstecken sollte ...«

»Und was machst du, wenn Kaltenbach mit einer Kugel im Kopf aufwacht?« verteidigte Gassel seine Hypothese.

»Also schön, wir werden Kaltenbach noch ein wenig ausquetschen und sein Privatleben unter die Lupe nehmen«, half Hofmann seiner Kollegin. »Bevor wir wieder abdackeln, was gibt es eigentlich hier an Neuigkeiten?«

Wielert teilte den beiden in kurzen Worten die aktuellsten Erkenntnisse mit. Dann sah er beiläufig auf seine

Armbanduhr. »Schande, schon fast halb zwei. Kommt noch jemand mit in die Kantine?«

»Was gibt's denn?« fragte Gassel sofort.

»Keine Ahnung, aber ich brauch jetzt was zu beißen. Kommen Sie auch mit?«

Hofmann winkte ab. »Keine Chance. Oder meinen Sie, ich will irgendwann so aussehen wie Karl-Heinz?«

»Blanker Neid«, höhnte Gassel und orientierte sich bereits Richtung Flur.

»Geht das eigentlich mit Donnerstag klar?« rief Hofmann gerade noch rechtzeitig, bevor Wielert dem Dicken um die nächste Biegung folgte.

»Donnerstag?« überlegte Wielert. »Ach ja, Sie trauen sich ja aufs Standesamt. Kein Problem, ich werd schon Ersatz für Sie besorgen.«

»Noch kannst du es dir überlegen«, rief Gassel gönnerhaft aus der Ferne.

»Kommt gar nicht in Frage. Und wenn du jetzt nicht brav bist, darfst du nach dem Standesamt nur zugucken, wie wir uns den Bauch vollschlagen.«

»Na ja, so eine kleine Diät ...« stocherte Katharina boshaft nach.

»Nix da, meinen Anteil am Geschenk will ich wenigstens wieder raus haben.«

## 20

Noch bevor er wußte, was ihn geweckt hatte, lag seine Hand auf der Pistole neben seinem Kopfkissen. Routiniert entsicherte er die Waffe und wirbelte von seinem Bett hoch. Dann erst registrierte er das Klingeln seines Handys.

Aufatmend schob er den Sicherungsknopf wieder zurück und legte die P1 an ihren Stammplatz. Das Telefon befand sich auf der kleinen hölzernen Transportkiste, die ihm als Nachttisch diente.

Mit dem Daumen aktivierte er die Verbindung und preßte sich das handliche Gerät ans Ohr. »Ja?«

»Ich bin's«, antwortete eine leise Stimme am anderen Ende. »Hast du es dir überlegt?«

»Das habe ich«, entgegnete Groß ruhig. »Meinetwegen geht das in Ordnung.«

»Gut«, seufzte die andere Stimme. »Bleiben die Bedingungen so, wie wir es vereinbart haben?«

»Natürlich, wie besprochen. Wann hast du es verfügbar?«

Aus dem Hörer vernahm Groß eine Zeitlang nur stoßweise die Atemgeräusche seines Gesprächspartners. Schließlich hörte er den magischen Satz.

»Morgen. Um sechs bin ich am Treffpunkt.«

»Fein«, sagte Groß nur.

»Ich kann mich auf dich verlassen?«

»Hundert Prozent. Mach dir bloß nicht in die Hose. Wird schon alles glatt gehen.«

»Wann machst du es?«

Groß trommelte genervt mit seiner freien Hand auf die harte Matratze. »Auf jeden Fall noch vor dem Spiel. Und halt dich morgen genau an das, was wir besprochen haben. Ich stehe um sechs am Zeitungsstand. Und denk daran, auch die anderen Sachen mitzubringen.«

Groß unterbrach das Gespräch und legte das Handy wieder auf der Holzkiste ab. Erst jetzt warf er einen flüchtigen Blick auf seinen Radiowecker. Zehn nach sechs.

Morgen würde er um hundertfünfzigtausend Mark reicher sein. Und das für einen Job, der sogar Spaß machte.

Prustend ließ sich Groß zurück auf die Matratze fallen und atmete tief durch. Er war schon zu wach, um sich noch einmal unter der Bettdecke zu verkriechen, viel Schlaf hatte er noch nie benötigt. Der Schauplatz für die nächste Aktion der Gruppe war ausbaldowert, der Sprengsatz fertig. Jetzt hieß es nur nicht auffallen. Dieser kleine Nebenjob war zwar nicht ganz risikolos, aber dafür höchst amüsant.

Er sprang aus der Waagerechten auf die Füße, lief zur Kaffeemaschine und machte sie einsatzbereit. Dann griff er sich frische Wäsche aus seinem Koffer und ging in das angrenzende Bad, um zu duschen.

Zurück in seinem Wohnraum kramte er aus dem kleinen Kühlschrank einige Utensilien für ein kärgliches Frühstück hervor, welches er, auf der Matratze sitzend, verzehrte. Nach seiner Mahlzeit säuberte er sein Springmesser, das ihm als Besteck gedient hatte, sorgfältig und steckte es zurück in den Schaft seiner Turnschuhe. Es war Zeit für einen Rundgang.

Seine Behausung befand sich in einer ehemaligen Lagerhalle, die früher zu einem der vielen Betriebe von Hertz gehört hatte. Der alte SS-Mann besaß viele solcher Hallen und Gebäude, die nicht mehr genutzt wurden und die seinen Leuten gegebenenfalls als Unterschlupf dienten. Diese Halle lag in einem schmuddeligen Gewerbegebiet mitten in der Bochumer Innenstadt, zwischen der Dorstener und der Gahlenschen Straße. Das gesamte Gelände war verwinkelt und unübersichtlich, als erstes hatte Groß nach seinem Einzug eine Vielzahl verschiedener Fluchtwege ausgekundschaftet. Sollte ihn die Polizei wider Erwarten aufspüren, hatte er ein halbes Dutzend verschiedener Möglichkeiten zu verduften.

Während seiner Bundeswehrzeit bei den Pionieren hatte Groß genug gelernt, um ein solches Gelände wie das, auf dem er zur Zeit lebte, abzusichern. Natürlich konnte er nicht verhindern, daß sich ungebetene Gäste Zugang verschafften, aber immerhin konnte er dafür sorgen, daß ihm einige Minuten Zeit blieb, um zu fliehen. Auf dem Vorplatz der Halle befanden sich gut getarnte Alarmvorrichtungen, meist so gut wie unsichtbare winzige Drähte, die beim geringsten Kontakt ein Signal an die selbst gebastelte Apparatur sandten, die über der Tür seiner Baracke hing. Einmal hatte es bereits einen Fehlalarm gegeben, als eine Katze auf ihrem Streifzug auf einen der Drähte getreten war. Nun, einen solchen Fehler würde dieses Tier nie wieder machen.

Sorgfältig kontrollierte Groß jetzt jeden einzelnen Alarmdraht und überzeugte sich von der Funktionstüchtigkeit der Batterien, die in seinem Signalgeber steckten. Danach schlenderte er über den Vorplatz zum Zufahrtstor. Auch hier war alles in Ordnung, niemand hatte versucht, in der Nacht das Vorhängeschloß zu knacken.

Als er seine Inspektion beendet hatte, war es Viertel nach sieben. Seine Vorräte reichten nur noch für zwei Tage, aber da er morgen sowieso seinen Unterschlupf verlassen mußte, entschied er sich, den heutigen Tag in seinem Versteck zu verbringen. Zwar reizte ihn ein Abstecher in ein Sportstudio, aber ein wenig Gymnastik und Konditionstraining mußte für den Rest der Woche reichen.

Zurück in seiner Kammer legte er sich wieder lang auf sein Bett, verschränkte die Hände hinter dem Nacken und dachte nach. Die Arbeit für die Gruppe sicherte ihm seinen Lebensunterhalt. Einerseits war Hertz ziemlich großzügig, was den Unterhalt der kämpfenden Truppe anbelangte, andererseits versorgten sich die Mitglieder des Einsatztrupps hin und wieder selbst mit Bargeld. Groß hatte selbst einen der drei Banküberfälle verübt, die auf das Konto der Bewegung gingen. Es hatte sich richtig gelohnt, über dreihunderttausend hatte er aus dieser kleinen Kreissparkasse in Norddeutschland geschleppt. Entgegen der Anweisung, die gesamte Beute bei Hauptmann Krüger abzuliefern, hatte er hunderttausend für sich behalten und fast vollständig in Holland auf verschiedenen Bankkonten deponiert. Rentenbeiträge zahlte Hertz für seine Leute nicht. Außerdem rechnete Groß damit, irgendwann ins Ausland verschwinden zu müssen. Von dem abgezweigten Geld hatte er noch nichts gebraucht, abgesehen von dem Betrag für die auf den guten deutschen Namen Uwe Müller lautenden, gefälschten

Papiere. Ein wenig finanzielle Sicherheit und eine Ersatzidentität konnten nicht schaden. Die Ausweise waren zwar sündhaft teuer gewesen, ihren Preis aber wert.

Zuerst hatte Groß lachend ablehnen wollen, als er gestern den Anruf erhalten hatte. Aber als er die Einzelheiten hörte, war er ins Grübeln gekommen. Schließlich nannte er seinen Preis, viel zu viel Geld, als daß der Anrufer hätte ja sagen können. Groß kannte Leute, die für fünfzigtausend einen Massenmord vor laufender Kamera begehen würden. Aber der andere *hatte* ja gesagt.

Hellwach richtete sich Groß ein wenig aus seiner liegenden Position auf und dachte angestrengt nach. Er brauchte einen Plan für den, nein, für die beiden Anschläge. Die letzten Informationen würde er erst morgen zusammen mit dem Geld bekommen, also konnte er zunächst nur vorläufige Überlegungen anstellen.

Beide Zielpersonen wurden von der Polizei bewacht. Groß schmunzelte verächtlich. Bestimmt hatten die Bullen zwei Knallköppe aussortiert, die kurz vor der Pension standen und zu nichts anderem als zum Händchenhalten zu gebrauchen waren. Oder besser noch zwei Streifenhörnchen. Die würden kein Problem darstellen. Fraglich war nur, wie er vorgehen sollte.

Der erste Teil seines Auftrages war noch am einfachsten. Wie er die Polizei einschätzte, war die Bewachung eine reine Vorsichtsmaßnahme. Niemand würde wirklich mit einem Anschlag rechnen, das machte sein Vorgehen einfacher. Beim zweiten Teil würde es wesentlich schwerer sein.

Groß runzelte unbewußt die Stirn. Siedendheiß war ihm eingefallen, daß er seine zur Verfügung stehenden Waffen nicht einsetzen konnte. Beide Pistolen und Gewehre stammten aus dem Überfall auf das Munitionsdepot, also waren die Knarren registriert. Wenn Hauptmann Krüger erfuhr, daß er außerhalb der Gruppe arbeitete, konnte er sich auf einen heißen Tanz gefaßt machen.

Aber warum eigentlich nicht? Immerhin war das Opfer auch eine potentielle Gefahr für ihn. Diese dumme Sache, an die ihn erst der Anruf wieder erinnert hatte, lag zwar schon gut zehn Jahre zurück, aber sie konnte seine Identität offen legen.

Fluchend hämmerte er mit dem Kopf auf sein Kissen. Verdammter Mist, daran hatte er gar nicht gedacht. Sollte irgend etwas schief laufen, hatte die Polizei plötzlich einen Grund, auf ihn aufmerksam zu werden. Er hielt zwar nicht viel von diesen Blödmännern, aber einige konnten mit ihrem Schädel sicher mehr anfangen als darin Scheiße spazieren zu tragen.

Verärgert angelte er nach der Packung mit den filterlosen Zigaretten. Die Kippen waren mindestens schon drei Wochen alt, und immer noch befand sich gut die Hälfte der Zigaretten in der Schachtel. Groß rauchte nur sehr selten, meistens nach einem sehr ausdauernden Training, wenn sein Körper völlig ausgepumpt war und das Nikotin bis in die letzte Haarspitze drang. Aber jetzt fühlte er etwas, was er kaum kannte. Er war nervös.

Nach dem ersten Zug hustete er auf. Der Tabak war knochentrocken und brannte höllisch. Trotzdem sog er eine zweite Ladung Nikotin in seine Lungen. Diesmal war es besser.

Hatte er überhaupt eine andere Wahl gehabt, als zuzusagen? Ob er den Anschlag jetzt ausführte oder nicht, wenn die Bullen aus irgend einem Grund seinen Auftraggeber in die Mangel nahmen und die Akten von damals in die Hand bekamen, benötigte man nicht viel Phantasie, um eine Querverbindung zu ihm herstellen zu können; und dann geriet er in Schwierigkeiten. Sicher, es hatte keine Anklage gegeben, keine Beweise, die ihn überführen konnten. Dabei war er der einzige, der wußte, was genau passiert war.

Komisch, daß er schon seit Jahren nicht mehr daran gedacht hatte. Seinen ersten Mord sollte man eigentlich niemals vergessen.

Vielleicht bot sich ihm die einmalige Chance, die Sache ein- für allemal aus der Welt zu schaffen. Er zog ein letztes Mal an der Zigarette und quetschte sie auf dem Holzboden aus. Dann nahm er den Stummel, ging ins Badezimmer und spülte ihn die Toilette herunter. Schließlich nahm er wieder seine liegende Position ein, verschränkte die Hände hinter dem Kopf und schloß die Augen. Was er brauchte, war ein guter Plan.

Einen verdammt guten Plan.

## 21

»Sakrament noch mal, was sind das bloß für arrogante Arschlöcher«, wetterte Katharina böse. Aus ihren Augen sprühten blitzende Funken, über ihren Brauen war eine Ader dick angeschwollen.

»Komm mal wieder auf den Teppich«, empfahl Hofmann. »Noch zwei Tage, dann hast du es überstanden.«

»Halt den Mund«, befahl sie barsch. »In zweieinhalb Stunden fünf eindeutige Angebote, drei Gehirnamputierte, die mit ihren Händen meinen Hintern auf Pickel untersuchen wollten und dann noch dieser aufgeblasene Heidtmann. Für so einen Scheiß werd ich nicht bezahlt.«

Hofmann staunte. Selten hatte er Katharina in einer solchen Stimmung erlebt. »Morgen können die dich alle mal kreuzweise. Menschenskind, Mädchen, reiß dich zusammen.«

Unwirsch strich sich Thalbach die Haare zurück und starrte angestrengt aus dem Seitenfenster. Sie wußte selbst nicht, was mit ihr los war. Langsam machte sich der mangelnde Schlaf bemerkbar; inzwischen war ihr nicht mehr nur morgens hundeelend, sondern sie saß auch nachts entweder kerzengerade in ihrer Koje oder kniete vor der Kloschüssel. Sogar Ulli war von ihrem Gewürge wach geworden. Ob sie vielleicht ... nein, das konnte nicht sein.

»Willst du nicht doch mal zum Arzt gehen?« störte Hofmann ihre Gedanken. »Deine Beschwerden sind doch nicht mehr normal.«

»Blitzmerker«, fauchte sie aggressiv.

»Dann eben nicht«, motzte der Fahrer beleidigt.

»Berthold, es tut mir leid«, seufzte Katharina versöhnlich. »Ich kenn mich ja selbst nicht mehr wieder.«

»Versau mir bloß nicht meine Hochzeit«, mahnte Hofmann heftiger als vorgesehen. »Mit so einer Laune kannst du zu Hause bleiben.«

Im letzten Moment schluckte die Blonde eine schnippische Antwort herunter und senkte statt dessen betreten den Blick. »Ich werd mir Mühe geben«, versprach sie leise. »Entschuldige bitte.«

Hofmann lenkte den Vectra in die letzte scharfe Linkskurve, dann hatte das Präsidium sie wieder. Nicht nur Katharina schwirrte der Kopf; er fühlte sich selbst wie durch den Wolf gedreht. Den ganzen Tag über hatten sie nichts anderes getan, als die Herren Nationalspieler, die Funktionäre und Betreuer der Reihe nach auszufragen. Aber niemand hatte etwas gesehen oder gehört. Am schlimmsten von allen war Kaltenbachs Zimmergenosse gewesen. Während die Beamten Heidtmann eigentlich befragen wollten, hatte der Legionär alle zwei Minuten an seinem Telefon gehangen und sich von seinen Börsenmaklern die aktuellen Kurse seiner Anlagen durchgeben lassen. Bei den Zahlen, die die Bochumer zwangsläufig mitbekommen hatten, war ihnen fast schwarz vor Augen geworden.

Der Wagen rollte langsam aus, und Hofmann zog den Schlüssel ab. Statt den Sicherheitsgurt zu lösen, sah er seine Kollegin nachdenklich an. »Jetzt mal im Ernst, Katharina, was ist mit dir los? Du benimmst dich schon die ganze Woche, als hätte dir jemand Juckpulver aufs Tampon gestreut.«

Für seine Metapher hätte sie ihm beinahe eine gescheuert. »Gar nichts ist los«, knatschte sie.

»Haben Ulli und du Probleme? Sorry, es geht mich zwar nichts an, aber wenn du was loswerden willst ...«

Eine lange Zeit sagte die Blonde gar nichts. Dann hob sie langsam den Kopf und schielte unsicher herüber. »Letztes Wochenende hat uns unsere Hauswirtin ihr Haus zum Kauf angeboten«, erklärte sie langsam.

»Bitte? Diese Prachtvilla? Wie wollt ihr die denn bezahlen?«

»Kein Problem. Frau Herbold will wohl nicht, daß ihre Tochter sich den Bau unter den Nagel reißt. Wir können das Haus auf Rentenbasis kaufen, mit 'ner Anzahlung von fünfzigtausend.«

»Und da geht es dir schlecht?« zweifelte Hofmann. »Eigentlich müßtest du vor Freude durch die Gegend hüpfen. Ihr habt doch hoffentlich zugesagt?«

»Noch nicht«, meinte die Kommissarin. »Wir haben das Geld einfach nicht. Die beiden Autos sind ganz schön teuer, und Ulli verdient auch nicht das meiste ...«

»Herr im Himmel, seid ihr völlig bekloppt? Schon mal was von einer Hypothek gehört? Bei den Zinsen, die du zur Zeit bezahlst, kriegst du die Kohle doch hinterher geschoben.«

»Das sagt Ulli auch«, nickte Katharina. »Ich weiß ja selbst, was für ein gutes Geschäft das wäre. Wirklich, ich glaube doch auch nicht, daß es mir wegen dieser Geschichte so beschissen geht. Meinst du, ich mache mir keine Gedanken, warum mir ständig zum Kotzen zumute ist?«

»Vielleicht bist du ja schwanger.«

»Hoffentlich nicht. Vielleicht bin ich einfach nur urlaubsreif.«

»Keine Ausrede«, fuhr Hofmann dazwischen. »Weißt du, es gibt da so gewisse Stäbchen, die du morgens ...«

»Ich komme zwar aus dem Sauerland, aber so blöd bin ich auch nicht«, antwortete Katharina gereizt.

»Und? Wo liegt das Problem?«

Die Blonde hob hilflos die Arme.

»Wenn du 'nen Schwangerschaftstest nicht bedienen kannst, geh am besten gleich zu deinem Gynäkologen.«

»Glaubst du etwa, ich trau mich nicht?«

»Genau«, schmunzelte Hofmann berechnend.

»Gewonnen«, nickte Thalbach resignierend. »Freitag morgen komm ich dann ein wenig später.«

»Na endlich«, schnaufte ihr Kollege. »Langsam wirst du wieder vernünftig.«

Gleichzeitig kletterten sie aus dem Auto. Als Hofmann auf seinem Golf zulief, rief ihn Katharina zurück. »Nicht so voreilig, mein Lieber. Noch ist kein Feierabend.«

»Häh? Schau mal auf die Uhr.«

»Laß uns noch eben die Berichte schreiben. Sonst müssen wir uns am Freitag damit rumärgern.«

Hofmann sah sie an und seufzte. Wie so oft hatte sie mal wieder recht. Sie waren eh schon zwei Tage im Rückstand.

»Meinetwegen«, brummte er.

In den Gängen hallten ihre Schritte deutlich nach, die meisten Büros waren schon verwaist. Nur auf dem Flur, an dem sich ihr provisorisches Büro befand, war noch was los. Das BKA war fast vollzählig versammelt, von Wielert und Gassel war jedoch nichts mehr zu sehen. Lediglich eine Notiz informierte Hofmann und Katharina, daß Kaltenbachs Bewachung am nächsten Tag von zwei uniformierten Kollegen übernommen werden sollte.

»Dann haben wir wenigstens unsere Ruhe«, meinte Hofmann treffend. »Los, an die Maschinen.«

»Guck dir das an«, beschwerte sich Katharina. »Karl-Heinz hat meine Tastatur mit seinen Schokofingern verziert.«

Hofmann riskierte einen Blick. Anscheinend hatte ihr Schwergewicht nach jedem Wort eine komplette Tafel seiner Lieblingsmarke vernichtet; einige Buchstaben waren unter dem tiefbraunen Schmier kaum noch zu erkennen. »Es war deine Idee. Geh mit 'nem Lappen drüber und fang an.«

Sie kamen gut voran. Beide waren so sehr in ihre Arbeit vertieft, daß sie die Gestalt im Türrahmen zunächst nicht bemerkten. Erst, als ein leises Klopfen ertönte, schraken die Beamten zusammen.

»Mein liebes Lieschen, Sie sind ja richtig fleißig«, bemerkte Reimann anerkennend.

»Ach nee, jetzt überprüft der Verfassungsschutz schon die Staatsdiener vor Ort«, erwiderte Hofmann schnippisch. »Keine Chance, Herr Kollege, wir schreiben hier keine Pamphlete, sondern stinknormale Berichte.«

»Hab ich auch keinen Moment dran gezweifelt«, kam die gutgelaunte Antwort. »Sie sind doch die beiden, die auf diesen Fußballer aufpassen müssen, oder?«

»Haargenau«, bestätigte Katharina unwillig.

»Dann herzlichen Glückwunsch. Wissen Sie eigentlich, daß hier so ziemlich jeder furchtbar neidisch auf Sie ist?«

Hofmann und Thalbach sahen sich überrascht an. »Wieso?«

»Wundert Sie das?« fragte der Verfassungsschützler. »Es gibt zwar nettere Zeitgenossen, aber immer noch angenehmer, als sich mit einer Horde Rechtsradikaler herumärgern zu müssen.«

»Vorsicht«, mahnte Katharina zweifelnd. »Wenn man diese Herrschaften eine Zeitlang kennt, stellt man sich schon die Frage, warum nur Kaltenbach bedroht wird. Verdient hätten die das alle.«

»So schlimm?«

Statt einer Antwort winkte Thalbach indigniert ab.

»Pack alle in einen Sack und hau drauf«, warf Hofmann grinsend ein. »Triffst immer den Richtigen. Und ob das mit diesem Drohbrief so richtig ernst zu nehmen ist ...«

Reimann stutzte. »Haben Sie da etwa Zweifel?«

»Jede Wette, das war nur ein schlechter Scherz.«

»Da wäre ich mir nicht so sicher«, meinte Reimann kopfschüttelnd. »Ist Ihnen eigentlich klar, woher die Rechten ihren Nachwuchs beziehen? Meiner bescheidenen Meinung nach war dieser Drohbrief nur eine Frage der Zeit.«

»Meinen Sie das im Ernst?« staunte Katharina.

»Aber klar doch. Haben Sie in der letzten Zeit mal ein Fußballstadion von innen gesehen?«

Hofmann nickte, Thalbach tippte sich an die Stirn.

»Wie dem auch sei«, fuhr Reimann fort und trat endgültig zu ihnen ins Zimmer. »Nirgendwo sonst treffen Sie auf so viele Glatzen wie auf den Stehplätzen in den Stadien. Und es ist egal, ob Bundesliga, zweite Liga oder noch weiter unten.«

Katharina schob interessiert ihre Tastatur zurück und sah Reimann herausfordernd an. »Können Sie das ein bißchen präzisieren? An die Möglichkeit, daß Kaltenbach von fanatischen Fans bedroht wird, haben wir, ehrlich gesagt, noch gar nicht gedacht.«

Der Hüter des Grundgesetzes zog sich einen der freien Stühle heran und nickte. »Gerne. Vorab, ich sehe, wahrscheinlich genauso wie Sie, keinen Zusammenhang zwischen dem Anschlag vom Sonntag und Ihrer Drohbriefgeschichte. Vielmehr dürften die beiden Geschichten zeitlich zufällig zusammenfallen. Wundern kann man sich jedenfalls nicht, wenn man die Szene ein wenig kennt.«

»Ein Beispiel?« fragte Hofmann geduldig.

»Nehmen Sie Duisburg. Bei jedem Heimspiel des MSV treffen sich etwa vierzig Mann, bei deren Anblick allein man das kalte Grausen kriegen kann. Denen geht es nicht die Bohne um das Spiel, die wollen nach Möglichkeit nur Randale machen und provozieren. Und wissen Sie, was das Perverse ist? Duisburg hat einen dunkelhäutigen Stürmer. Den bejubeln die genau so wie die anderen Akteure.«

»Weil der in ihrer Mannschaft spielt?«

»Nee«, lachte Reimann. »Der kommt aus Togo. Ehemalige deutsche Kolonie. Also fast ein Einheimischer.«

»Das ist doch verrückt«, entfuhr es Katharina.

»Tatsache«, bekräftigte Reimann. »In der zweiten Liga ist es noch eine Spur schlimmer. Was meinen Sie, was abgeht, wenn St. Pauli in Ostdeutschland spielt. Ich hab mit eigenen Augen gesehen, was los war, als die Hamburger in Leipzig gespielt haben. Am harmlosesten war der Sprechchor: ›Zecken nach Auschwitz‹. Sie müssen wissen, die Fans der Hamburger gelten in der Szene als linke Antifas. Freiwild. Nach dem Spiel wurden die Fanbusse regelrecht gesteinigt, obwohl die Polizei ihr Bestes tat, sie abzuschirmen. In Hannover wurde St. Pauli mit dem *Spruch* ›Wir bauen eine U-Bahn von St. Pauli bis nach Auschwitz‹ empfangen. Nett, nicht wahr?«

»Und da ist keiner eingeschritten?« wunderte sich Thalbach.

»Wie denn? Wenn diese Hohlköpfe aus dem Stadion verbannt werden, dann steigen die Aktionen eben außerhalb. Als der HSV vor einigen Monaten den Yeboah gekauft hat, tauchten unmittelbar danach Graffiti auf. ›Der HSV bleibt deutsch‹ oder ›Neger in den Urwald‹. Sicher, so etwas gab es schon früher, aber das Ganze hat im Laufe der Zeit eine andere Qualität gewonnen.«

»Inwiefern?« fragte Thalbach. »Dreck bleibt Dreck.«

»Klar, das schon. Aber früher waren diese Typen eigentlich unpolitische Leute, die im Stadion ihre Aggressionen rausließen. Genau solche Fans sind für die rechten Gruppen hochinteressant. Denen geht es darum, aus unpolitischen Hooligans Anhänger ihrer Bewegung zu machen. Und selbst, wenn sie nur jeden zehnten potentiellen Kandidaten erreichen – rechnen Sie mal nach, wie viele da zusammen kommen.«

»Und die Vereine sehen weg?« unterbrach Hofmann. »Die können doch kein Interesse an solchen Zuschauern haben.«

»Natürlich nicht«, nickte Reimann. »Aber was sollen die denn machen? Erinnern Sie sich an das Länderspiel Polen gegen Deutschland in Zabrze, September 96? Die Bilder der randalierenden deutschen Anhänger gingen damals durch ganz Europa. Wenn Bayern München einen seiner Stürmer bittet, sich statt einer Glatze eine aus Haaren bestehene Frisur zuzulegen, um nicht als Identifikationsfigur für Rechte herhalten zu können, dann ist das zwar ein schönes Zeichen für die Medien, bringt aber gar nichts. Es gibt Mitarbeiter von Fanzeitschriften und Fanprojekten, die Morddrohungen rechter Schläger erhalten haben. Und wenn ihre Adresse im Internet auftaucht, so daß sie jeder Skin aufgabeln und sie besuchen kann, dann halten sie auch irgendwann die Schnauze.«

Katharina kratzte sich die Nasenspitze. Anscheinend hatte sie die ganze Sache wohl doch ein wenig zu locker gesehen.

»Ich kenne nicht ganz die Hintergründe«, meinte Reimann neugierig. »Hat dieser Spieler irgendeine Vorstellung, warum er von der Szene bedroht werden könnte?«

»Allerdings«, nickte Hofmann. »Seine Freundin ist eine Farbige, ihr Großvater muß wohl ein Afroamerikaner gewesen sein.«

»Dann ist es kein Wunder«, erklärte Reimann. »In den Augen unserer Klientel gehört sich so etwas für einen Nationalspieler natürlich nicht. Es wäre aber der erste Fall, bei dem Gewalt gegen eine in der Hierarchie so hoch stehende Person gerichtet wäre. Gegnerische Fans klatschen, wenn man mindestens mit zehn Mann in der Überzahl ist, das ist das Normale. Gegenüber Spielern beschränken sich die Feiglinge meistens auf Graffiti oder sonstige Schmierereien. Glaube kaum, daß Kaltenbach tatsächlich in Gefahr ist. Aber garantieren möchte ich das nicht.«

»Hoffen wir's«, seufzte Katharina müde, während Reimann sich auf die Schenkel klopfte und zum Aufbruch rüstete.

»So, Herrschaften, ich verzieh mich mal. Muß unter die Dusche. Und immer schön fleißig sein, verstanden?«

»Höchstens noch zehn Minuten«, schmunzelte Hofmann. »Und besten Dank für die Informationen.«

»Nichts zu danken. Wenn Sie noch was wissen wollen ...«

Kaum war Reimann aus der Tür, als Hofmann laut durchatmete. Katharina hatte schon wieder ihre Tastatur auf den Knien.

»Hättest du mit einem solchen Bodensatz in den Stadien gerechnet?« fragte Hofmann.

»Idioten gibt es überall«, kommentierte sie knapp. »Mach hin, ich will endlich nach Hause.«

»Gibst du denn wenigstens zu, daß Kaltenbach nicht zu Unrecht Angst hat?«

»Meinetwegen«, knurrte sie. »Trotzdem ist der Kerl ein Blödmann.«

»Korrigiere«, lächelte Hofmann. »Ein Blödmann mit Polizeischutz.«

## 22

»Ich hab schon gedacht, ihr kommt gar nicht mehr«, winselte Hofmann erleichtert.

Katharina und Ulli hetzten mit knallroten Köpfen über die Riesenbaustelle vor dem Rathaus, Thalbach in einem Traum aus hellblauem Chiffon, Zander in seinem allerbesten geflickten Anzug. Der Sozialarbeiter inhalierte tief den letzten Zug seiner Zigarette, schnippte die Kippe in hohem Bogen davon und zog den Gurt seiner Fototasche ein wenig fester.

»'tschuldige, aber wir haben keinen Parkplatz gefunden«, japste Katharina außer Atem.

»Ihr hättet ruhig schon anfangen können«, erklärte Ulli, wobei er Hofmanns Rechte preßte. »Zum allgemeinen Besäufnis wären wir allemal früh genug gekommen.«

»Wundert mich, daß du nach dem Polterabend schon wieder geradeaus gehen kannst«, konterte Hofmann nervös. »Außerdem fang ich nicht ohne meine Trauzeugin an. Beeilt euch, alle anderen sind schon da.«

»Sabrina auch?« fragte Zander scheinheilig.

»Klar.«

»Eine Frau mit Prinzipien«, stellte Ulli grinsend fest. »Hätte gedacht, die kriegt noch kalte Füße.«

»Quatsch nicht«, drängte der Kommissar. »Da vorn, die Treppe hoch.«

Von außen sah das Standesamt richtig schnieke aus. Eine sauber gefegte Steintreppe führte eine halbe Etage hoch, gesäumt von schmiedeeisernen Treppengeländern mit vergoldeten Auflageflächen. Kaum hatte man jedoch das schwere Portal überwunden, empfing den Besucher der gewohnte Muff einer Großstadtbürokratie.

In dem kleinen Warteraum stapelten sich die wenigen Zeugen, die das große Ereignis live miterleben wollten. Hofmanns Mutter zerfaserte bereits das vierte Papiertaschentuch und tuschelte aufgeregt mit der Mutter der Braut, einer unscheinbaren Person, die Hofmanns imposanter Erzeugerin knapp unter das Kinn reichte. Sabrina hatte sich in denselben Hosenanzug gepreßt, den sie trug, als Katharina sie kennenlernte. Die Braut strahlte bis zu den Ohrläppchen. Kollege Gassel hatte sich zur Feier des Tages in ein brandneues Gewand gehüllt. Statt seines gewohnten Dunkelblau war er von Kopf bis Fuß in Schwarz gekleidet, abgesehen von seinem blütenweißen steifen Hemd. Etwas abseits standen Sabrinas jüngerer Bruder und dessen Freundin, mit den obligatorischen Blumensträußen für Braut und Trauzeugin bewaffnet.

»Bei deinem Gehalt kannst du dir so einen Fummel leisten?« begrüßte Gassel Katharina augenzwinkernd. »Apart, wirklich. Komm doch mal so ins Büro.«

»Das hättest du wohl gerne«, lächelte Katharina gequält. In ihrem Magen rumorte es mal wieder, aber um Berthold die Feier nicht zu versauen, tat sie gezwungenermaßen fröhlich.

»Hast du auch alles dabei?« drängte sich Sabrina zwischen Katharina und Ulli. »Deinen Ausweis oder deinen Paß? Als Trauzeugin brauchst du das ...«

»Keine Panik«, beruhigte die Blonde. »Wird schon schiefgehen.«

»Ich hab mich mal umgesehen«, nuschelte Zander leise der Braut zu. »Da vorne ist ein prima Fluchtweg. Wenn du schnell bist, kommst du noch mal davon.«

Demonstrativ griff Sabrina Hofmanns schweißnasses Händchen und kuschelte sich an ihn. Bevor sie Zander jedoch antworten konnte, öffnete sich die Tür zum Zeremonienraum und ein dynamischer Beamter zwängte seinen Kopf auf den Flur.

»Die nächsten bitte. Frau Clemens und Herr Hofmann, ich wäre soweit.«

»Wetten, die kriegen beide lebenslänglich?« lästerte Zander.

»Bei 'nem besseren Verteidiger wäre bestimmt Bewährung drin gewesen«, nickte Gassel todernst und reihte sich in der Schlange hinter Hofmanns Mutter ein.

»Wo ist eigentlich deine Frau?« zischte Katharina dem Dicken zu.

»Liegt immer noch flach«, zischte Gassel zurück. »Aber ich darf ihren Nachtisch haben.«

Hofmann und seine Herzallerliebste traten in die erste Reihe und setzten sich auf die Stühle direkt dem Standesbeamten gegenüber. Katharina und Sabrinas Bruder mußten als Trauzeugen notgedrungen mit an die Front. Die beiden Mütter schnieften in der zweiten Reihe, Zander und Gassel quetschten sich zusammen mit der Kaugummi kauenden Freundin des Trauzeugen an die Rückwand. Während der städtische Bedienstete noch seine Unterlagen sortierte, machte Ulli seine Kamera schußbereit.

Der Vorgang war beschämend kurz. Vor der eigentlichen Zeremonie gab der Standesbeamte einige warme Worte zum besten, dann ging er routiniert zum offiziellen Teil über. Weder Hofmann noch seine Braut machten einen Rückzieher.

Als der berühmte Satz über Mann und Frau fiel, kullerten Katharina ein paar Tränchen die Wangen herunter. Hofmanns Mutter war weniger zurückhaltend. Kaum hatte sie Gewißheit, daß ihr Sprößling für den Rest seines Lebens die Aussicht auf regelmäßige warme Mahlzeiten und sie selbst auf einen Stall von Enkelkindern hatte, brachen alle Dämme. Wie mit einem Virus infizierte sie ihre Sitznachbarin. Gassel räusperte sich und bot den älteren Damen galant Halt und Stütze.

»Kinder, war das schön«, trompetete Gassel, als sie den Vorraum wieder lebend erreicht hatten. »Herzlichen Glückwunsch, du alter Glückspilz.«

Hofmann strahlte. Im Moment hatte er zwar nur Augen für seine Angetraute, aber die Zeit, die dargebotenen Hände zu schütteln, fand er dann doch noch.

Zander verpackte vorsichtig seine Kamera und angelte den Sekt aus der mitgeführten Plastiktüte. Das Blubberwasser war zwar schon reichlich warm, fand aber dennoch reißenden Absatz. Vor allem die beiden immer noch schniefenden Mütter verzichteten großzügig auf Gassels weitere Unterstützung und maulten den Spender an, warum er nicht wenigstens zwei Fläschchen mitgebracht hatte.

Vor dem Standesamt wurde es beinahe peinlich. Der ganze Innenhof des Rathauses war angefüllt mit Streifenwagen, die beim Erscheinen des Brautpaares ein ohrenbetäubendes Hupkonzert hören ließen. Etwa zwanzig Uniformierte bildeten mit ihren Schlagstöcken ein Spalier, unter dem das frischvermählte Paar hindurchschlüpfen mußte. Als Zander den zackigen Befehl zum Zuschlagen geben wollte, brachte ihn seine Verlobte mit einem Rippenstoß gerade noch rechtzeitig zum Schweigen.

Am Ende des Spaliers wartete der Polizeipräsident und hielt seine unvermeidliche Rede. Katharina ging der ganze Zinnober fürchterlich auf die Nerven. Sollten Ulli und sie tatsächlich einmal heiraten, dann bestimmt nur unter Ausschluß der Öffentlichkeit.

Sabrina und Berthold hörten ergriffen den Sermon des höchsten Bochumer Polizisten an und bekamen als symbolisches Geschenk ein Paar blitzende Handschellen überreicht. Mit zitternden Fingern plazierte Hofmann ein Ende der Schelle an Sabrinas Handgelenk, mit dem anderen kettete er sich an sie. Wie aufs Stichwort sprangen die inoffiziellen Gäste in ihre Kutschen und brausten los. Erst da stellte Hofmann fest, daß der Schlüssel für die Handschellen fehlte.

## 23

»Nein, daß ich das noch erleben darf«, seufzte Mutter Hofmann ergriffen. »Mein Kleiner ist doch tatsächlich schon verheiratet. Ja ja, man wird alt.«

Gleichzeitig fuhrwerkte sie wie der Teufel mit ihrer Gabel in ihrer aus überbackenem Ziegenkäse bestehenden Vorspeise herum. Die Ouzos vor dem Essen versetzten sie zusammen mit dem eilig gekippten Sekt auf dem Standesamt in eine mehr als rührselige Stimmung.

»Ist ja schon gut, Mutti«, sagte Hofmann genervt. »Das hast du mindestens schon dreimal erzählt.«

»Aber das stimmt doch«, kam die Antwort. »Ich weiß noch genau, wie oft ich dir gesagt habe, Berthold, hab ich gesagt, such dir doch endlich ein nettes Mädchen. In deinem Alter ist es nicht gut, wenn man allein ist.«

Die anderen unterdrückten höflich ihr Gelächter und konzentrierten sich auf ihr Essen.

»Wo Frau Hofmann recht hat, hat sie recht«, sekundierte Sabrinas Mutter mit leicht unsicherer Stimme. »Ich bin ja auch so froh, daß mein Kind einen so netten Mann gefunden hat. Wenn ich da an die Männer denke, die sie früher manchmal mitgebracht hat ...«

»Mama«, entfuhr es Sabrina impulsiv. »Dafür wird sich wohl niemand interessieren.«

»Keine Widerrede. Berthold, du bist wirklich ein netter

Kerl. So einen Schwiegersohn wünscht sich jede Mutter für ihre Tochter.«

Gleichzeitig drückte sie dem neben ihr sitzenden Kommissar einen feuchten Schmatzer auf die Wange und tätschelte ihm begütigend den Unterarm. Dann angelte sie nach dem elegant geschwungenen Rotweinglas. Bereits beim zweiten Versuch gelang es ihr, den Stiel zu greifen.

Katharina untersuchte ihren Bauernsalat ausgiebig auf Oliven. Dabei tauchte sie fast mit der Nasenspitze in das Dressing, um nicht loszuplatzen. Einzig Gassel war das Gerede ziemlich wurscht. Mit glänzenden Augen widmete er sich seiner Moussaka. Im Moment hätte neben ihm ein Doppelmord geschehen können, er hätte die Gabel nicht aus der Hand gelegt.

Den Vorschlag, zum Hochzeitsessen den Griechen auf dem Westring, direkt gegenüber dem Gesundheitsamt, aufzusuchen, hatte Ulli gemacht. Er ging hier schon seit über fünfzehn Jahren regelmäßig hin, wählte aus der vielfältigen Speisenkarte immer die Ouzo-Platte und konnte sich jedes Mal nach Beendigung der Mahlzeit zwei Tage nicht bewegen. Das Angebot des Restaurantbesitzers, daß er, wenn er einmal eine doppelte Portion schaffte, nie mehr bezahlen müßte, konnte er beim besten Willen nicht annehmen.

Normalerweise war das Speiselokal erst abends geöffnet. Aber Stammkunden konnte der Wirt selten etwas abschlagen. So saß die Gesellschaft allein in dem urgemütlichen Lokal, stellte unerwartete Verwüstungen bei den Ouzobeständen und den Rotweinflaschen an und wählte sich quer durch das Angebot der Küche.

»Berthold, bestell deiner Mutter bitte noch einen davon.« Dabei zeigte die Seniorin mit ihrem juwelenüberfluteten Zeigefinger auf ihr Schnapsgläschen. »Bei der Hitze kommt man ja um vor Durst.«

»Mutti, wir sind erst bei der Vorspeise«, ermahnte sie Hofmann lahm. Nachdem Katharina Sabrina und ihn erst nach einer Viertelstunde von den Handschellen erlöst hatte, war für seinen Geschmack genug Aufregendes passiert.

»Gönnst du deiner Mutter nicht mal einen herzhaften Schluck?« ließ sich Zander aus seiner Ecke vernehmen. »Mir kannst du gleich einen mitbestellen.«

»Wissen Sie, Fräulein Katharina«, wechselte Hofmanns Mutter das Objekt ihres Redeflusses, »ursprünglich hab ich ja angenommen, daß mein Berthold und Sie mal ein Paar werden.«

Krächzend versuchte Thalbach eine querliegende Tomate aus ihrer Kehle zu bekommen. »Wie kommen Sie denn auf das schmale Brett?« fragte sie reichlich forsch.

»So nett, wie Berthold immer von Ihnen erzählt. Vor allem in der ersten Zeit, als Sie nach Bochum kamen. Das ist jetzt nichts gegen dich, Sabrina.«

»Ach was«, meinte die Frischverheiratete amüsiert. »Wäre ich nie drauf gekommen.«

»War da nicht mal was zwischen euch beiden?« bohrte die ältere Frau neugierig weiter.

Hofmann lief rot an. »Mutti, erzähl bitte nicht so einen Unsinn«, fauchte er hilflos.

Sogar Gassel hörte einen Moment auf zu kauen. »Hör ich richtig? Zwischen euch hat es mal gefunkt?«

»Das hättest du mir aber sagen müssen«, quetschte Zander mühsam beherrscht hervor. Dabei schaffte er es tatsächlich, seinen traurigsten Dackelblick aufzusetzen.

»Berthold hätte mir das sicher erzählt«, winkte Sabrina ab. »Das hättest du doch, oder?«

»Seid ihr alle verrückt geworden?« stammelte Hofmann entsetzt.

»Ist doch jetzt nicht mehr schlimm«, mischte sich Sabrinas Mutter wieder ein. Ihre Worte klangen schon leicht verwaschen »Heutzutage hat doch jeder seine Erfahrungen, bevor er in die Ehe geht. Teilweise bin ich ja gar nicht mehr nachgekommen, mit wem Sabrina gerade zusammen war.«

»Mama, jetzt ist es aber genug«, zischte die Braut wütend. »Und hör auf, so viel zu trinken. Du bist das nicht gewöhnt.«

»Hast du 'ne Ahnung«, kam die trotzige Antwort. »1978 habe ich, bei der Hochzeit von deinem Onkel Herbert, ganz alleine zwei Flaschen Erdbeerwein getrunken.«

»Ist das wahr?« staunte Ulli grinsend. »Ganz alleine?«

»Wenn ich es doch sage«, bekräftigte die Quasi-Alkoholikerin, indem sie mit der flachen Hand auf das Tischtuch patschte. »Und außerdem, wenn mein Kind heiratet, ist das doch ein Grund zum Feiern. Herr Ober!«

Konsterniert verbarg Hofmann seinen Kopf zwischen den Händen.

»Und dabei sollte *ich* dir nicht den Tag versauen«, flüsterte Katharina ihrem Kollegen zu. »Frau Hofmann, Sie müssen da was verwechseln«, fuhr sie laut fort. »Berthold und ich, nun, das wäre niemals gut gegangen.«

Zweifelnd sah Hofmanns Mutter zu Thalbach herüber. Ihre in Ansätzen bereits glasigen Augen fixierten dabei krampfhaft einen Punkt etwas oberhalb von Katharinas Gesicht. Plötzlich bekam sie unerwartete Unterstützung.

»Jetzt wird mir einiges klar«, regte sich Zander künstlich auf. »Immerhin war er es, der mich 'ne Nacht einkassiert hat.« Dabei spießte er den Kommissar regelrecht mit seinem ausgestreckten Zeigefinger auf.

»Du hast was?« fragte Hofmanns Mutter sofort.

»Ganz recht«, fuhr Ulli fort. »In die Zelle hat er mich gesperrt, bei Wasser und Brot.«

»Wie konntest du nur, Berthold! Das hätte ich nie von dir gedacht.«

»Wenn Katharina mich nicht rausgeholt hätte, säße ich wahrscheinlich immer noch in dem Loch«, sponn der Sozialarbeiter seine Geschichte weiter.

Hofmanns Augen verengten sich zu gefährlichen Schlitzen. »Blödmann. Vergiß nicht, daß du damals unter Mordverdacht gestanden hast.«

Die übriggebliebenen Elternteile rissen die Augen auf.

»Sie haben jemanden umgebracht?« fragte Sabrinas Mutter entsetzt. »Und da laufen Sie frei herum?«

»Wenn man mit 'ner Polizistin befreundet ist ...«

Frau Hofmann senior umklammerte ihr stumpfes Messer ängstlich und rutschte ein wenig von dem Sozialarbeiter weg. Das war endgültig zuviel. Katharina fiel die Gabel aus der Hand, während Gassel, Ulli und Sabrina innerhalb kürzester Zeit keine Luft mehr bekamen. Schließlich lachte auch Hofmann mit. Außer den fassungslosen älteren Damen wußten auch Sabrinas Bruder und seine Freundin nicht so recht, was hier abging. Höflich grinsend kauten sie weiter an ihren gefüllten Weinblättern.

Als der Lärmpegel abgeebbt war, erschien der Besitzer des Hauses und räumte die Überreste der Vorspeisen ab. Zander nahm in kurz beiseite, flüsterte ihm leise etwas zu, worauf der Grieche grinste und nickte. Dann schob er wieder ab und widmete sich dem Hauptgang.

»Eine alte Frau veralbert man nicht«, entschied Hofmanns Mutti mit drohendem Zeigefinger. »In Zukunft verbitte ich mir so was.«

»Mit mir machst du das doch schon seit Jahren«, nuschelte Hofmann so leise, daß nur Katharina ihn verstehen konnte.

Vorsorglich stieß sie ihren Kollegen mit dem Ellbogen an und schüttelte unmerklich den Kopf. Hofmann lächelte gequält und hielt den Mund.

Nach und nach landete eine Vielzahl von Platten mit gegrilltem Fleisch, Lammkoteletts, Gyros, Hackfleischröllchen, Pommes und Reis auf dem Tisch. Die Menge hätte locker für die gesamte Bochumer Bereitschaftspolizei gereicht. Gassel machte Stielaugen, wetzte sein Besteck und reduzierte die Höhe des Gyrosberges knapp um die Hälfte. Da er keinen Platz mehr für eine Beilage hatte, zupfte er gelegentlich ein Pommesstäbchen direkt von der Platte.

Obwohl sich das Schwergewicht mächtig ins Zeug legte, wurden auch alle anderen satt. Als der Wirt ein kleines Kästchen mit Zigarren herumreichte, fragte er beiläufig, wem er die bescheidenen Reste einpacken und mitgeben sollte.

»Das war klasse«, entschied Zander zufrieden und stieß eine gewaltige Qualmwolke aus. Außer ihm hatten sich noch Hofmann und Sabrinas Bruder an den Tabakwaren bedient. »Gibt's eigentlich noch Nachtisch?«

»Natürlich. Vanilleeis mit Sahne und Schokoladensauce«, erklärte Sabrina.

»Konntest du mir das nicht eher sagen?« beschwerte sich Gassel. »Ich bin satt.«

»Ehrlich? Wahrhaftig? Geht das überhaupt?« staunte Hofmann.

»Nun ja, so 'n kleines Kügelchen paßt schon noch.«

Doch vorher erschien der Wirt mit einer eisgekühlten Ouzoflasche am Tisch und schenkte jedem noch ein Verdauungsgläschen ein. Dabei schmierte er den beiden Seniorinnen gewaltig Honig ums Maul und lotste sie an die Theke. Hofmann machte drei Kreuzzeichen.

»Bitte schön«, grinste Zander. »Mein ganz persönliches Geschenk zu eurer Hochzeit. Die nächste halbe Stunde sehen wir die nicht wieder. Aber der Schnappes geht auf deine Rechnung.«

»Hast du etwa ...?« fragte Katharina ungläubig.

»'türlich. Wetten, die passen mit ihrem Brummschädel nachher in kein Auto mehr?«

»Verdient haben sie es ja«, grinste Hofmann. »Besten Dank auch.«

Zander tippte an einen imaginären Hut und leerte sein Pinnchen.

»Und wie verbringt ihr beiden Turteltauben den Rest des Tages?« schmeichelte Gassel. »So, wie ich denke?«

»Schmutzfink«, lachte Sabrina. »Berthold und ich legen nachher die Füße hoch und suchen uns ein schmuckes Hotel für die Hochzeitsreise aus.«

Katharina und Ulli wechselten einen verschwörerischen Blick. Hofmann war noch nüchtern genug, um ihre blitzenden Augen zu bemerken.

»Führt ihr zwei was im Schilde?«

»Wieso?« fragte Zander scheinheilig.

»Bei deinem fragwürdigen Sinn für Humor trau ich dir alles zu.«

»Berthold, hast du Katharina irgendwann mal deinen Wohnungsschlüssel gegeben?« erkundigte sich Sabrina intuitiv.

»Nee. Warum auch?«

Die Blonde konnte ihr Grinsen kaum noch unterdrükken. Hofmann war zu seinem Unglück so naiv gewesen und hatte ihr verraten, daß der Vormittag vor der Hochzeit mit einem Frühstück in der Wohnung seiner Mutter beginnen sollte, bevor sich die Meute am Standesamt traf. Eine solche Gelegenheit hatte sie sich nicht entgehen lassen können.

»Wer braucht denn heutzutage noch Schlüssel«, philosophierte Zander gutgelaunt. »Für dein Schloß hat doch 'ne Scheckkarte gereicht.«

Hofmann wurde blaß. »Nein«, sagte er schwach.

»Ruhe jetzt«, bat Gassel. »Für den Nachtisch muß ich mich konzentrieren.«

»Mahlzeit«, antwortete Hofmann bedient.

## 24

»Sind Sie eigentlich noch zu retten?« bellte Hofmann sauer. »Erst schreien Sie Zeter und Mordio, damit Sie Polizeischutz bekommen, und dann machen Sie sich mir nichts, dir nichts, einfach aus dem Staub. Unfaßbar.«

Kaltenbach saß wie ein geprügelter Hund auf dem Barhocker und duckte sich. Anscheinend hatte er Angst, daß sein Beschützer auskeilte. »Ich hab es nicht mehr ausgehalten«, erklärte er leise. »Als ich am Mittwoch mit meiner Freundin telefoniert habe, ging es ihr schlecht. Ich mußte sie einfach sehen.«

»Klasse«, ätzte der Kommissar. »Da setzt man Himmel und Hölle in Bewegung, damit gestern Ersatz für uns da ist, und dann stehen die Kollegen wie blöd hier rum und wissen nicht, was sie machen sollen. Am liebsten würde ich gleich wieder gehen.«

»Kommt nicht wieder vor«, tröstete Kaltenbach versöhnlich.

»Wie auch? Samstag ist der Zauber sowieso vorbei. Und ich kann nicht sagen, daß es mir sonderlich leid tut.«

»Herrgott noch mal, übertreiben Sie nicht so maßlos«, begehrte die Sportskanone plötzlich auf. »Wenn ich das nächste Mal bedroht werde, lasse ich mir einen Katalog mit Verhaltensmaßregeln ausarbeiten. Entschuldigen Sie, daß ich nicht nachgedacht habe.«

Die beiden Streithähne musterten sich abschätzend. Nicht nur die Bedienung hinter der Theke folgte ihrem Wortwechsel atemlos, sämtliche Personen in der weitläufigen Cafeteria des Hotels hatten ihre Unterhaltung beendet und starrten zu ihnen herüber.

»Es wäre nicht zuviel verlangt gewesen, wenn Sie wenigstens Donnerstag früh angerufen hätten«, fuhr Hofmann etwas leiser fort. »Wenn derjenige, der Ihnen die Drohbriefe zukommen läßt, auf so eine Gelegenheit gewartet hätte, wären Sie ihm blind in die Falle getappt.«

Kaltenbach sah überrascht auf. Offensichtlich war ihm dieser Gedanke neu.

»Ich bin doch ganz früh losgefahren«, wehrte er kopfschüttelnd ab. »Und selbst wenn, mit einer Polizeieskorte wäre ich doch erst recht aufgefallen.«

»Wenn sich schon jemand für Sie interessiert, weiß der auch ganz genau, was für einen Wagen Sie fahren«, widersprach Hofmann energisch. »Der hätte nur warten müssen, bis Sie bei Ihrer Freundin auftauchen und dann – bums. Oder Sie auf der Autobahn in die Leitplanke drücken, damit das Ganze wie ein Unfall aussieht.«

»Meine Karre ist verdammt schnell«, antwortete Kaltenbach trotzig.

»Und Erpresser fahren prinzipiell nur Trabbi«, erwiderte Hofmann sarkastisch. »Mensch, Herr Kaltenbach, seien Sie nicht so verdammt leichtsinnig.«

Der Spieler kippte den letzten Nüsel aus seiner Kaffeetasse und zog die Nase hoch. Dann richteten sich seine Augen treuherzig auf seinen Bewacher. »Okay, ich hab einen Fehler gemacht. Kommt nicht wieder vor. Friede?«

Hofmann dachte einen Moment nach und nickte unwillig. Bis Samstag nach dem Spiel würde er den Spuk auch noch überstehen. »Meinetwegen.«

Einen Moment sagte keiner ein Wort, bis die aufmerksame Bedienung ihre Tassen nachgefüllt hatte. Hofmann mischte das starke Gebräu mit einem Schuß Milch und nippte vorsichtig.

»Was für einen Wagen fahren Sie eigentlich?« fragte er, um das Thema zu wechseln.

Kaltenbachs Augen strahlten. »Einen Amischlitten«, erklärte er bereitwillig. »Plymouth Barracuda, Baujahr 71. Mit einer 6,3 Liter Maschine, V 8 Zylinder und 330 PS. Macht schlappe 250 auf gerader Strecke. Davon gibt es in Deutschland höchstens drei oder vier Stück.«

»Fußballer müßte man sein«, träumte Hofmann neidisch. »Wo haben Sie das Prachtstück denn aufgetrieben?«

»War schwierig«, nickte Kaltenbach. »Direkt aus den Staaten importiert. Allein der Zoll war teurer als der Preis für den Wagen.«

Falls er für Waigels Ungerechtigkeiten bedauert werden wollte, tat ihm Hofmann den Gefallen nicht. Statt dessen dachte der Polizist über die ständig klappernden Geräusche an der Hinterachse seines Golfs nach. Lange würde die Karre bestimmt nicht mehr halten.

»Wo waren *Sie* eigentlich gestern?« fragte Kaltenbach, um ihre schleppende Konversation in Gang zu halten.

»Ich hab geheiratet.«

»Meinen Glückwunsch. Und dann arbeiten Sie heute?«

»Was tut man nicht alles für sein Gehalt«, grinste Hofmann anzüglich. »Ein freier Vormittag, so wie Sie ihn genießen, wäre mir auch lieber.«

»Glück muß der Mensch haben. Die Trainingseinheit gestern war ziemlich happig. Heute nachmittag gibt's dafür ein kleines Testspielchen.«

Aus der Halle des Hotels kommend, betraten zwei elegant gekleidete Südländer das Café. Suchend sahen sie sich zwischen den Gästen um, bis sie Kaltenbachs Visage an der Theke entdeckten. Als der Spieler die beiden Männer bemerkte, wurde sein Gesicht lang und länger. »Oh nein, was wollen die denn hier?«

Hofmanns Rechte zuckte sofort zu seinem unter dem Jackett verborgenen Halfter. Als er das kalte Metall der Waffe unter seinen Fingerspitzen fühlte, waren die Störenfriede schon direkt neben ihnen.

»Signor Kaltenbach, guten Morgen. Haben Sie gut geschlafen?«

»Herr Giribaldi ... Was machen Sie denn hier«, stammelte Kaltenbach fassungslos.

»Signor, ich habe gute Nachrichten für Sie. Ich habe gestern mit unserem Präsidenten telefoniert. Bis auf einige Kleinigkeiten ist der Club mit Ihren gestern genannten Bedingungen einverstanden. Signor Agostini ist unser Justitiar. Er hat einen Vertrag für Sie mitgebracht.«

Hofmanns Augen schossen zwischen Kaltenbach und den beiden Italienern hin und her. Eine direkte Gefahr schien seinem Schützling nicht zu drohen.

Der zweite Besucher quetschte Kaltenbachs Flosse und klopfte hiernach lächelnd auf sein schickes Aktenköfferchen.

»Wollen Sie uns Ihren Freund nicht vorstellen?« fragte Giribaldi, die Etikette wahrend.

»Aber sicher«, antwortete Kaltenbach, immer noch perplex. »Das ist Kommissar Hofmann, die Herren Giribaldi und Agostini.«

Giribaldi lupfte die Augenbrauen. »Commissario? Interessant.«

»Gleichfalls«, rutschte es Hofmann heraus. »Kann mir mal jemand erklären, was hier vorgeht?«

Da die Vereinsoffiziellen nichts sagten, kratzte sich Kaltenbach schließlich unbehaglich den Kehlkopf. »Die beiden Herren repräsentieren einen bekannten Club aus Italien. Wahrscheinlich spiele ich in der nächsten Saison in Turin.«

»Ach so ist das«, verstand Hofmann, dem eine ganze Kaskade von Lichtern aufging. »Deshalb haben Sie sich gestern aus dem Staub gemacht.«

Kaltenbach wurde rot. »Nicht nur deswegen«, gestand er kleinlaut. »Erst war ich bei meiner Freundin.«

»Signor, gibt es ein Problem?« drängte Giribaldi.

»Nein, nein, überhaupt nicht«, winselte Kaltenbach. »Bitte, setzen wir uns doch dort in die Nische.«

Giribaldi und der andere nickten Hofmann noch einmal zu und folgten dann dem Spieler zu den entlegeneren Sitzgelegenheiten. Während Hofmann dem Trio noch fassungslos über so viel Unverfrorenheit nachstarrte, klatschte Katharina ihm kräftig auf den Rücken und enterte den Hocker neben ihm.

»Grüß dich, Pantoffelheld. Hat unser Kleiner Besuch gekriegt?«

»Mit dir hab ich noch ein Hühnchen zu rupfen«, sprudelte Hofmann heraus.

»Ach?« erwiderte Katharina unschuldig. »Weshalb denn?«

»Tu gefälligst nicht so«, zischte Hofmann. »Mir die ganze Bude auf den Kopf zu stellen.«

Katharina bestellte sich ein Mineralwasser und sah ihrem Kollegen schnippisch ins Gesicht. »Kleiner Scherz unter Kollegen. Du wirst schon nicht daran sterben.«

»Mir die ganze CD-Sammlung durcheinander zu bringen, sämtliche Birnen aus den Fassungen zu schrauben, die Duschkabine bis obenhin mit Luftballons vollzupakken, dreißig Kilo Erbsen auf dem Teppich zu verteilen und Tabasco in die Zahnpasta zu spritzen, ist in meinen Augen kein kleiner Scherz mehr.«

Katharina horchte auf. »Tabasco in der Zahncreme? 'tschuldige, aber das war Ullis Alleingang.«

»Bestell ihm 'nen schönen Gruß von mir. Solltet ihr mal heiraten, gibt's das Dreifache zurück.«

»Menschenskind, bist du geladen. Hat Sabrina gestern abend ihre Tage gekriegt?«

»Unsinn«, erwiderte der Kommissar aufgebracht. »Diese Flachsemmel von Kaltenbach! Stell dir vor, unser Freund hat sich gestern früh in aller Stille aus dem Staub gemacht und ist angeblich zu seiner Freundin gerauscht. Und gerade kam heraus, daß er mit zwei Typen aus Italien über einen Vereinswechsel verhandelt hat.«

Katharina sah sich suchend um. »Die beiden Gigolos da drüben?«

»Exakt. Ganz schön abgebrüht, findest du nicht?«

Die Blonde füllte ihr Glas bis weit über den Eichstrich und kippte das Wasser in einem Zug. »Warum abgebrüht? So wie ich die Meute inzwischen einschätze, spielen die, wenn die Gage stimmt, sogar in Kleinkleckersdorf.«

»Bestreitet auch keiner«, nickte Hofmann. »Aber die Nerven, um einen neuen Vertrag zu feilschen, wenn mir jemand ans Leder will und mir Drohbriefe aufs Zimmer schmuggelt, möchte ich schon haben.«

»Ist doch das beste, was Kaltenbach machen kann. An seiner Stelle würde ich mich auch verdünnisieren. Italien ist wahrscheinlich gar keine schlechte Idee.«

Hofmann vernichtete seinen Kaffee und reckte die Glieder. Er hatte die Hoffnung, einmal das letzte Wort zu haben, noch nicht aufgegeben. In den beinahe fünf Jahren, die sie schon zusammenarbeiteten, war es ihm bis heute noch nicht gelungen.

»Hat dein Doc eigentlich herausgefunden, was mit dir los ist?« erkundigte er sich beiläufig. »Oder muß Ulli noch ein Weilchen auf deine Lebensversicherung warten?«

»Hör mir bloß auf«, stöhnte Thalbach. »Eine Stunde im Wartezimmer, und als ich endlich an der Reihe war, mußte der Herr Doktor zu einem Notfall.«

»Du bist doch Privatpatientin«, wunderte sich Hofmann.

»Zum Glück. Die von der AOK durften noch nicht mal das Klo benutzen. Bei mir hat wenigstens der Arzt, bevor er aus der Praxis geschossen ist, persönlich Blut abgenommen. Als er in die Vene gepikst hat, fühlte sich das zwar an, als ob er mich mit einem Vorschlaghammer traktiert, aber immerhin.«

»Ergo weißt du immer noch nicht, was los ist?«

»Keinen Schimmer. Ist ja auch typisch, wenn ich endlich zum Arzt gehe, kommt bestimmt was dazwischen. Am Montag darf ich noch mal antanzen. Wenigstens hat der dann schon die Ergebnisse vom Bluttest da.«

»Geh doch demnächst zu Brettschneider«, empfahl Hofmann.

»Blödmann, so tot kann ich gar nicht sein, als daß ich mich bei dem auf die Bahre lege.«

Hofmann grinste und sparte sich weitere Worte. Katharinas gespanntes Verhältnis zu dem für ihr Kommissariat zuständigen Gerichtsmediziner war in Polizeikreisen legendär. Aus den Augenwinkeln checkte Hofmann ihren Schützling. Alles in Ordnung, Kaltenbach diskutierte immer noch gestenreich mit den Italienern.

»Spielt wie Flasche leer und hat fertig«, sagte er mehr zu sich selbst.

»Bitte?« hakte Katharina nach.

»Nicht so wichtig.«

»Ist deine Mutti eigentlich gut nach Hause gekommen?«

Hofmanns Bestellung für einen weiteren Kaffee blieb ihm im Halse stecken. »Kein Wort mehr. Das Kapitel ist für mich erledigt.«

»War doch ganz nett«, stichelte die Blonde. »Besonders, als sie mit Sabrinas Mutter an der Theke angefangen hat, zu singen.«

»Bitte. Laß es«, bettelte Hofmann.

»Keine Ehrfurcht vor schneeweißen Haaren?«

Beinahe hätte Hofmann ihr einen Ellbogenstoß verpaßt, aber Kaltenbachs Manager kam zusammen mit Carstens, dem Pressesprecher, direkt auf sie zu.

»Da sind Sie ja«, schmeichelte letzterer. »Hier, ich habe Ihre Karten für Samstag. Ehrentribüne, unmittelbar hinter dem Bundeskanzler.«

»Oh Gott, da seh ich ja gar nichts vom Spiel«, maulte Hofmann enttäuscht.

»Vielleicht solltest du Karl-Heinz mitnehmen«, empfahl Katharina. »Oder bricht dann die Tribüne zusammen?«

»Auf dem Platz kommen Sie garantiert auch mal ins Fernsehen«, meinte Neubert.

»Geschenkt«, platzte Katharina heraus. »Und überhaupt, wenn wir so weit vom Spielfeld wegsitzen, wie sollen wir da auf Kaltenbach aufpassen?«

»Sie können ja mitspielen«, entgegnete Neubert reichlich albern.

»Mitten im Spiel wird es wohl niemand wagen, Raimund an die Wäsche zu gehen«, winkte Carstens beruhigend ab. »Sehen Sie die Karten als ein kleines Dankeschön für Ihre Umstände.«

»Dürfen wir die eigentlich annehmen?« fragte Katharina ihren Kollegen. »Oder ist das nicht schon versuchte Bestechung?«

Hofmann schüttele schnell den Kopf. »Am Samstag nachmittag sind wir immer noch im Dienst«, behauptete er. »Gilt als offizielle Arbeitszeit. Unser Job endet erst, wenn sich alles auflöst.«

»Apropos«, fuhr Neubert dazwischen. »Wo steckt Raimund eigentlich?«

Katharina deutete mit dem Kopf in Richtung der Nischen. »Da vorn sitzt er doch. Zusammen mit den Italienern.«

»Mit wem?« donnerte Neubert fassungslos.

»Ja, waren Sie denn gestern nicht dabei?« fragte Hofmann überrascht.

»Wo soll ich dabei gewesen sein?« schnappte der Anwalt.

»Er hat mir gerade erzählt, daß er den Verein wechseln will«, erklärte der Kommissar unsicher. »Gestern hatte er die ersten Verhandlungen.«

»Das darf doch wohl nicht war sein. Und Sie sind mitgefahren?«

»Nein«, antwortete Katharina ruhig. »Wäre das als Manager nicht eher Ihr Job?«

Neubert japste wütend nach Luft und lockerte den Knoten seiner Krawatte. »Ich hatte wichtige Termine«, erklärte er. »Na warte, Bürschchen, nicht mit mir.«

Mit diesen Worten plusterte er sich mächtig auf und stiefelte entschlossen auf das Verhandlungstrio zu. Als Kaltenbach seinen Manager bemerkte, wich sämtliche Farbe aus seinem Gesicht.

»Uuups«, machte Katharina. »Die beiden müßten mal an ihrer Kommunikation arbeiten.«

»Scheint mir auch so«, bestätigte Hofmann. »Hat Kaltenbach Ihnen von seinen Plänen erzählt?«

Carstens klemmte sich neben Katharina auf einen Hocker und beobachtete ebenfalls interessiert das Schauspiel. »Nicht eine Silbe. Als er sich beim Bundestrainer und mir für den gestrigen Tag abgemeldet hat, ging es ihm angeblich nur um rein private Angelegenheiten.«

Hofmann drehte sich auf dem Hocker zur Hälfte um die eigene Achse und sah aufmerksam zu der anderen Gesprächsrunde. Die beiden Italiener wechselten verdutzte Blicke, während Neubert und Kaltenbach in der Nähe des Frühstücksraumes heftig debattierten. Leider war die Entfernung so groß, daß der Bochumer nichts verstehen konnte.

Schließlich hielt er es vor Neugier nicht mehr aus. Energisch sprang er auf die Füße und näherte sich den Männern so weit, daß er Wortfetzen hören konnte.

»Ich habe dich gewarnt«, zischte Neubert gerade. »Zwischen uns existiert ein Vertrag, und ich habe nicht die Absicht, deine Eigenmächtigkeiten durchgehen zu lassen.«

»Scheißdreck«, fauchte Kaltenbach zurück. »Ich laß mir von dir nicht die Chance meines Lebens versauen. Giribaldi ist auf alles eingegangen, ich kann für vier Jahre unterschreiben. Für die bin ich so heiß wie ein Broiler.«

»Eher kalt wie tiefgefrorene Erbsensuppe«, höhnte Neubert zurück. »Raimund, ich sage es dir im Guten. Erfüll deinen laufenden Vertrag, und ich bring dich bei einem der Topclubs der Liga unter.«

»Leck mich.«

»Ich ...«

»Nein, jetzt hörst du mir zu«, wütete der Spieler unbeherrscht. »Jahrelang hast du mich ausgenommen wie eine Weihnachtsgans. Das ist aus und vorbei. Meinetwegen kauf ich mich aus deinem Scheißvertrag frei. Ich will nichts mehr mit dir zu tun haben.«

Neubert ballte seine Hände zu Fäusten, sein modisches Sakko war ihm plötzlich um eine Nummer zu klein. »Persönliches Pech«, schnauzte er zurück. »Ohne mich wärst du nie das geworden, was du bist. Ich verlange nur, was mir zusteht. Und außerdem, zahlen die denn auch die Ablösesumme? Fünf Millionen ist ein ganz schöner Batzen für so einen Grünschnabel wie dich.«

Kaltenbach grinste hämisch. »Alles geregelt. Ich glaube, die Überweisung ist sogar schon auf dem Weg.«

»Mach dich nicht lächerlich«, warnte der Anwalt, rot vor Zorn. »Falls du es noch nicht bemerkt haben solltest, deine neuen Arbeitgeber haben es vorgezogen zu verschwinden.«

Der Spieler lugte über die Schulter seines Beraters und nickte wissend. »Was sollen die auch noch hier? Ich hab schon unterschrieben.« Dabei tatschte er auf die Tasche seiner Jacke, aus der das Knistern von Papier drang.

Neubert stieg beinahe der Qualm aus den Ohren. »Das wird dir noch leid tun«, drohte er tonlos, machte auf dem Absatz kehrt und stürmte aus dem Café.

Kaltenbach sah ihm nachdenklich hinterher und bemerkte erst jetzt, daß Hofmann mit verschränkten Armen in der Nähe stand und lauschte.

»Kümmern Sie sich um Ihren eigenen Kram«, empfahl er dem Zuhörer schnippisch und enterte den Flur, der zu den Zimmern führte. Hofmann kratzte sich kopfschüttelnd die Augenbrauen und kehrte zu seiner Kollegin zurück.

»Gab es da böses Blut?« wollte Katharina wissen.

»Mehr, als du für möglich hältst«, nickte Hofmann leise. »Ich glaube, wir sollten uns noch mal ausführlich mit den beiden Streithähnen unterhalten.«

Katharina zog eine Schnute. »Laß die erst mal den Dampf aus den Schädeln blasen. Die kaufen wir uns morgen.«

## 25

Es wurde Zeit.

In den letzten anderthalb Stunden hatte er schon nicht mehr richtig geschlafen. Der Alarm war für drei Uhr in der Frühe eingestellt, aber seit halb zwei lag er auf seiner Koje, starrte im Dunkeln an die Decke, rauchte zwei Zigaretten und döste ein wenig vor sich hin. Als der erste Impuls seines Radioweckers ertönte, tippte Groß auf die Sensortaste und stand auf.

Nachdem er einen sehr frühen Morgenkaffee verzehrt hatte, schaute er sich um. Neben dem kleinen Tischchen stand sein Handgepäck griffbereit. Nach dem letzten Kontakt mit seinem Auftraggeber hatte er Stunden damit verbracht, einen narrensicheren Plan auszuarbeiten.

Mit der Tasche in der Hand öffnete er die Tür zum Vorplatz und musterte die Umgebung. Keine Menschenseele zu sehen. Er bestieg seinen Wagen, startete den Motor und fuhr los.

Der Motor schnurrte wie ein Kätzchen. Außer ihm war kaum jemand unterwegs, die Stadt schlich auf ihren toten Punkt zu.

Ohne die Augen von der Straße zu pflücken, angelte Groß aus der verknüllten Packung in der Hemdtasche eine weitere Zigarette. Er hatte in letzter Zeit zu wenig trainiert. Die eine Einheit am Montag reichte nicht. Seine Muskeln bauten zwar noch nicht ab, aber er fühlte sich unausgelastet. Und unausgelastet wurde er schneller als gewöhnlich nervös.

Das Kraut schmeckte inzwischen furchtbar. Noch vier Kippen befanden sich in der Schachtel. Groß nahm sich vor, am nächsten Morgen die restlichen Zigaretten wegzuwerfen. Immerhin tat das Nikotin gut, seine Finger flatterten nicht, sein Kopf war trotz der ungewohnten Dröhnung klar, seine Sinne waren scharf, wie immer, wenn eine Aktion bevorstand. Seinetwegen konnte der Tanz losgehen.

Zufrieden dachte er an die Kohle, die ihm der Job einbrachte. Dreißig Bündel Hundertmarkscheine, jeweils zu fünfzig Stück mit einer Banderole umwickelt, lagen direkt unter dem Seesack mit seiner Dreckwäsche.

Etwas Kopfschmerzen bereiteten ihm die Lokalitäten. Es schmeckte ihm nicht, daß er das Terrain vorher nicht hatte besichtigen können, aber bei der Vielzahl an Sicherheitskräften, unbeteiligten Zeugen und auch Polizisten verbot sich eine Erkundungstour von selbst. Immerhin hatte er eine vage Vorstellung von dem, was ihn erwartete. Und im Improvisieren war er schon immer Extraklasse gewesen.

Die Fahrt verlief ruhig. Zwanzig Minuten, nachdem er seinen Unterschlupf verlassen hatte, kam der Einsatzort in Sicht. Ohne die Geschwindigkeit zu verringern oder dem Gebäude nur einen Seitenblick zu gönnen, dirigierte er sein Fahrzeug weiter. Erst eine knappe Minute später sah er sich nach einer möglichst unauffälligen Stelle um, an der er parken konnte.

Er lief nicht über die Zufahrtsstraße. Groß wettete im stillen mit sich, daß die Rückseite des Hotelkomplexes komplett im Dunkeln lag und durch weitläufige Botanik von der restlichen Zivilisation abgeschirmt wurde.

Er hatte recht. Schwierig wurde es erst, als er das Gebäude erreicht hatte.

Die über ihm liegenden Fenster waren sämtlich unbeleuchtet, anscheinend litt niemand der Gäste unter Schlafstörungen und steckte seinen Schädel aus dem Fenster, um frische Luft zu schnappen. Im Erdgeschoß war alles vergittert, wie es eigentlich zu erwarten war. Groß setzte sich behende in Bewegung und sah sich nach einem Kellerfenster oder einer anderen günstigen Einstiegsmöglichkeit um. Irgendein Schlupfloch blieb immer offen.

Fünf Minuten später fluchte er leise vor sich hin. Die Bauherren hatte aber auch an alles gedacht. Kein einziges ungesichertes Kellerfenster, keine Möglichkeit, ohne großen Aufwand an der Fassade noch oben zu kommen. Sogar die Regenrinnen waren verkleidet, um potentiellen Einbrechern die Lust an einer Klettertour zu verleiden.

Als er schon fast jegliche Hoffnung auf ein unbemerktes Einschleichen aufgegeben hatte, fiel sein Blick auf den Lüftungsschacht. Ein paar Meter hinter der Fassade ragte ein Betonklotz, der durch einen aufgeschütteten Erdwall an die Umgebung angepaßt war, aus dem Boden. Mit einigen schnellen Schritten stand Groß vor den Metallklappen, aus denen leise die Betriebsgeräusche der Klimaanlage drangen. Vielleicht war das genau die Möglichkeit, nach der er gesucht hatte.

Wieselflink fingerte er den Schraubendreher aus seinem Beutel und rückte den Schrauben zu Leibe. Die Anlage war noch ziemlich neu, er konnte die Metallstifte ohne Probleme bewegen. Vorsichtig legte er die herausgedrehten Schrauben direkt an die Betoneinfassung, plazierte sein Werkzeug daneben und rüttelte vorsichtig an der Verblendung.

Bereits beim zweiten Versuch hatte er das Blech in der Hand. Mit einem schnellen Blick checkte er die Fenster. Nirgendwo ging ein Licht an, auch nicht, nachdem er einige Minuten gewartet hatte. Also setzte er die Klappe leise auf den Boden, angelte die kleine Taschenlampe hervor und leuchtete in den Schacht.

Perfekt. Das Rohr war geräumig genug, daß er sich hindurchquetschen konnte. Nach den Geräuschen zu urteilen, lief in unmittelbarer Nähe keiner der Ventilatoren. Er konnte es versuchen.

Der Schacht führte einige Meter geradeaus, bis er sich in insgesamt drei Rohre aufgabelte. Zwei Rohre führten sacht nach oben, das dritte zweigte nach links ab. Instinktiv folgte Groß dem letzten Schacht. Nach weiteren fünf Metern fühlte er, wie sich das Rohr nach unten neigte. Gleichzeitig erkannte er undeutlich einen Lichtschimmer.

Jedes Geräusch vermeidend, kroch er vorsichtig weiter. Die Neigung war nicht besorgniserregend, es bestand keine Gefahr, das Gleichgewicht zu verlieren und wie eine Rohrpostsendung durch den Schacht zu kugeln. Nach einer weiteren halben Minute hatte er das Ende des Ganges erreicht.

Er war in der Tiefgarage. Direkt vor ihm befand sich ein Lüftungsgitter, durch die kleinen quadratischen Öffnungen erkannte er deutlich die Kotflügel zweier Autos. Der Abluftschacht lag etwa drei Meter hoch, also kein Problem beim Abstieg und für den Rückzug.

Mit den Fingern beider Hände untersuchte er den Rand des Gitters. Er fühlte weder Schrauben noch Scharniere, anscheinend war das Gitter lose auf die Metallumrandung gelegt worden. Prüfend glitt er in die Zwischenräume und versuchte, das Gitter ein kleines Stück anzuheben. Es klappte, ohne Widerstand zu verspüren, hob er das Gitter an.

Groß begann zu schwitzen. Zentimeter für Zentimeter beförderte er das Gitter nach oben. Es war nicht sonderlich schwer, aber mindestens drei Meter lang. Seine Position war alles andere als bequem, außerdem wollte er jedes Geräusch vermeiden. Er biß die Zähne zusammen und arbeitete entschlossen weiter.

Das hintere Ende des Gitters war einen guten halben Meter in den Schacht geglitten, als er plötzlich auf einen Widerstand stieß.

Für einen Moment ließ er seine Taschenlampe aufblitzen. Ein vierarmiger Ventilator tauchte in seinem Blickfeld auf, zum Glück stillstehend. Das Gitter stieß an den Luftquirl, aber die schon entstandene Lücke war geräumig genug, damit Groß sich hindurchquetschen konnte. Lautlos zog er das Gitter ein kleines Stück aus dem Einzugsbereich der Ventilatorarme zurück und atmete durch.

Als er sich ein wenig beruhigt hatte, band er seine Tasche an die Nylonleine und ließ sie vorsichtig herab. Dann schwang er die Beine über den Rand, stieß sich ab und landete, fast ohne ein Geräusch zu verursachen, auf seinen Füßen.

In der Tiefgarage war es still. Noch in der Hocke wagte er einen Blick und peilte die Lage. Den schnarchenden Wachmann sah er erst, als er sich gerade aufrichten wollte.

Blitzschnell tauchte er wieder in seine Deckung zwischen die Autos. Scheiße, das hatte ihm noch gefehlt. Auf allen Vieren rutschte er ein Stück nach vorn und blinzelte um das Hinterrad. Der Gorilla in der schwarzen Uniform hockte auf einem Drehstuhl in einer kleinen Kabine, das Gesicht lag unter einer heruntergezogenen Baseballkappe verborgen.

Groß überlegte einen Augenblick, raffte dann seine Tasche unter den Arm und stand auf. Anscheinend war der

Typ so weggetreten, daß er es wagen konnte, seinen Plan in die Tat umzusetzen. Suchend sah er sich um und setzte sich schließlich in Bewegung.

## 26

»Soll ich dir einen Kamillentee machen?« fragte Ulli Zander mitleidig.

Katharina brauchte sich das ekelhafte Aroma des Getränks bloß vorzustellen, um ihren Magen wieder in Stimmung zu bringen. Hastig preßte sie die Hand vor den Mund und sprintete los.

Wenige Minuten später waren die röchelnden Geräusche verstummt, mit einem Stück Klopapier vor dem Mund schlich sie, im Gesicht einem zerlaufenen Camembert nicht unähnlich, zurück ins Schlafzimmer.

Ulli legte den Kopf schief und sah sie besorgt an. »Geht's wieder?«

Die Kommissarin nickte schwach und lehnte sich erschöpft gegen die Balkontür. Mehr durch Zufall spähte sie auf den Radiowecker. Kurz nach fünf. Um halb sieben mußte sie sowieso aufstehen, hinzulegen lohnte sich daher kaum noch.

»Ein bißchen frische Luft wäre jetzt nicht schlecht«, sagte sie mehr zu sich selbst und wuchtete den Kipphebel der Balkontür nach unten. Gierig sog sie die frische Brise in ihre Nasenflügel, als die klare Nachtluft ins Zimmer strömte.

»Gute Idee«, bestätigte Ulli. »Soll ich dir einen Pullover holen?«

»Nein, danke, es ist nicht kalt. Aber meine Jogginghose könntest du mir geben.«

Zander angelte das Kleidungsstück von dem unordentlichen Haufen auf dem Wäschekorb, klemmte sich eine Zigarette zwischen die Lippen und folgte seiner Verlobten nach draußen.

»Du mußt noch ein wenig schlafen«, empfahl ihm Katharina, als sie den weichen Stoff über ihre Beine gezogen hatte. »Und halt die Zigarette anders, ich krieg den Qualm ab.«

»Entschuldige«, murmelte der Sozialarbeiter. »Geht's dir wirklich wieder einigermaßen?«

»Ist schon okay«, winkte sie ab. »Nur die Harten kommen in den Garten.«

»Und die Coolen unter den Torf«, ergänzte Ulli mit leichtem Sarkasmus in der Stimme. »Kleine, ich mach mir Sorgen um dich. Konnte der Arzt wirklich noch nichts sagen?«

Widerwillig lachte Katharina auf. »Mach dir keine falschen Hoffnungen, so schnell wirst du mich sicher nicht los. Ulli, der Doc hat mich wirklich Hals über Kopf sitzen lassen. Anfang nächster Woche muß ich wieder hin ... Vielleicht bin ich ja wirklich schwanger«, fuhr sie leise fort. »Obwohl das eigentlich nicht sein kann, ich hatte vor kurzem noch meine Periode. Oder ich hab mir 'ne Gastritis eingefangen. Keine Bange, wenn es sein muß, schluck ich sogar 'nen Schlauch.«

»Sehr beruhigend«, bemerkte Zander.

Katharina zog einen der Plastikstühle heran, pflanzte sich auf den Polsterüberzug und streckte die Beine aus. Allmählich beruhigten sich ihre Eingeweide wieder. Da sie bereits seit ein Uhr ständig zwischen Bett und Klo hin- und herwankte, war das nur ein schwacher Trost.

»Warst du eigentlich gestern auf der Bank?« wechselte sie das Thema.

Ulli schnippte seine Kippe über das Geländer, obwohl Frau Herbold das gar nicht gerne sah. Dann zog er sich ebenfalls einen Stuhl heran und setzte sich neben Katharina.

»Klar. Ist schon klasse, wie diese Bankheinis dich hofieren, wenn es mal nicht um ein chronisch überzogenes Konto geht.«

»Und? Kriegen wir den Kredit?«

»Hypothek«, korrigierte Zander kleinlich. »Überhaupt kein Problem. Ich war bei vier verschiedenen Instituten. Alle sind selbstverständlich bereit, das Haus zu finanzieren.«

»Können wir uns das wirklich leisten?« zweifelte die Kommissarin matt.

»Aber klar doch. Billiger als zur Zeit hast du noch nie Baugeld gekriegt. Beim besten Angebot zahlen wir gerade etwas über fünf Prozent an Zinsen. Wenn alles glatt läuft, haben wir das Ding in ein paar Jahren abgezahlt.«

»Wie hoch wär denn die Belastung im Monat?«

»Etwa siebenhundert«, erklärte Ulli.

Katharina verdrehte die Augen. »Mein Gott, das ist doch viel zu viel«, stöhnte sie. »Die Zahlungen an Frau Herbold müssen wir doch auch noch dazu rechnen. Das sind doch insgesamt einssieben.«

Zander winkte ab. »Auf den ersten Blick ist das natürlich ein ganz schöner Batzen. Von der Steuer bekommen wir aber auch jede Menge zurück, zumindest in den ersten sieben Jahren. Keine Panik, das schaffen wir schon. Rechne doch nur mal den Wert dagegen, den wir dafür erwerben.«

Katharina zog fröstelnd die Arme enger an sich und schüttelte den Kopf. »Ich weiß nicht. So einen Riesenberg Schulden vor sich her zu schleppen ...«

»Wir wären nicht die ersten, die so etwas auf sich nehmen«, beruhigte Zander. »Schränken wir uns halt ein bißchen ein. Zum Glück haben wir ja beide recht sichere Jobs.«

»Trotzdem«, beharrte die Blonde. »Wenn einem von uns was passiert. Oder wenn wir uns trennen sollten. Mein Gott, überleg doch nur, falls ich wirklich schwanger sein sollte. Dann können wir den Hauskauf erst recht vergessen.«

Zander schlug sich ungeduldig auf die Schenkel. »Liegt ganz und gar nicht in meiner Absicht«, verkündete er ernsthaft. »Katharina, wir wären doch bescheuert, wenn wir die Chance nicht beim Schopf packen würden. Egal, ob wir Nachwuchs bekommen oder nicht. Irgendwie kriegen wir das hin.«

»Wahrscheinlich hast du ja recht«, lenkte Thalbach müde ein. Mühsam unterdrückte sie ein herzhaftes Gähnen. »Am Sonntag seh ich mir die Unterlagen mal in Ruhe an.«

»Einverstanden. Ab ins Bett?«

»Lustmolch.«

»Dumme Kuh. Du brauchst dringend ein bißchen Schlaf.«

»Lohnt doch gar nicht mehr. Aber bist du wohl so lieb und holst mir was zu trinken? Ich hab 'nen schrecklich trockenen Mund.«

Artig stand Zander auf und dackelte in die Küche. Als er, mit einem Glas Mineralwasser bewaffnet, auf den Balkon zurückkam, hatte sich Katharina leise schnarchend in ihren Stuhl gerollt. Sie wachte noch nicht einmal auf, als er sie vorsichtig hochhob und ins Bett verfrachtete.

## 27

»Gott sei's getrommelt und gepfiffen«, seufzte Hofmann zufrieden. »Heute abend ist der ganze Spuk vorbei.«

»Wird auch Zeit«, gab Katharina erschöpft zurück. »Die Piepels gehen mir gehörig auf den Geist.« Müde rieb sie sich die dick verquollenen Augen und gähnte. Obwohl sie gerade mal auf eine Stunde Schlaf zurückblicken konnte, hatte sie den Wecker nicht überhört. Gerädert war sie aus den Federn gekrochen, hatte sich unter die Dusche geschleppt und vergeblich versucht, die Müdigkeit abzuspülen. Nur noch diese eine Schicht und sie würde direkt nach Feierabend auf die Matratze sinken und bis Montag morgen durchschlafen. Sofern sie nicht wieder ständig das Klo aufsuchen mußte.

»Bist du heute morgen eigentlich in deinen Schminktopf gefallen?« lästerte der Frischverheiratete gutgelaunt. »Normalerweise betreibst du deine Bauernmalerei wesentlich dezenter.«

»Quatschkopf. Ich möchte dich mal sehen, wenn du in der Nacht nur eine Stunde die Augen zugemacht hast.«

Hofmann grinste. »Hab ich, wenn nicht sogar noch weniger. Schau mich an. Brauch ich Make-up?«

Katharina wollte gerade ihren Mittelfinger in die Höhe recken, als Kaltenbach mit Heidtmann im Schlepptau aus dem Frühstücksraum eilte.

Die Hotellounge war, im Gegensatz zu den vergangenen Tagen, wie leergefegt. Der DFB hatte seinen Kickern unmittelbar vor dem Spiel ein wenig Ruhe vor den Journalisten gegönnt. Spätestens, wenn das Team das Parkstadion betrat, würde es mit dieser himmlischen Stille vorbei sein.

»Morgen, die Herren«, empfing Hofmann die Nationalhelden, als sich die Neuankömmlinge neben sie an die Theke des Cafés drängten.

»Ach, die Staatsgewalt«, lästerte Heidtmann augenzwinkernd. »Na, immer noch schön fleißig?«

»Sieht ganz so aus, oder?« gab Katharina schnippisch zurück.

Heidtmann musterte sie von oben bis unten und fuhr sich kurz mit der Zunge über die Lippen. Anstatt ihr eine Antwort zu gönnen, orderte er einen Espresso und hockte sich auf seine vier Buchstaben.

»Wie sieht denn der Rest Ihres Programms aus?« wandte sich Hofmann an Kaltenbach, der gelangweilt von seinem Orangensaft trank.

»In einer halben Stunde ist Mannschaftsbesprechung, anschließend ein kleiner Spaziergang durch den Park hier. Warum?«

»Weil ich mich langsam frage, was wir hier eigentlich noch sollen«, antwortete Hofmann ausdruckslos. »Hier ist es doch so still wie auf 'nem Friedhof.«

»Beschreien Sie es nicht.«

Heidtmann kippte seinen Espresso, klatschte auf die Marmortheke und stand auf. »Dann wollen wir mal. Bis nachher.«

Kaltenbach sah zur Seite. »Wo willst du denn hin?«

»Kleiner Sponsorentermin«, erläuterte Heidtmann. »Zehn Minuten eine Packung tiefgefrorenen Gemüseeintopf vor die Kamera halten.«

»Nee, ist das aufregend«, ätzte Katharina. »Heben Sie sich mal bloß keinen Bruch.«

»Und wenn schon. Für die Gage geh ich gerne auch ein Risiko ein.«

»Häh?« fragte Hofmann reichlich dämlich. »Wieviel kassieren Sie denn dafür?«

»Mehr als Sie wahrscheinlich in zwei Jahren verdienen«, grinste der Kicker zurück. »Ciao, ich muß los.«

»Arrogantes Arschloch«, beschwerte sich die Kommissarin, als Heidtmann außer Hörweite war. »Dem müßte man mal so richtig auf die Füße treten.«

»Nur, weil Ihnen niemand anbietet, für Werbefotos zu posieren?« meldete sich Kaltenbach. »Erzählen Sie mir nicht, Sie würden ablehnen.«

»Auf jeden Fall wäre ich nicht so blasiert wie Ihr Kumpel«, ärgerte sich Katharina. »Einfach widerlich.«

»Ist doch egal«, wechselte Hofmann das Thema. »Sie haben sich gestern reichlich rar gemacht.«

Kaltenbach brauchte eine Zeit, bis er merkte, daß der letzte Satz ihm galt. »Ist das verboten?« fragte er.

»Hat niemand behauptet«, fuhr Hofmann fort. »Allerdings wäre es für uns schon interessant gewesen, wenn Sie uns früher von Ihren Differenzen mit Ihrem Manager erzählt hätten.«

Der Spieler winkte heftig ab. »Unsinn. Das ist höchstens eine unbedeutende Meinungsverschiedenheit.«

»Von wegen«, platzte Hofmann heraus. »Mein Eindruck war, daß Neubert Ihnen massiv gedroht hat. Und ich schätze, nicht zum ersten Mal.«

»Das Belauschen von Gesprächen ist illegal«, konterte Kaltenbach genervt.

»Klar«, mischte sich Katharina ein. »Immer, wenn jemand zu uns kommt und behauptet, bedroht zu werden, stellen wir die Ohren auf Durchzug, kippen uns einen Kaffee nach dem anderen hinter die Binde und spielen den neutralen Beobachter. Sind Sie daran interessiert zu erfahren, wer Ihnen die Drohbriefe schickt, oder nicht?«

»Natürlich«, erklärte Kaltenbach schwach. »Aber Friedemann? Undenkbar.«

»Wieso eigentlich?« war Hofmann wieder an der Reihe. »Neubert sieht mit Ihnen doch offensichtlich eine gute Einnahmequelle über die Alpen verschwinden.«

»Hat er etwas gegen Sie in der Hand, mit dem er Sie erpressen kann?« fragte Katharina leise.

»Ach was«, brauste Kaltenbach auf. »Das wäre doch das Dümmste, was Neubert machen könnte, mir Drohbriefe zu schicken!«

»Ist mir irgend etwas entgangen?« wandte sich Hofmann mit einem Seitenblick an seine Kollegin.

»Keine Ahnung. Erklären Sie das mal?«

Kaltenbach umklammerte krampfhaft sein Glas, auf seinem Handrücken schwollen die Adern gefährlich an. »Damit würde er mir doch noch zusätzlich Gründe liefern, aus Deutschland zu verschwinden. Für mich ist es eher ein Wink des Schicksals, daß ich ausgerechnet jetzt das Angebot aus Italien bekommen habe.«

»Bitte nicht dramatisch werden«, bat Katharina spöttisch. »Mir kommt die ganze Sache immer unglaubwürdiger vor.«

Mit einem Ruck pfefferte der Spieler sein Glas auf die Theke. »Glauben Sie meinetwegen, was Sie wollen«, giftete er. »Tatsache bleibt Tatsache. Jemand hat mir zweimal schriftlich gedroht. Ihre Kollegen haben nicht den Hauch einer Spur gefunden, kein geknacktes Schloß, keine Fingerabdrücke, gar nichts. Sieht das nach einem Spaßvogel aus?«

»Ich weiß nicht, wonach es aussieht«, erklärte Hofmann gedehnt. »Für jemanden, der sich so viel Mühe macht, Ihnen die Drohbriefe zukommen zu lassen, verhält sich Ihr Freund ansonsten erstaunlich ruhig.«

Kaltenbach sah aufgeregt zwischen den beiden Polizisten hin und her. »Was wollen Sie damit sagen?«

»Gar nichts«, wehrte Hofmann ab. »Aber kommt es Ihnen nicht auch spanisch vor, daß nicht der geringste Versuch gemacht worden ist, Ihnen wirklich ans Leder zu gehen? Frau Thalbach und ich hätten seit Dienstag genauso gut im Freibad liegen können.«

»Wäre es Ihnen lieber, jemand hätte mich abgeknallt?« zischte Kaltenbach.

»Keine Spur«, wehrte Hofmann ab. »Solche streßfreien Arbeitstage sind selten, eigentlich müßten wir Ihnen dankbar sein. Aber wenn ich ehrlich sein soll, ich glaube nicht, daß Sie jemals in Gefahr waren.«

Kaltenbach machte große Augen. »Was?«

»Ich glaube, Sie haben die Briefe selbst geschrieben«, sagte Hofmann mit Unschuldsmine. »Vielleicht, um sich interessant zu machen, vielleicht auch, um Ihren Vereinswechsel zu forcieren. Dieser Bericht in dieser Illustrierten, von dem Sie gesprochen haben, liegt schon etliche Wochen zurück. Erstaunlich, daß diese Drohbriefe erst jetzt bei Ihnen angekommen sind.«

»Sie sind ja wahnsinnig«, entgegnete Kaltenbach entsetzt.

»Wirklich?« meinte Hofmann gedehnt. »Stand in einem dieser Briefe außer dieser ziemlich vagen Bedrohung irgend eine Forderung?«

»Glauben Sie wirklich, ich hätte mir die ganze Show nur ausgedacht, um Sie auf Trab zu halten?« rief Kaltenbach erbost. »Bisher dachte ich immer, die Polizei nähme ihre Arbeit ziemlich ernst.«

»Tut sie doch auch«, beschwichtigte Katharina. »Aber Sie müssen doch zugeben, daß die ganze Geschichte seltsam ist.«

Der Kicker rutschte von seinem Hocker und blitzte die Beamten gefährlich an. »Typisch. Für Sie ist natürlich alles sonnenklar. Selbstsüchtiger Fußballer hat nichts Besseres zu tun, als sich selbst zu bedrohen. Aber wissen Sie was? Heute abend sind Sie mich los. Und ich Sie ebenfalls.«

Mit diesen Worten stiefelte er entschlossen auf die Aufzüge zu. Eine der Türen fuhr gerade zurück. Neubert enterte die Lounge, erkannte Kaltenbach und redete erregt auf diesen ein. Einen Moment befürchteten die Beamten, die beiden würden aufeinander losgehen, aber dann hockten sich die Streithähne in eine Nische.

»Was hältst du davon?« fragte Hofmann, ohne den Blick von den beiden zu nehmen.

»Ich blick da langsam nicht mehr durch«, gestand Katharina. »Hoffentlich passiert heute wirklich nichts. Und dann vergessen wir das Ganze.«

»Gut gebrüllt, Löwe. Ich geh mal pinkeln«, kündigte Hofmann an und zog sich zurück.

Die Kommissarin lehnte sich an die Theke und ließ ihre Augen über die breite Fensterfront gleiten. Gerne hätte sie sich mit einem Vorrat an kalten Getränken auf den Rasen geknallt und ein wenig Sonne getankt. Sie rieb zum wiederholten Male ihre bleischweren Augenlider. So müde wie im Moment hatte sie sich selten gefühlt. Vielleicht sollte sie sich beim nächsten Arztbesuch gleich krank schreiben lassen, ein unverhoffter Zusatzurlaub war bestimmt eine gute Idee. Seit sie in Bochum war, hatte sie erst einmal einen gelben Schein eingereicht, damals, als sie dieser Serienkiller ziemlich übel zugerichtet hatte.

Irgendwo piepste ein Handy. Instinktiv griff Katharina nach ihrer Tasche, als der Verschlußbügel zurückgeklappt war, wurde der penetrante Ton deutlicher. Sie schaltete das Gerät ein und meldete sich. Am anderen Ende war Wielert.

Sekunden später war sie hellwach.

Als ihr Chef seine Durchsage beendet hatte, rutschte Katharina von ihrer Sitzgelegenheit und steuerte die Nische an, in der Kaltenbach und sein Berater hitzig debattierten.

»Herr Kaltenbach?« meinte sie, als die Streithähne endlich mal Luft holen mußten.

»Sie stören«, beschied sie der künftige Italiener barsch.

»Herr Kaltenbach, ich habe schlechte Nachrichten für Sie.«

Der Kicker wollte erneut aufbrausen, aber als er in Katharinas verlegen blinzelnde Augen sah, stand er langsam auf. »Was ist passiert?«

»Gerade hat mich das Präsidium angerufen. Jemand hat auf Ihre Freundin geschossen.«

Kaltenbach schüttelte wie irre den Kopf und brabbelte einige unverständliche Laute. Gleichzeitig japste er verzweifelt nach Luft.

»Herr Kaltenbach, bitte beruhigen Sie sich«, bat Katharina hilflos.

Das Nervenbündel ergriff kraftlos ihre Hand. Endlich hatte er sich ein wenig besser in der Gewalt. »Jemand hat auf meine Freundin geschossen?« stammelte er endlich. »Ist sie schwer verletzt?«

In Katharinas Hals saß ein dicker Kloß. »Sie wird schon operiert. Um ehrlich zu sein, es soll nicht gut aussehen. Tut mir leid.«

»Ich muß hin«, stieß Kaltenbach stockend hervor. »Lassen Sie mich, ich muß zu Jasmin.«

»In diesem Zustand können Sie auf gar keinen Fall Auto fahren«, erklärte Thalbach nervös. »Wir nehmen Sie mit.«

Kaltenbach schüttelte ihre Hand ab und wandte sich zum Treppenhaus. Katharina erwischte ihn gerade noch an seiner Trainingsjacke. »Verdammt noch mal, drehen Sie nicht durch. Ich sagte, wir fahren Sie.«

»Sie können ja nachkommen«, sagte er verbittert.

»Raimund, die Kommissarin hat recht«, mischte sich

Neubert ruhig ein. »Komm, gib mir deine Autoschlüssel. Ich fahr dich.«

Einen Moment sah Kaltenbach seinen Manager zweifelnd an, fischte dann aber sein Schlüsselbund aus der Hosentasche. Dabei drängte er sich an der Blonden vorbei.

»Hört hier eigentlich noch einer auf das, was ich sage?« explodierte Thalbach. »Sie warten gefälligst auf meinen Kollegen.«

»Bitte, Sie können uns doch wirklich nachfahren«, beschwichtigte Neubert.

Katharina nagte an ihrer Unterlippe. Schließlich riß sie Kaltenbach herum und sah ihm energisch ins Gesicht. »Muß ich Sie mit Handschellen an der Theke anketten? Sie warten hier, bis ich meinen Kollegen geholt habe!«

Kaltenbach sah sie verstört an und nickte. Neubert legte seinem Schützling beruhigend die Hand auf den Arm. »Eine halbe Minute, Raimund.«

Katharina sah sich suchend nach Hofmann um, von dem nirgends etwas zu entdecken war. Nervös sah sie auf ihre Armbanduhr und stürmte dann kurz entschlossen in die Herrentoilette. Vor den Urinbecken stand niemand, aber aus einer der Kabinen ertönte das Rascheln von Papier.

»Berthold, wisch ab und komm raus«, bellte sie. »Beeil dich.«

»Kannst du es nicht mal zwei Minuten ohne mich aushalten?« drang es undeutlich aus der besetzten Kabine.

»Menschenskind, irgend so ein Idiot hat auf Kaltenbachs Freundin geschossen.«

Entweder war Hofmann bereits fertig gewesen, oder er verzichtete auf weitere Säuberungsaktionen. Auf jeden Fall riß er keine zwei Sekunden später die Klotür auf.

»Was hast du gesagt?« fragte er entgeistert.

»Du hast richtig gehört«, bestätigte Katharina, bereits wieder auf dem Gang. »Komm jetzt, Kaltenbach und sein Spezi warten in der Halle.«

Hofmann hastete hinter ihr her. Im Eilzugtempo rannten sie in die Halle. Neubert und Kaltenbach waren nicht mehr da.

»Scheiße«, entschied Katharina. »Hoffentlich sind die noch nicht losgefahren.«

Die Beamten hasteten in das Treppenhaus zur Tiefgarage, nahmen mindestens fünf Stufen auf einmal und erreichten nahezu gleichzeitig die schwere Metalltür zum Parkdeck. Als Hofmann gerade die Klinke herunterdrükken und die Tür mit einem Ruck aufziehen wollte, detonierte der Sprengsatz unter Kaltenbachs Wagen.

## 28

»Kann man euch eigentlich nicht mal drei Tage alleine lassen?« frotzelte Gassel mit trockenem Mund. »Müßt ihr immer alles in Schutt und Asche legen?«

Katharina funkelte den Dicken böse an und versuchte zum x-ten Mal, durch beständiges Kaugummikauen und Kieferverrenken diesen ekelhaften Druck von den Ohren zu bekommen. Es half nichts, sie hörte immer noch alles wie durch einen dicken Watteschleier.

»Schade, daß du nicht da warst. Wir hätten dich locker auf die Bombe legen können«, antwortete Hofmann sarkastisch. »Du würdest eine prima Bombendecke abgeben.«

Dem stoppelhaarigen Beamten ging es nicht wesentlich besser als seiner Kollegin. Die Druckwelle der Explosion hatte die Metalltür gegen seinen Astralleib geschleudert. Hofmann hatte Riesenglück gehabt, ohne gebrochene Rippen oder noch schlimmere Blessuren davongekommen zu sein.

Das Aufgebot war imposant. Drei Löschzüge der Herner Feuerwehr blockierten das komplette Hotelgelände, sogar einen unvorsichtig abgestellten Streifenwagen hatten die Retter in den schmucken Uniformen entschlossen an die Seite gedrückt. Seit einer guten Stunde tummelte sich etwa ein Dutzend Leute mit dicken C-Rohren in der Tiefgarage und versuchte, den Brand zu löschen.

»Wenigstens über einen Punkt haben wir jetzt Gewißheit«, philosophierte Hofmann leise. »Kaltenbach hat die Briefe wohl doch nicht selbst geschrieben.«

»Blitzmerker«, entgegnete Katharina mürrisch. »Leider ist der einzige, bei dem ich überhaupt ein Motiv für die Drohungen sehe, gleich mit in die Luft gegangen.«

An der Rampe zur Tiefgarage entstand Bewegung. Die Feuerwehrleute kamen, beladen mit ihrem schweren Sauerstoffgerät, erschöpft wieder ans Tageslicht. Der Einsatzleiter gab mit nach oben gereckten Daumen Entwarnung. Wie aufs Stichwort sprangen die Ermittler des BKA auf und stürmten den Tatort, gefolgt von Wielert, der bis dahin mit dem Häuptling der Bundesbeamten konferiert hatte. Brettschneider, der gefürchtetste Gerichtsmediziner östlich der Rocky Mountains, schloß sich mit zwei Sanitätern an.

»Bin mal gespannt, ob wir jetzt Hinweise auf einen Zusammenhang zu den anderen Anschlägen finden«, sagte Katharina aufblickend.

»Würde mich nicht wundern. Zwei Bomben innerhalb so kurzer Zeit, beide Anschläge mit rechtsradikalem Hintergrund«, bestätigte Gassel.

»Hoffentlich finden die ihren eigenen Hintern ohne eine Taschenlampe«, motzte Hofmann mit zittriger Stimme. Der Schock saß ihm immer noch deutlich sichtbar in den Knochen. »Ker' noch mal, ohne diesen Silvesterböller wären wir die nächste Woche endlich los gewesen.«

»Sieh es mal positiv«, riet das Schwergewicht. »Geht die Sache in die Hose, bleibt der schwarze Peter nicht bei uns hängen.«

Katharina preßte sich die Handflächen auf die Ohren und pumpte Luft in ihren Schädel. Allmählich ließ das Sausen in ihrem Gehörgang nach. Brettschneider hatte sie und Hofmann direkt nach seiner Ankunft oberflächlich gecheckt. Dabei war der Leichenfledderer sichtlich bemüht, sein angespanntes Verhältnis zu der Polizistin einen Augenblick zu vergessen.

Wortlos betrachten die drei vom KK 11 von ihren Logenplätzen die Szenerie. Auf dem Rasen standen etliche Personen, in lose Grüppchen verstreut. Der DFB-Troß war eingerahmt von einem Pulk von Journalisten, das Hotelpersonal und die wenigen übrigen ausgesuchten Gäste fanden kaum Medienbeachtung. Die sonst so beliebten O-Töne schreckgebleichter Überlebender durften ausnahmslos die Ballartisten liefern.

Wielert kehrte, mit einem Taschentuch vor dem Mund, aus dem Untergrund zurück und japste heftig nach Luft. Die Garage war noch so verqualmt, daß ein vernünftiges Arbeiten unmöglich war. Gleich hinter ihm folgten die anderen Spürnasen. Einer der BKA-Leute gab lautstarke Befehle, nach Möglichkeit die Abluftanlage wieder in Betrieb zu nehmen. Vorerst mußte die Spurensicherung weiter unter freiem Himmel stattfinden.

»Habt ihr eigentlich noch was gesehen, bevor der Zauber losging?« fragte Wielert, noch ein gutes Stück von seinen Leuten entfernt.

»Klar«, gab Hofmann mürrisch zurück. »Ich hätte gerne ein paar Fotos geschossen, aber meine Kamera lag im Handschuhfach.«

Wielert warf dem Jüngeren einen vielsagenden Blick zu, wiederholte die Frage aber nicht.

»Gar nichts«, gab Hofmann etwas ruhiger Auskunft, »zumindest nichts Wesentliches. Da muß soviel Sprengstoff unter der Karre gewesen sein, die Menge hätte auch für 'nen Panzer gereicht. Und wegen des Benzins stand doch sofort alles in Flammen.«

»Scheint, als hättet ihr ganz schön Schwein gehabt«, nickte Gassel.

»Wir schon. Die beiden in dem Auto ...« begann Katharina, brach ihren Satz aber betreten ab.

Brettschneider kletterte aus der Garage. Als ständigem Zigarilloraucher machte ihm das bißchen Rauch scheinbar wenig aus. Suchend sah er sich um, bis er seine Lieblingskriminalen erblickte. Mit seinem unvermeidlichen Täschchen wedelnd, setzte er sich wieder in Bewegung.

»Kann mir mal einer verraten, warum ich an einem so herrlichen Samstag morgen von Frau und Kind weggezerrt wurde?« röhrte er so laut, daß der Tontechniker eines Privatsenders entsetzt die Kopfhörer von den Ohren riß.

»Die haben dafür bezahlt«, konterte Katharina, während sie sich langsam aus dem Gras erhob.

Brettschneider schluckte und grinste hämisch. »Wohl doch 'ne kleine Gehirnerschütterung. Ich seh lieber noch mal nach.«

»Erzählen Sie lieber was Interessantes«, riet Katharina.

»Besorgen Sie sich eine kleine Schaufel und ein Kehrblech, kratzen Sie die Reste der beiden von der Wand und bringen Sie das Zeug zu mir ins Institut. Vielleicht schenke ich Ihnen die Sauerei als Puzzle zu Weihnachten. Gibt mindestens fünftausend Teile. Pro Mann.«

»Und Menschenfreunde wie Sie läßt man in Bayern Medizin studieren?« fragte Hofmann zweifelnd.

»'türlich«, gab der Exilmünchener zurück. »Ihr Preußen wärt ohne unsere Entwicklungshilfe doch schon längst ausgestorben.«

»Geht das Ganze auch eine Spur sachlicher?« mischte sich Wielert ein.

»Wer ist denn der Komiker?« wollte Brettschneider wissen. »Euer neuer Azubi?«

»Eher unser neuer Boß«, erklärte Gassel schadenfroh.

»Aaah, hab ich mir doch gleich gedacht«, schleimte der Weißwurstmatador freundlich. »Brettschneider ist der Name, angenehm.«

»Wielert«, antwortete er knapp. »Und?«

»Keine Chance«, fuhr Brettschneider fort. »Ich kann nur mit Gewißheit sagen, daß die beiden nicht an Malaria oder Pfeiferschem Drüsenfieber gestorben sind. Ich guck mal, ob ich noch etwas Nützliches beisteuern kann. Aber Sie haben die Bescherung ja selbst gesehen ...«

»Morgen um zehn?« kam Gassel der nächsten Bemerkung des Bayern zuvor.

»Korrekt. Wenn bis dahin alle Einzelteile da sind.« Brettschneider tippte an einen imaginären Hut und trollte sich.

Wielert sah ihm zweifelnd nach. »Ist der immer so drauf?«

»Kann man so nicht sagen«, antwortete Katharina sofort, »heute hatte er 'nen guten Tag.«

»Hat noch jemand Lust, irgendwo zu frühstücken?« brachte Gassel ein anderes Thema auf. »Ich könnt ein Häppchen vertragen.«

»Spinnst du?« gaben Hofmann und Thalbach gleichzeitig zurück.

»Werter Kollege, ich empfehle eher, wir mischen uns unter unsere geschätzten Kollegen aus Wiesbaden und sehen zu, ob wir denen unter die Arme greifen können«, erklärte Wielert.

»Ich meine ja nur«, schmollte der Dicke.

Zögernd setzten sie sich in Bewegung, aber weit kamen sie nicht. Keine zehn Meter entfernt standen Hagenbeck, der Bundestrainer und Carstens zusammen und schleuderten sich lautstark Nettigkeiten ins Gesicht. Als der Pressesprecher die Kriminalen bemerkte, winkte er sie aufgeregt zu sich.

»Herr Wielert«, schrie er, »es gibt hier ein kleines Problem. Erklären Sie diesem Ignoranten doch bitte mal, mit wem er es hier zu tun hat.«

Der ›Ignorant‹ lief rot an. »Diesen Ton verbiete ich mir«, fauchte Hagenbeck hitzig. »Vor anderthalb Stunden ist hier ein Mord passiert, und Sie haben keine anderen Probleme als ...«

»Papperlapapp«, schnappte der Bundestrainer. »Ich kann den Jungs doch jetzt nicht sagen, sie können ...«

»Scheißegal«, wütete Hagenbeck, »notfalls nehm ich sie alle in Beugehaft.«

Carstens plusterte sich auf wie ein Truthahn, da legte ihm Wielert die Hand auf den Arm. »Einen Moment, bitte. Worum geht es hier eigentlich?«

»Das will ich Ihnen sagen«, giftete Carstens atemlos. »Ihr Kollege will das Spiel absagen. Das ist doch wohl die Höhe. Wegen so einer ...«

Im letzten Moment verkniff er sich das Wort ›Kleinigkeit‹, dachte eine Sekunde nach und setzte seinen Satz etliche Dezibel leiser fort. »So bedauerlich die Geschehnisse auch sind, für heute nachmittag sind weit über fünfzigtausend Karten verkauft worden. Wollen Sie den Leuten erklären, daß sie sich völlig umsonst auf den Weg gemacht haben?«

Wielert warf einen schnellen Blick zu seinen Leuten. »Sie wollen spielen?« fragte er entsetzt. »Nachdem einer aus Ihrer Mannschaft in die Luft gejagt worden ist?«

»Aber was sollen wir denn sonst machen?« kreischte Carstens schrill. »Menschenskind, der Bundeskanzler sitzt nachher auf der Tribüne. Der Ministerpräsident Spaniens und der Außenminister sehen sich das Spiel auch an, deren Flugzeug ist doch schon längst in der Luft.«

»Sieht ganz nach einer Kriegserklärung aus, wenn das heute abgesagt wird«, vermutete Katharina angewidert.

»Das ist nicht witzig«, ätzte der Pressesprecher.

»Gebe ich Ihnen vollkommen recht«, nickte Wielert. »Ein Witz ist allerhöchstens Ihr Verhalten.«

»Für jemanden, der noch nicht einmal in der Lage ist, einen unserer Spieler zu beschützen, nehmen Sie den Mund verdammt voll«, hetzte der Bundestrainer. »Außerdem wäre es sicher in Raimund Sinne, trotzdem zu spielen. Er hätte es so gewollt.«

»Hören Sie bloß mit diesem Sepp-Herberger-Scheiß auf«, erregte sich Hagenbeck wieder. Scheinbar hatte er seine gröbste Sprachlosigkeit überwunden. »Für Sie ist die Sache wohl erledigt, wenn Sie sich Trauerflor ans Trikot pappen. Für uns noch lange nicht.«

Carstens löste seinen obersten Hemdenknopf, sein Adamsapfel hüpfte auf und ab. »Machen Sie, was Sie wollen«, entschied er. »Um halb vier ist Anstoß, es sei denn, Sie sperren alle hinter Schloß und Riegel. Und von dem Skandal würden Sie sich nie wieder erholen.« Er zupfte den Bundestrainer am Ärmel und stakste davon.

»Absoluter Hammer«, stieß Wielert fassungslos hervor. »Das hat der ernst gemeint.«

»Glaub ich auch«, bestätigte Hagenbeck konsterniert. »Was sollen wir denn jetzt machen?«

»Gar nichts«, schnauzte Wielert. »Lassen wir die Blödmänner doch spielen. Ich hab keine Lust, mir wegen dieser Heinis die Finger zu verbrennen.«

Hofmann angelte langsam seine Eintrittskarte aus der Jacke und hielt sie Gassel hin.

»Hier, Karl-Heinz, falls du Lust hast. Mich sehen die bestimmt nicht im Stadion.«

Beleidigt sah der Dicke auf. »Traust du mir das wirklich zu?«

»Du sitzt direkt hinter deinem geliebten Bundeskanzler.«

Gassels Augen blitzten auf. Zögernd nahm er den bedruckten Karton an sich. »Ja, dann ...«

## 29

»Brummen die Ohren noch?« fragte Wielert mitfühlend, als Katharina mit verquollenen Augen in den Konferenzraum stürmte. Auch ohne erklärende Worte ihrerseits war den Bochumer Kollegen auf einen Blick klar, wo die Blonde den Großteil der letzten Nacht verbracht hatte.

Sie pflanzte sich neben Hofmann auf den letzten freien Stuhl. Der Konferenzraum war gut gefüllt, Thalbach kannte höchstens die Hälfte der Gesichter.

»Na, Dicker, haste mit Helmut schön Fußball geguckt?« pflaumte ein kurz vor der Rente stehender Grauhaariger, der vor etlichen Jahren, noch im damaligen K 1, mit Gassel zusammengearbeitet hatte.

»Woher weißt du ...?«

»Im Fernsehen warst du doch nicht zu übersehen«, schmetterte der Ältere. »Ich hab zwar Großbild, aber Birne und du auf einer Mattscheibe, dat hält keine Bildröhre aus.«

»Blödmann«, zischte Gassel zurück.

»Die Bilder von vorm Stadion waren noch besser«, ergänzte ein anderer grinsend. »Besonders, wie der Kranwagen unter die Tribüne gefahren ist. Zum Gewicht abstützen.«

Das Schwergewicht starrte trotzig zwischen den Lästermäulern hin und her, sparte sich jedoch eine Erwiderung.

»Wenigstens haben die Burschen ja eine prima Ausrede für die Niederlage gehabt«, wechselte Wielert das Thema. »Zu Hause vier Tore gegen Spanien einzufangen, ganz schön peinlich.«

»Herrschaften, können wir bitte die Privatgespräche ein wenig zurückstellen?« sagte Hagenbeck autoritär. »Es ist Sonntag, Sie sind genauso überarbeitet wie ich und haben sich einige freie Stunden verdient. Je eher wir Ergebnisse vorweisen können, um so besser für uns alle.«

Seine Adjutantin legte ihm einige kopierte Unterlagen vor die Nase und konzentrierte sich wieder auf die vor ihr liegenden Blätter. Anscheinend führte sie eine Strichliste über gutes Betragen, um den BKA-Leuten zu Weihnachten die passenden Glanzbildchen in die Pfoten drücken zu können.

»Wir haben nach dem gestrigen Attentat vielversprechende Hinweise erhalten«, dozierte Hagenbeck weiter, »außerdem gibt es aktuelle Neuigkeiten. Aber erlauben Sie mir, chronologisch vorzugehen.«

Alle Augenpaare richteten sich auf den Mittfünfziger,

als er, anscheinend in tiefes Nachdenken versunken, ein paar Schritte auf- und abtigerte.

»Hinsichtlich des Anschlages auf das Asylbewerberheim sind wir noch keinen Schritt weiter gekommen«, gab der Chefermittler nach der Kunstpause zu. »Abgesehen von der Identifikation des Sprengstoffes und des offensichtlich verwendeten Zündmechanismusses stehen wir mit leeren Händen da. An keinem der sechs Tatorte konnten wir Augenzeugen ermitteln, alles war generalstabsmäßig geplant. Auch das Bekennerschreiben lieferte uns keine weiterführenden Hinweise. Alles in allem waren unsere bisherigen Ermittlungen ein Schlag ins Wasser.«

In der Gruppe der Zuhörer entstand unruhiges Gemurmel. Die Einheimischen konnten ein leicht zufriedenes Grinsen ob der eingestandenen Unfähigkeit der Supermänner aus Wiesbaden nicht unterdrücken, die Zugereisten waren über die verlorene Woche reichlich angesäuert. Dem Arbeitsklima zwischen den beiden Gruppen tat das keinen Gefallen.

»Aber«, donnerte Hagenbeck eine Spur lauter, »zumindest können wir einige der angedachten Möglichkeiten eliminieren. Keiner unserer Stammkunden, die in unseren Karteien und Datenbänken registriert sind, konnte mit den Attentaten in Verbindung gebracht werden. Anscheinend haben wir es tatsächlich mit einer bestens organisierten Truppe zu tun, die es meisterhaft versteht, ihre Leute zu rekrutieren, auszubilden, zu motivieren und zu tarnen. Ich habe den Kollegen Reimann vom Verfassungsschutz gebeten, Kontakt zu seinen V-Leuten aus der Szene aufzunehmen. Im Augenblick sind wir auf die kleinsten Gerüchte angewiesen. Am Dienstag werden uns zwei verdeckt arbeitende Ermittler Rede und Antwort stehen. Vielleicht sehen wir dann ein wenig klarer.«

»Warum erst so spät?« stocherte Wielert in dem eh schon angeschlagenen Selbstvertrauen ihrer Gäste.

Statt Hagenbeck meldete sich Reimann zu Wort. »Wir müssen auf die Tarnung unserer Männer achten. Die beiden, die am Dienstag hier vorbeischauen werden, sind unsere Top-Leute. Unmöglich, die einfach so heranzupfeifen und Rapport erstatten zu lassen. Bei dem Treffen müssen wir uns schon nach deren Zeitplan richten.«

»Klingt logisch«, nickte Wielert.

»Kommen wir nun zum gestrigen Tag«, übernahm Hagenbeck wieder die Befehlsgewalt. »Frau Thalbach, Herr Hofmann, erläutern Sie uns doch bitte, was sich in den letzten Tagen und vor allem gestern zugetragen hat.«

»Ein Zusammenhang zwischen den beiden Anschlägen ist doch noch gar nicht erwiesen«, bemerkte Hofmann schwach.

»Und ob«, beharrte Hagenbeck. »Unsere ersten Analysen der Tatortspuren haben eindeutig ergeben, daß in allen Fällen derselbe Sprengstoff verwendet wurde. Glauben Sie da noch an einen Zufall?«

»Ging aber ganz schön fix, Ihre Analyse«, meinte Katharina anerkennend.

»Wenn unsere Leute wissen, wonach sie suchen müssen ...«

»Also schön«, gab sich Hofmann geschlagen. In den nächsten Minuten gab er der versammelten Meute einen präzisen Bericht, angefangen von dem Augenblick, in dem Carstens und die anderen Vertreter des DFB in ihr provisorisches Büro gestiefelt waren, über die Tage, während der sie Kaltenbach betreut hatten, bis zu dessen Wechselabsichten und seinen Auseinandersetzungen mit seinem Manager. Erst, als Hofmann bei der Explosion angekommen war, fragte er sich, warum sich Wielert so stumm im Hintergrund hielt.

»Kaltenbach und dieser andere sind also ohne Sie in die Tiefgarage gelaufen?« erkundigte sich Hagenbeck mit gerunzelter Stirn. »Warum sind Sie nicht sofort mitgegangen?«

Hofmann zuckte mit den Achseln.

»Ich hätte die schon mit gezogener Waffe zurückhalten müssen«, half Katharina aus. »Kaltenbach ist wie ein Kastenteufel durch die Lounge gehüpft, der hat nichts mehr auf die Reihe gekriegt.«

»Und wo waren Sie?« richteten sich Hagenbecks Blicke wieder auf Hofmann.

»Ich mußte mal für kleine Jungs«, erklärte der Bochumer betreten.

Hagenbeck schüttelte abfällig den Kopf, besann sich dann jedoch wieder seines Vortrages. »Immerhin haben wir das Vorgehen des Attentäters recht genau rekonstruieren können. Unmittelbar in Nähe des Hotels mündet ein Abluftschacht in den Garten. Der Attentäter hat die Verblendung abgeschraubt, sich durch das Lüftungssystem gequetscht und ist so in die Tiefgarage gelangt.«

»Kein Zweifel möglich?« wollte Hofmann wieder Punkte gut machen.

»Ausgeschlossen«, gab Hagenbeck ruhig zurück. »Vor drei Wochen ist die komplette Anlage gewartet worden, der Monteur hat unter anderem sämtliche Verblendungen erneuert. Zum einen haben wir auf den Blendschrauben frische Kratzer gefunden, zum anderen waren im Schutzgitter selbst Erdreste verblieben. Außerdem fanden wir im Schacht Faserrückstände und Schlieren von Sportschuhen auf dem Metall.«

»Hautrückstände gab es nicht?« warf einer aus der letzten Reihe ein.

»Nein, genauso wenig Fingerabdrücke. Nach wenigen Metern gabelt sich der Abluftschacht, einer der Arme führt direkt über die Tiefgarage. Eines der Deckengitter ist zugänglich, erst dahinter ist der erste Ventilator installiert. So ist der Täter rein- und wieder rausgekommen.«

»Ganz so blöd sind die doch nicht«, flüsterte Wielert seinen Leuten zu. Dann sagte er laut: »Angeblich wurde die Tiefgarage durch einen vom DFB engagierten Sicherheitsdienst bewacht. Konnte der Wachmann erklären, warum jemand in aller Seelenruhe eine Bombe unter Kaltenbachs Wagen montieren und ungesehen verschwinden konnte?«

»Gepennt«, antwortete Hagenbeck knapp. »Da unser Mann seinen Job versteht und bei seiner Arbeit keinen Lärm gemacht hat, hatte der alle Zeit der Welt. Fraglich ist letztlich nur, ob der Wagen des Toten gezielt ausgesucht wurde oder ob es sich nur zufällig um Kaltenbachs Wagen handelte.«

Erst nach und nach wurde den Ermittlern die Bedeutung der Frage klar.

»Häh?« artikulierte ein BKA-Vertreter überrascht. »Wenn der Killer auf Kaltenbach angesetzt war, wußte der doch sicher, was für einen Wagen der besaß.«

»Vor einigen Monaten hat eine Illustrierte eine Home-Story über Kaltenbach und seine Freundin veröffentlicht«, warf Wielert ein. »Ich hab die zwar nicht gelesen, allerdings ist es doch möglich, daß darin erwähnt wurde, welches Fahrzeug Kaltenbach fuhr.«

»Nein«, widersprach Hagenbeck energisch. »Kaltenbach hat sein Auto erst Ende vorletzter Woche angemeldet. Lange nach Erscheinen des Artikels.«

»Das hieße ja ...« überlegte Hofmann nachdenklich.

»Exakt. Aus meiner Sicht existieren folgende Varianten. Erstens: der Täter kannte das Opfer persönlich oder er hat sehr genau recherchiert. Zweitens: der Täter kennt jemanden aus Kaltenbachs persönlichem Umfeld und hat von dieser Person die Informationen abgeschöpft, die er zur Durchführung des Attentates benötigt hat. Drittens: der Täter hat sich während der letzten Tagen im Hotel aufgehalten, dort unerkannt alle Details aufgenommen und einfach die beste Gelegenheit abgewartet.«

»Bei der Masse an Funktionären, Journalisten, Betreuern, Gästen und Hotelbediensteten ist das gut möglich«, überlegte Katharina. »Meistens waren die Herren Kicker allerdings unter sich, abgesehen von den kurzen Audienzen, die sie den Medien gewährt haben. In die Tiefgarage kam niemand ohne Passierschein oder Blaulicht auf dem Dach.«

»Wir werden jedenfalls alle Personen näher in Augenschein nehmen müssen«, schloß Hagenbeck messerscharf. »Das Hotelpersonal, die Journalisten, alle Betreuer und natürlich auch alle Spieler«, repetierte der Wiesbadener die Aufzählung der Bochumer Kollegin.

»Seit gut zwei Stunden sind die doch alle auf dem Weg nach Hause, wenigstens die Spieler und die übrigen Offiziellen«, mutmaßte Wielert.

»Ich weiß, ich weiß«, erwiderte Hagenbeck. »Eine Heidenarbeit, von der noch nicht mal sicher ist, ob sie etwas einbringt. Die Adressen der Gäste und der Mitarbeiter bekommen wir vom Hotel, die Journalisten werden wir über die Akkreditierungslisten ausfindig machen können. Zu diesem Zweck werden wir uns an die Vertreter der Landeskriminalämter und örtlichen Polizeidienststellen wenden, die sollen vor Ort die Befragungen und Überprüfungen organisieren. Jede erdenkliche Möglichkeit muß abgecheckt werden, so unauffällig wie möglich.«

Hagenbeck machte eine Pause und sah zu den Einheimischen herüber. »So leid es mir tut, ich muß speziell unsere Bochumer Kollegen bitten, die hiesigen Ermittlungen zu übernehmen.«

Wielert und die anderen Angesprochenen sahen fragend auf. Hagenbeck rückte seine Brille zurecht und sah aus, als fühle er sich nicht recht wohl in seiner Haut.

»Und warum?« fragte der Chef des KK 11.

»Der Großteil unserer Leute zieht spätestens morgen ab. Es hat eine weitere Anschlagserie gegeben.«

Einen Moment war es sehr still. Außer dem Sprecher schien niemand von dieser Neuigkeit gewußt zu haben.

»Es ist wahr«, bestätigte Hagenbeck schleppend. »Punkt zehn Uhr heute morgen sind in Wuppertal, Krefeld, Bayreuth, Chemnitz, Frankfurt an der Oder sowie in Heidelberg zeitgleich weitere Anschläge verübt worden.

Vier Sprengsätze und je zweimal eine gezielte Kugel auf hochstehende ausländische Diplomaten. Anscheinend geht unseren Freunden das C4 aus.«

Erschlagen lehnten sich die Ermittler zurück. In diesem Moment war alle Rivalität zwischen den beiden Gruppen vergessen. Diese rücksichtslose Brutalität machte alle sprachlos.

»Gab es Opfer?« fragte Katharina schließlich mit belegter Stimme.

»Es gab keine Toten, wenn Sie das meinen«, seufzte Hagenbeck. »Insgesamt sieben Verletzte, am schlimmsten hat es die Diplomaten erwischt. Beide werden wohl überleben, näheres weiß ich auch noch nicht.«

»Verfluchte Scheiße«, grunzte Gassel angespannt. »Die machen tatsächlich ernst.«

»So sieht es aus. Eine solche Form des Terrors haben noch nicht einmal die Vertreter der RAF aufgezogen. Sollten die National-Revolutionären Zellen tatsächlich weitermachen wie angekündigt, bevor wir die erwischen, gute Nacht.«

»Und was können wir nun tun?« fragte Wielert leise.

»Wie gesagt, der Großteil meiner Leute wird die Ermittlungen in Krefeld übernehmen. Allmählich gehen uns die Beamten aus, immerhin haben wir bereits zwölf Tatorte, den Anschlag auf Kaltenbach mitgerechnet, dreizehn.«

»Aber das ist doch Unsinn«, erregte sich Katharina plötzlich. »Letzten Sonntag schlagen die Nazis mitten in der Nacht zu, heute morgen Punkt zehn Uhr, alle zur gleichen Zeit. Und Kaltenbachs und Neuberts Ermordung soll von der gleichen Truppe ausgegangen sein? Paßt doch absolut nicht in die Vorgehensweise der Terroristen.«

»Gäbe es nicht die absolut sichere Übereinstimmung hinsichtlich des benutzten Sprengstoffes, ginge ich mit Ihnen konform«, entgegnete Hagenbeck. »Aber die Tatsachen können wir nicht wegdiskutieren. Nach meiner

Meinung muß Kaltenbach in irgend einer Form mit seinem Mörder in Kontakt gestanden haben, vielleicht hat er sogar mit der Gruppe sympathisiert oder gehörte ihr an, vielleicht wurden da untereinander Rechnungen beglichen. Aber kommen wir zum Thema zurück. Ich möchte Sie, wie gesagt, bitten, in den nächsten Tagen die Ermittlungen hier weiterzuführen. Drei meiner Leute werden zu Ihrer Unterstützung in Bochum bleiben. Fangen Sie mit den Hotelangestellten an, dann die Journalisten aus der Umgebung. Und wenn es Ihnen möglich ist, sollten Sie die Kaserne, aus der damals der Sprengstoff und die anderen Waffen gestohlen wurden, noch einmal aufsuchen. Zwar haben wir damals alles auf den Kopf gestellt, ohne etwas zu finden, aber sich dort noch einmal umzuhören, kann nicht schaden, zumal wir jetzt definitiv wissen, daß das bei den Attentaten benutzte Zeug von dort stammt. Ferner bitte ich Sie, am Dienstag mit den Kontaktleuten des Verfassungsschutzes zu sprechen. Jede Kleinigkeit kann nützlich sein.«

## 30

»Gibt es diese Woche auch mal einen Tag, an dem du pünktlich Feierabend machst?« Ulli Zander lutschte hingebungsvoll an dem Eiswürfel, den er aus seinem Glas mit Cola gefischt hatte, und blinzelte hinter seiner Sonnenbrille in den Himmel. An seinem Platz konnte er noch mindestens eine volle Stunde direkte UV-Bestrahlung genießen.

»Keine Ahnung«, gab Katharina zu. »Wenn sich die Aufregung im Präsidium wieder gelegt hat, bestimmt.«

»Machst du dir wegen der Hypothek eigentlich immer noch so viele Gedanken?«

Die Blonde strich sich die Haare zurück und grinste. Seit sie, kurz nach der Besprechung im Präsidium, Feierabend gemacht hatte, ließen sie ihre beinahe schon zur

Gewohnheit gewordenen Beschwerden erstaunlicherweise in Ruhe. Behaglich streckte sie sich auf dem Liegestuhl aus, klatschte eine frische Ladung Sonnenschutzcreme auf ihren Körper und verteilte die Pampe auf die empfindlichsten Stellen.

»Ehrlich gesagt, ja. Bei dem Gedanken, in den nächsten Jahren diesen Schuldenberg vor mir herumzuschleppen, wird mir ganz anders.«

Zander richtete sich auf, warf unauffällig einen gierigen Blick auf den Körper neben sich und stellte die Lehne seiner Liege ein wenig senkrechter.

»Zum tausendsten Mal, wir gehen doch überhaupt kein Risiko ein«, seufzte er geduldig. »Ich hab mich gestern lange mit Thilo darüber unterhalten. Für das Haus ist die Summe, die wir aufnehmen müssen, geradezu lächerlich.«

Katharina nahm seine Blicke befriedigt zur Kenntnis und unterdrückte den Impuls, hell aufzulachen. Thilo Preuss, Verwaltungsakrobat in einem Bochumer Krankenhaus, war Zanders und auch ihr bester Freund. Jedesmal, wenn Ulli eine wichtige Entscheidung treffen mußte, gab er nicht eher Ruhe, bis der Büroklammerbieger sein Okay gegeben hatte.

»Ich weiß, ich weiß«, schmunzelte sie. »Aber jeden Monat 1700 DM feste Kosten ist schon ein ganz schöner Hammer.«

»Schränken wir uns eben ein wenig ein.«

»Klugsch... Witzbold. Über etliche Jahre?«

»Ewig lebt Frau Herbold auch nicht.«

Entsetzt wendete die Kommissarin ihre Augen nach rechts. »Ulli, bitte.«

»Ist doch wahr. Wie alt ist die eigentlich? Über achtzig doch bestimmt.«

»Frau Herbold ist eine sehr nette ältere Dame.«

»Meinetwegen soll sie sich noch lange bester Gesundheit erfreuen. In ein paar Jahren erledigt die sich trotzdem auf jeden Fall. Biologisch, meine ich.«

»Leichenfledderer«, entschied Katharina kurzerhand.

Ulli setzte die Füße auf den Boden und ruckte seine Liege ein wenig näher an sie heran. »Heute scheint es dir wirklich ganz gut zu gehen«, stellte er fest.

Katharina kräuselte die Stirn. »Ganz okay.«

Noch ein Stückchen näher.

»Ulli«, meinte die Blonde gedehnt.

»Bei der Arbeit«, grinste der Sozialarbeiter.

»Ich sehe es.« Sie klopfte ihm leicht auf die Finger, die sich langsam zu ihr herübertasteten. »Immerhin liegen wir hier auf dem Balkon.«

»Genau«, bestätigte Zander schmeichelnd. »Mit breiten Holzplatten als Sichtschutz und weit und breit niemandem, der uns im Blickfeld haben könnte.«

»Perversling«, gab sie, nicht wirklich böse, zurück.

»Außerdem, wenn du dich so gefährlich anziehst, darfst du dich nicht beschweren.«

»Gefährlich?« fragte Katharina und sah scheinheilig an sich herunter. Außer einem äußerst knappen Tanga trug sie nichts als blanke Haut. Aus den Augenwinkeln bemerkte sie, daß sich Zanders Shorts gefährlich verbeult hatten. »Und was ist mit den Stuhllehnen?«

»Kein Problem«, eiferte Ulli sofort. »Hier, kleinen Hebel umlegen und – schwups.«

Augenblicklich war das letzte Hindernis zwischen ihnen verschwunden.

»Deshalb wolltest du unbedingt diese Liegen haben«, lachte Katharina. »Hinterhältiger Mädchenschänder.«

Zander zuckte die Achseln. »Man gönnt sich ja sonst nichts.«

## 31

Selbstgefällig stand der alte Mann vor der Panoramascheibe seines Dachateliers und sah auf den riesigen Park hinter seinem Anwesen. Was er sah, gefiel ihm: rechts, etwa vierzig Meter entfernt, die asynchron angelegten Gartenteiche, mit Schlingpflanzen und Teichrosen fast zugewuchert, dahinter die gepflegten Buchsbaumhecken. Ab und zu schimmerte das weiße Holz einer Parkbank durch das Laubwerk. Links, erheblich weiter entfernt als die Teiche, das Gesindehaus und die Pferdeställe. Früher hatten dort seine Tiere gestanden, jede freie Minute hatte er mit seiner Tochter in den Stallungen verbracht, war er mit ihr ausgeritten und hatte sich an den Schönheiten der Wälder rund um seinen Besitz gefreut.

Seufzend atmete Werner Hertz durch. Fünfzehn Jahre war das jetzt mindestens her, seit er zum letzten Mal auf dem Rücken eines feurigen Hengstes gesessen hatte, bekleidet mit der schneidigen schwarzen Uniform mit den Totenköpfen auf den Kragenspiegeln. Kurz vor Ende des Krieges war er noch zum Oberleutnant befördert worden, in der Leibstandarte AH. Nahezu täglich hatte er den Führer gesehen, wäre ohne zu zögern mit seinem Leben für den Mann eingetreten, der Deutschlands einzige Zukunft gewesen war. Früher.

Die Uniform war inzwischen brüchig und von Motten zerfressen, nur die silbernen Embleme in der Nähe des Kragens schimmerten noch wie eh und je. Mit jedem Tag, an dem er morgens erwachte, wurde seine Hoffnung, noch einmal so glorreiche Zeiten erleben zu dürfen wie nach dreiunddreißig, geringer. Ungefähr seit seinem achtzigsten Geburtstag quälte er sich mit immer mehr Beschwerden und Krankheiten herum, sein Arzt gab ihm schon seit der Wiedervereinigung beständig nur noch ein paar Monate zu leben. Hertz lächelte. SS-Männer waren eben zähe Knochen, egal, ob sie morgens Blut erbrachen oder ob selbst kleinste Anstrengungen das alte, müde Herz trotz Schrittmachers beinahe zum Stillstand brachten.

Er wandte sich von der Aussicht ab und schlurfte bedächtig zu den beiden jungen Männern zurück, die während seiner Denkpause ruhig in den bequemen Sesseln gesessen und ihren Mund gehalten hatten. Sie hatten zwar nicht mehr das gewisse Etwas, was die Arier früher auszeichnete, aber in Zeiten wie diesen mußte man froh sein, überhaupt Männer zu finden, denen solche Begriffe wie Ehre und Vaterland einen Schauer der Ehrfurcht über den Rücken trieben.

»Wie ist es gelaufen?« fragte er.

›Hauptmann‹ Krügers dunkle Augen schossen nach oben und blitzten gutgelaunt auf. »Hervorragend. Alle Zielpunkte und Personen wurden, wie geplant, attakkiert. Besonders zwei und sechs haben äußerst präzise gearbeitet. Die Kanaken haben zwar eine Kugel im Bauch, kommen aber wohl über den Berg.«

»Gut«, entschied Hertz mit einem Nicken. »Keine Probleme, nehme ich also an.«

»Nichts«, bestätigte Krüger. »Alle haben sich, wie vorgesehen bei uns gemeldet.«

Hertz nickte abermals und zog seinen Stuhl zurück. Bis er ächzend auf die Polster sank, verging eine gewisse Zeit, aber er war halt nicht mehr der Jüngste. Als er endlich saß, griff er zu seinem Glas, hob es theatralisch und brachte einen Trinkspruch aus. »Meine Herren: Für den Führer!«

»Für den Führer«, echoten Krüger und der andere Mann gleichzeitig.

»Es läuft also alles nach Plan«, resümierte Hertz. »Können wir die nächste Aktionswelle wie vorgesehen durchführen?«

Stenner, mit sechsundzwanzig mit Abstand der Jüngste der Runde, aber dennoch der politische Vordenker der Bewegung, schob seine Nickelbrille zurück und runzelte die Stirn. »Eigentlich schon. Allerdings sollten wir uns noch einmal überlegen, ob wir nicht endlich eine härtere Gangart an den Tag legen sollten.«

Hertz ließ seine Augen langsam über den Tisch wandern. »Gibt es denn etwas auszusetzen?« fragte er scharf.

»Nicht unbedingt. Aber es werden einige Stimmen

laut, die meinen, wir hätten nicht genug Schneid, ohne Rücksicht auf Menschenleben zu agieren.«

»Und was ist mit den beiden Kanaken?« hakte Krüger nach.

»Leben noch«, gab Stenner ruhig zurück. »Wir dürfen bei unseren Anhängern nicht den Eindruck erwecken, wir wären nicht zum Letzten entschlossen. Um nicht mißverstanden zu werden, das Echo auf die Aktionen ist groß. Aber wir müssen uns steigern, um glaubwürdig zu bleiben.«

Hertz rubbelte nervös mit seinen faltigen Händen an der Tischkante und schloß einen Moment die Augen. »Haben wir das nicht oft genug diskutiert? Es kommt nicht auf die Volksgenossen an, die uns sowieso schon mit einem gewissen Wohlwollen betrachten. Wir wollen das unbeteiligte Volk, wir wollen ihnen zeigen, daß es Menschen gibt, die sich um das Land Gedanken machen und nicht die Fehler begehen, die vor fünfzig Jahren zu unserem Untergang geführt haben. Und vor allem wollen wir beweisen, daß wir bereit sind, vor der ganzen Welt Verantwortung für unser Land zu übernehmen. Aufräumen können wir immer noch, wenn wir an der Macht sind.«

»Genau deshalb müssen wir Phase zwei vorziehen«, nickte Stenner gelassen. »Die meiste Aufmerksamkeit hat unsere Bewegung erhalten, als Asylbewerberheime brannten und es Tote gab. Jedesmal ging das durch die Weltpresse. Zugegeben, diese Taten waren spontan und teilweise stümperhaft durchgeführt. Aber inzwischen haben wir die Möglichkeit, organisiert vorzugehen. Wir haben die richtigen Leute, wir haben die richtige Ausrüstung. Wir müssen endlich allen zeigen, wozu wir fähig sind.«

»Aber ...« begann Krüger, als es an der Tür klopfte. Hertz' Diener kam ins Zimmer und brachte auf einem Tablett einen Schwung Zeitungen, stellte sie vor seinem Arbeitgeber ab, verbeugte sich und schob wieder ab.

»Endlich die Kritiken«, gierte Krüger nach dem Lesestoff. »Mal sehen, was die Weltpresse zu unserem letzten Aktionstag schreibt.«

Hertz griff ebenfalls nach einem der Blätter, während Stenner gelangweilt den Kopf zurücklegte und an die Decke starrte. Es war wie immer. Krüger war zu blöd, um mehr als zwei geordnete Sätze verstehen zu können, Hertz war bereits so senil und verweichlicht, daß er bei Ausarbeitung ihres, seines Planes ständig Änderungen verlangte und Gewalt gegen Menschen zunächst ausschließen wollte. Hätte es bei der ersten Welle nicht diesen Kanaken in Bochum erwischt, wäre ihr ganzer schöner Auftritt nicht mit halb so viel Aufmerksamkeit bedacht worden.

Schließlich angelte sich Stenner ein Exemplar der linken Kampfpresse und überflog die Schlagzeilen. Einen Moment später riß er entsetzt die Augen auf. »Das darf doch nicht wahr sein«, stieß er atemlos hervor.

Krüger lupfte seinen Blick über den Zeitungsrand, während Hertz das Papier in seinen Händen sinken ließ.

»Was?« fragte er.

Wortlos reichte Stenner das Blatt herüber. Die Augen des alten Mannes flitzten über die Buchstaben. Sekunden später wurde er blaß.

»Sagt mir vielleicht mal jemand, was hier los ist?« beschwerte sich Krüger ungeduldig.

»Steht denn nichts in deinem Blatt?« gab Stenner zurück. »Einer aus unserer Kommandogruppe hat sich selbständig gemacht.«

Krüger pflügte sich wie irre durch seinen Papierwust. Als er den entsprechenden Artikel gefunden hatte, wechselte seine Gesichtsfarbe vor Wut in Rot.

»Und wenn das eine gezielte Fehlinformation ist?« fragte er illusionslos. »Um uns in Panik zu versetzen?«

Hertz griff in die kleine Uhrentasche seiner Weste und angelte das Döschen mit den Herztabletten hervor. Mit zitternden Fingern sammelte er eine Pille aus dem Blechkästchen und spülte sie mit einem kleinen Schluck herunter. »Nach meiner Meinung hat das BKA keinen Grund dafür«, antwortete er leise. »Warum sollten die den Anschlag auf diesen Fußballspieler und dessen Manager mit unseren Aktionen in Verbindung bringen, wenn es keine Anhaltspunkte dafür gibt?«

»Weil der durch eine Autobombe getötet wurde?« erwiderte Krüger schwach.

»Unsinn«, sagte Stenner. »Das BKA ist gut genug ausgerüstet, um eine Übereinstimmung bei Sprengstoff feststellen zu können. Hertz hat recht, wenn es nicht tatsächlich einen Zusammenhang gäbe, wäre es sinnlos, wilde Gerüchte in die Welt zu setzen.«

Einen Moment gab keiner der drei Männer ein Wort von sich. Schließlich war es Stenner, der sich als erster wieder in der Gewalt hatte.

»Gehen wir mal davon aus, diese Zeitungsmeldung ist korrekt. Wer von unseren Leuten käme am ehesten in Frage?«

»Falko oder Rüdiger«, antwortete Krüger sofort. »Die anderen sind zu weit weg. Auch auf die Freundin von diesem Kaltenbach ist doch geschossen worden. Alles spricht für eine perfekte Organisation. Falko ist in Bochum untergeschlüpft, oder?«

Hertz nickte langsam.

»Rüdiger versteckt sich zwar im Sauerland, aber dem traue ich einen Alleingang nicht zu«, überlegte Stenner. »Alles, was der kann, ist Befehle befolgen, darin ist er sehr diszipliniert. Von sich aus entwickelt der aber keine Eigeninitiative.«

»Also spricht alles für Falko«, resümierte Krüger entschieden.

»Offensichtlich«, bestätigte Stenner wütend. »Hat er gegenüber einem von euch mal eine Bemerkung gemacht, daß er in Schwierigkeiten steckt?«

»Nicht die Spur«, erklärte Krüger kopfschüttelnd. »Ich wüßte auch nicht, inwiefern ein so bekannter Spieler wie

Kaltenbach für Falko eine Gefahr darstellen könnte. Oder wo eine Beziehung zwischen den beiden besteht«

»Irgendeine Verbindung muß es geben«, widersprach Hertz. »Falko bringt doch nicht aus reinem Spaß an der Freud sein Leben und unseren Plan in Gefahr.«

»Ich bin mir da nicht so sicher«, zweifelte Stenner. »Überhaupt, vielleicht hat irgend jemand aus Falkos Vergangenheit ihn für diesen Job engagiert, ohne daß er Kaltenbach kannte.«

»Warum sollte er sich auf ein solches Risiko einlassen?« fragte Krüger reichlich blöde.

»Wegen Geld, du Idiot«, fauchte Stenner. »Ich halte Falko durchaus für fähig, für eine gewisse Summe alles zu machen, was man von ihm verlangt. Überlegt doch nur seine Ausrede nach dem Banküberfall: Zweihunderttausend hat er bei uns abgeliefert, in jeder Zeitung war aber von dreihunderttausend die Rede. Glaubt ihr wirklich, die Bank hätte hunderttausend draufgepackt, um ihre Versicherung zu bescheißen?«

»Meinst du, er hat *uns* beschissen?« ging Krüger ein Licht auf.

Stenner zuckte lediglich mit den Schultern.

»Auf jeden Fall sollten wir uns über Konsequenzen unterhalten«, mischte sich Hertz wieder ein. »Bei dem Gedanken an einen Solisten in unseren Reihen wird mir ganz schwindelig.«

»Kann uns die Sache wirklich gefährlich werden?« fragte Krüger.

»Klar. Unsere Aktionen beinhalten zwar auch ein Risiko, aber zumindest gab es keine nachzuweisenden Verbindungen zwischen den Tatorten und den Zielpersonen und unseren Leuten. Sowohl das BKA als auch die Kripo mußten ins Blaue ermittelt. Bei Falkos Alleingang sieht das ja wohl ein wenig anders aus.«

»Wieso?«

»Herrgott noch mal, vermutlich kannte Falko oder wenigstens derjenige, der ihn beauftragt hat, diesen Fußballer. Und angesichts des riesigen Medienrummels werden die Bullen bestimmt den kleinsten Stein umdrehen, bis sie die Verbindung gefunden haben.«

»Falko ist verbrannt«, nickte Hertz kraftlos. »Irgendwann wird die Polizei auf ihn stoßen, so oder so.«

»Scheiße«, verstand Krüger. »Und wenn sie ihn haben, haben sie auch uns.«

»Endlich kapierst du«, meinte Stenner erleichtert. »Frage ist, was machen wir jetzt?«

Als wieder eine lange Pause entstand, richteten die beiden jüngeren ihre Blicke auf Hertz. Der alte Mann nickte. »Rüdiger soll zu unserem Treffpunkt kommen. So schnell wie möglich.«

## 32

»Laut Karte müßten wir genau hier sein.« Hofmann pikte seinen Fingernagel mitten in das Herz des Sauerlandes und begrub auf einen Schlag mindestens dreißig Quadratkilometer Landschaft unter sich.

Katharina entfernte unwirsch das Sichthindernis und nahm den Übersichtsplan an sich. »Mistkäffer«, fluchte sie. »Da heißt ja eins wie das andere.«

»Mußt du gerade sagen. Geburtsort Paderborn und regt sich dann auf«, stichelte Hofmann.

»Da haben wir es ja. Mal sehen, wie ich fahren muß.«

Ihre blonden Haare senkten sich über die Karte, während sie sich mit fliegenden Augen orientierte. Dann feuerte sie die Karte auf den Rücksitz, donnerte den ersten Gang ins Getriebe und gab Gas.

»Eigentlich müßten wir gleich da sein«, offenbarte sie ihrem Kollegen. »Höchstens noch 'ne Viertelstunde.«

»Heute scheint es dir recht gut zu gehen«, schlug Hofmann ein anderes Thema an. »Noch nicht gereihert?«

»Letztmalig gestern morgen gegen vier«, gab Katharina prompt zurück. »Muß wohl doch ein Virus oder so was Ähnliches gewesen sein. Auf jeden Fall geht es mir im Moment prima. Hab mir schon überlegt, ob ich den Arzttermin heute nachmittag nicht absagen soll.«

»Angsthase«, frotzelte Hofmann.

»Gibt es bei dem Haufen eigentlich festgelegte Begrüßungsrituale?« vollzog die Blonde einen gewagten Gedankensprung.

»Häh? Ach so. Nee, als Zivilist mußt du keinen speziellen Gruß abliefern, als Frau schon gar nicht.«

»Du warst doch beim Bund, gelle?«

»Klar«, antwortete Hofmann.

»Und? Hast du noch alles drauf?«

Der Kommissar runzelte fragend die Augenbrauen.

»Na, ich meine, Händchen an die Mütze und ein forsches ›Jawoll, Herr General‹?«

Hofmann schnaufte auf. »Ach, das meinst du. Bei der letzten Reserveübung vor sechs Jahren klappte das noch ganz gut.«

»Auch richtig mit durch den Schlamm robben und ›peng, peng‹ schreien, weil keine Übungsmunition da ist?«

»Quatsch.«

»Bei welchem Truppenteil warst du denn? Schreibstube bei der Militärpolizei?«

»Panzergrenadiere«, stieß Hofmann hervor. Langsam gingen ihm ihre Sticheleien auf den Geist.

»Ich bin kein Mensch, ich bin kein Tier ...« sang Katharina auf einer improvisierten Melodie.

»Ehrlich, als es dir schlecht ging, konnte man dich besser ertragen«, unterbrach sie der Stoppelhaarige, bevor sie die Strophe beenden konnte. »Paß lieber auf, da vorn müssen wir, glaub ich, nach links.«

Am Straßenrand war ein Hinweisschild zu ihrem Ziel aufgetaucht. Katharina tippte auf die Bremse, setzte den Blinker und zog den Wagen in die Abzweigung, die direkt auf die Kaserne zuführte. Hinter einer dichten Baumgruppe waren bereits die ersten Gebäude zu erkennen.

Vor dem Zufahrtstor brachte die Kommissarin den Vectra mit quietschenden Reifen zum Stehen. Zwei Wachposten rutschten fast von ihren Stühlen, als ihnen das Getöse in die Ohren drang. Der ältere der beiden, höchstens neunzehn, schulterte seine MP und trottete aus der Kabine.

»Bleib besser im Wagen«, riet Hofmann. »Ich hab keine Lust, schon hier draußen erschossen zu werden.«

Gleichzeitig riß er seine Tür auf, zückte seinen eingeschweißten Adler und begann das unvermeidliche Vorstellungspalaver. Tatsächlich hatte er Erfolg, Katharina beobachtete durch die Windschutzscheibe, wie die Wache mit hektischen Gesten eine Wegbeschreibung gab und sich dann an der Verriegelung des Tores zu schaffen machte. Als Hofmann wieder im Wagen saß und der Vectra langsam anrollte, knallte das Bürschchen die Hakken zusammen und zeigte einen erstklassigen militärischen Gruß.

»Wow«, meinte Katharina. »Den mußt du ja richtig beeindruckt haben.«

»Unsinn«, gab Hofmann aufgebracht zurück. »Ist Vorschrift. Kenn ich noch aus meiner eigenen Zeit. Fahr die zweite Abzweigung rechts rein, da ist die Standortkommandantur. Und benimm dich, vielleicht darfst du dann eine Runde mit 'nem Panzer fahren.«

Kurze Zeit später bremste Katharina wieder ab und quetschte ihr Fahrzeug zwischen einen Fünftonner und einen offenen Geländewagen.

Das Innere der Kommandantur war angenehm kühl. Ein diensteifriger Kasernenfeldwebel dirigierte die Bochumer durch einige martialisch geschmückte Flure und lieferte sie mit einem weiteren zackigen Gruß bei seinem Chef ab. Als sich die Tür öffnete, sah sich Katharina aufmerksam um. Sie stand zum ersten Mal einem leibhaftigen Oberst gegenüber.

Dem Mann hinter dem Schreibtisch sah man bereits im Sitzen die höchstens hundertsiebzig Zentimeter an. Der ranghöchste Krieger des Standortes erhob sich höflich und kam hinter seinem Arbeitsplatz hervor. Unter seinen eisgrauen Augen prangte eine imposante Nase, auf der linken Wange verlief eine etwa zehn Zentimeter lange Narbe. Unter der Narbe lächelte ihnen der höchstens Fünfzigjährige freundlich entgegen.

»Von Manteufel«, schnarrte er mit einer überraschend tiefen Stimme. »Bitte, nehmen Sie doch Platz.«

Hofmann hockte sich zum Oberst auf die Couch, Katharina in den höllisch unbequemen Sessel.

»Oberst, entschuldigen Sie die Unbequemlichkeiten, die wir Ihnen bereiten, aber Sie haben unserem Fax ja sicherlich schon den Grund unseres Besuches entnommen.«

Katharina starrte entgeistert auf Hofmann. So beknackt hatte er noch nie ein Gespräch angefangen.

Von Manteufel sah eine Sekunde irritiert auf und lehnte sich dann zurück. »Eigentlich wollte ich Ihnen ja einen Kaffee oder Tee anbieten. Oder haben Sie es eilig?«

»Keineswegs«, antwortete Katharina schnell, bevor Hofmann die nächste Festrede vom Stapel lassen konnte. »Aber eine Cola oder ein Wasser wär mir lieber.«

»Kein Problem«, grinste der Oberst. »Für Sie auch ein Wasser? Dann entschuldigen Sie mich bitte einen Moment.«

Er ging zu seinem Schreibtisch. Während er per Telefon etwas zu trinken bestellte, feuerte Katharina warnende Blicke Richtung Hofmann.

»Haben Sie uns gut gefunden?« widmete sich von Manteufel nach seinem Telefonat wieder seinen Besuchern.

»Ab dem Hinweisschild war's einfach«, antwortete Katharina. Allmählich wurde ihr dieser Oberst sympathisch. »Wenn die Russen kommen, verfahren die sich bestimmt auch erst mal.«

Von Manteufel hob lachend die Hand. »Bitte keine Grundsatzdiskussionen über den Sinn der Bundeswehr,

Frau Thalbach. Auf der Hardthöhe machen sich wesentlich besser bezahlte Leute als ich ihre Gedanken. Solange ich meine Leute dazu bewegen kann, auf Befehl Brücken zu sprengen oder provisorische Straßen anzulegen, ohne vorher mit jedem einzelnen über die Daseinsberechtigung der Truppe zu philosophieren, mache ich meinen Job, glaube ich, recht ordentlich.«

Katharina grinste pflichtbewußt. Ihr Blick konnte sich einfach nicht von der Gesichtsverzierung des Obersten lösen.

Von Manteufel bemerkte es und tippte sich auf die Narbe. »Nicht, was Sie vielleicht denken«, antwortete er ungefragt. »Ergebnis eines doppelten Saltos von einem Rennrad, als ich siebzehn war. In meiner Jugend war ich begeisterter Radrennfahrer.«

Eine Ordonnanz stürmte ins Zimmer und versorgte sie mit eisgekühltem Sprudel.

»Glaube ja kaum, daß Sie einen Kasernenrundgang machen wollen«, fuhr der Oberst nach einem erfrischenden Schluck fort.

»Wie man es nimmt«, meldete sich Hofmann zurück. »Es geht uns immer noch um den Überfall auf eines Ihrer Munitionsdepots.«

»Schlimme Sache«, bestätigte von Manteufel ernst. »In Ihrem Fax stand, diese Anschläge in der letzten Zeit wurden mit Sprengstoff und Waffen aus unseren Beständen durchgeführt?«

»Ohne Zweifel«, nickte Hofmann. »Das BKA-Labor konnte die Herkunft einwandfrei nachweisen.«

»Wir haben uns die Ermittlungsprotokolle von damals angesehen«, mischte sich Katharina ein. »Offensichtlich gab es keine Verdächtigen, oder?«

Von Manteufel lehnte den Kopf in den Nacken. »Leider. Glauben Sie mir, wir haben alles getan, um den Zwischenfall aufzuklären. Es gab nicht die kleinste Spur, keine Fingerabdrücke. Alle Täter waren maskiert und haben sich nur mit Zeichen verständigt.«

»Eventuell einer Ihrer ehemaligen Soldaten?« vermutete Hofmann.

»Am wahrscheinlichsten. Aber haben Sie eine Ahnung, wieviele Leute hier im Laufe der Jahre durchmarschieren?«

Die Polizisten wußten es nicht.

»Bei voller Belegung ist die Truppe etwa achthundert Mann stark«, dozierte der Soldat. »Rechnen Sie allein mal die letzten fünf Jahre hoch, bei der kurzen Wehrdienstzeit, die wir inzwischen haben. Dazu noch die entlassenen Berufssoldaten, die den Stützpunkt in- und auswendig kennen.«

»Aber es wird sich doch nicht jeder hier wirklich gut ausgekannt haben«, gab Katharina zu bedenken. »Ein normaler Wehrpflichtiger weiß doch sicher nicht, wann wieviele Waffen und welche Mengen Sprengstoff wo gelagert werden.«

Von Manteufel zuckte leicht zusammen. »Sie haben keine Erfahrung mit der Bundeswehr, nicht wahr?«

»Schwerlich.«

»Nun, bei uns ist das so: Normalerweise sind unsere Munitionsbunker lediglich mit dem Nötigsten gefüllt. Aber als der Anschlag passierte, war eine große Übung geplant. Wir hatten dementsprechende Ausrüstung bestellt. Und volle Bunker müssen wir mit einem Warnschild kennzeichnen.«

»Was?« entfuhr es Katharina überrascht.

»Ist doch logisch«, verteidigte Hofmann die Soldatenehre. »Überleg doch nur, irgendein Idiot zündet sich neben einer Tonne Sprengstoff eine Zigarette an.«

»Aber das ist doch Irrsinn«, erregte sich die Blonde. »Da können Sie doch gleich blitzende Neonpfeile an die Schuppen pflastern.«

»Marginaler Unterschied«, meinte von Manteufel beruhigend. »Glauben Sie mir, Frau Thalbach, als Täter kommt theoretisch jeder in Frage, der das Kasernengelände kennt. Zwar lassen wir das Zeug nicht offen im

Gelände liegen, und es waren auch genug Leute zur Wache eingeteilt. Aber Sie haben sicherlich den Protokollen entnommen, mit welcher Kaltschnäuzigkeit der Wachposten erschossen wurde. Letztendlich konnten wir froh sein, nicht acht tote Soldaten betrauern zu müssen.«

»Warum ist das nicht an die Öffentlichkeit gedrungen?« interessierte sich Hofmann. »Jedenfalls kann ich mich nicht erinnern, etwas in der Presse gelesen zu haben.«

»Zugegeben, wir versuchen nicht, durch solche Zwischenfällen potentielle Rekruten abzuschrecken. Aber hauptsächlich geht es darum, eventuelle Nachfolgetäter nicht auch noch zu ermuntern«, nickte von Manteufel.

»Gab es in dieser Kaserne eigentlich Fälle von rechtsextremen Ausschreitungen?« tastete sich Katharina vor.

»Während meiner Zeit nicht«, beschied sie der Oberst sofort. »Immerhin bin ich seit knapp zehn Jahren Standortkommandant. Ob es in der Zeit davor Ausschreitungen gegeben hat, kann ich nicht mit letzter Gewißheit verneinen, aber bei mir gibt es so etwas nicht. Und wenn, hätte ich für sofort Konsequenzen gezogen.«

»Aber es hat doch sicher unter Ihren Männern auch Leute gegeben, die man zu den Neonazis zählen kann«, blieb Katharina hartnäckig. »Selbst wenn die beim Marschieren nicht das Horst-Wessel-Lied gegrölt haben.«

Von Manteufel gönnte sich einen weiteren Schluck Mineralwasser und schüttelte den Kopf. »Unbenommen. Mir ist jedoch kein Fall erinnerlich, bei dem über die Stränge geschlagen wurde, schon gar nicht in extremem Maß. Wissen Sie, wir haben hier zwei Arten von Soldaten. Einmal diejenigen, die hier ihre Zeit abreißen oder froh sind, nicht arbeitslos zu sein. Das ist sicher die Mehrzahl. Und dann gibt es natürlich auch eine Gruppe von Soldaten, die stolz auf das sind, was sie tun, und aus Überzeugung bei der Bundeswehr sind. Bei dem einen oder anderen kanalisiert sich dieses in die falsche Richtung. So etwas bleibt nicht aus.«

»Zu welcher Gruppe gehören Sie denn?« platzte Katharina heraus. Hofmanns Augen schossen entsetzt zu ihr herüber.

»Die Frage hab ich verdient«, grinste von Manteufel. »Ich bin Berufssoldat aus Überzeugung, aber ohne ein gestörtes Verhältnis zur deutschen Folklore, wenn ich es einmal so ausdrücken darf.«

»Sie können sich wirklich an niemanden erinnern, der während seiner Zeit hier mit rechten Sprüchen aufgefallen ist oder dem Sie zutrauen, an Aktionen wie dem Überfall auf Ihr Depot oder Anschlägen wie in den letzten Tagen mitgewirkt zu haben?« resümierte Hofmann lustlos.

»Tut mir leid«, seufzte von Manteufel. »Ich kann Ihnen leider keinen einzigen Namen nennen.«

Katharina leerte ihr Glas und beugte sich ein Stück vor. Jetzt kam der arbeitsintensive Teil. »Lagern Sie hier die Personalakten Ihrer ehemaligen und aktuellen Soldaten?« fragte sie.

»Nur die aktuellen«, lächelte der Oberst. »Maximal zwei Wochen nach Entlassung schließen wir den Vorgang ab und übersenden alles an das zuständige Kreiswehrersatzamt.«

»Glück im Unglück«, meinte Hofmann. »Spart uns 'ne Menge Arbeit, hilft uns dafür aber auch keinen Schritt weiter.«

»Langsam«, beschwichtigte der Getarnte. »Die Kompanielisten bleiben selbstverständlich in der Kaserne.«

»Was für Dinger?« fragte Katharina begriffsstutzig.

»Eine Auflistung aller Namen, Geburtsdatum, Geburtsort, Dienstgrad und so weiter. Seit dem Überfall ist die zwar mehrmals ausgiebig begutachtet worden, aber ich habe mir trotzdem erlaubt, Ihnen Kopien der Listen der letzten zehn Jahren anfertigen zu lassen.« Dabei deutete er auf einen dicken Stapel Papier, der in zwei Aktenordner gepreßt war.

»Besten Dank auch«, entfuhr es Hofmann.

»Kann ich sonst noch etwas für Sie tun?« erbot sich von Manteufel.

»Eine Kleinigkeit«, bestätigte Katharina. »Wir möchten uns gerne den Ort des Überfalls ansehen. Und wenn noch Soldaten in der Kaserne sind, die damals auch schon hier gedient haben, müßten wir kurz mit denen sprechen.«

Der Oberst nickte. »Meine Ordonnanz wird alles nötige veranlassen.«

## 33

»Bitte, verschone mich mit deinen schlauen Sprüchen. Ich bin bedient.« Erschöpft lehnte sich Katharina in den Beifahrersitz und rieb sich die brennenden Augen. Geschlagene sieben Stunden hatten sie sich in der Kaserne herumgedrückt, mit mindestens dreißig Soldaten gesprochen, die bereits zur Zeit des Überfalls dort ihren Dienst abgeleistet hatten, und sich den Ort des Geschehens angesehen. Sichtbare Konsequenzen hatte die Bundeswehr nicht aus den Geschehnissen gezogen; immer noch war das Munitionsareal lediglich mit einem Maschendrahtzaun und ein wenig NATO-Draht auf der Spitze gesichert. Zwei einsame Wachposten führten lustlos zwischen den Bunkern ihre Maschinenpistolen spazieren.

Hofmann genoß eine der wenigen Gelegenheiten, bei denen er an das Steuer des Vectras durfte. Seit er vor knapp einem Jahr bei einem Einsatz einen reichlich dummen Blechschaden fabriziert hatte, angelte sich die Blonde normalerweise die Zündschlüssel.

»Ich hab doch gar nichts gesagt«, verteidigte sich Hofmann vorsichtshalber.

»Du wolltest aber. Hab ich dir angesehen.«

»Augenscheinlich ist nicht nur dein Magen verkorkst. Geh mal lieber auch zu einem Psychologen. Ulli kennt doch sicher genug.«

Katharina hatte keine Lust, sich zu streiten. Müde parkte sie den Hinterkopf an der Kopfstütze und versuchte, sich, so gut es ging, in das Polster zu drücken.

»Hast du schon einen Blick in die Unterlagen geworfen?« weckte sie Hofmann wieder auf.

»Wann denn?« zischte die Kommissarin. »Etwa in der Mittagspause?«

»Eine deutsche Beamtin ist immer im Dienst«, smilte Hofmann.

»Besser als den Fraß zu essen, wäre es allerdings gewesen. Konntest du irgend etwas aus der Pampe identifizieren?«

»Hat doch ganz gut geschmeckt«, widersprach Hofmann.

»Witzbold. Ich weiß zwar von meinen alten Asterix-Comics, daß die Armee um so besser ist, je schlechter die Verpflegung schmeckt, aber daß die Bundeswehr gleich eine Elitetruppe sein muß ...«

»Zu meiner aktiven Zeit war das noch viel schlimmer. Dagegen war das heute ein Drei-Sterne-Menue.«

Zweifelnd äugte Katharina nach links. Dann griff sie doch auf die Rückbank und zog einen der Ordner mit den Kompanielisten auf die Knie. Uninteressiert ließ sie ein paar Blätter durch die Finger gleiten und zog verstimmt eine Schnute.

»Na, ist das wenigstens ergiebig?« erkundigte sich Hofmann, während er vorsichtig auf die Beschleunigungsspur der Sauerlandlinie kurvte und Gas gab.

»Und wie«, antwortete Katharina. »Das wird 'ne Heidenarbeit. Und jede Wette, nachher können wir mit dem Papier ein Großfeuer entfachen.«

»Freu dich, wenigstens springen ein paar entspannende Stunden am Schreibtisch dabei heraus. Endlich mal kein Außendienst, kein Babysitter, und Karl-Heinz und diesen Wielert sind wir auch wieder los.«

»Was hältst du denn von unserem neuen Chef?«

»Keine Ahnung. Wir haben ihn bisher doch kaum gesehen. Frag mich, wenn wir den nächsten Fall haben, der allein uns gehört.«

»Mir ist der Neue ganz sympathisch«, überlegte Katharina. »Jedenfalls hat Wielert uns wegen unseres Galaauftritts mit Kaltenbach nicht zur Schnecke gemacht. Gisbert hätte uns an seiner Stelle bestimmt in Grund und Boden gebrüllt.«

Aus ihrer Handtasche drang das nervtötende Piepsen des Handys. Mit rollenden Augen zog sie den Reißverschluß zurück und plazierte das zierliche Gerät am Ohr.

»Ja?« meldete sie sich.

»Ulli hier, grüß dich, Schnuffelmaus. Noch schön fleißig?«

Katharina zog überrascht ihre Augenbrauen zusammen. Natürlich besaß ihr Verlobter die Nummer ihres Dienstapparates, aber während ihrer gesamten gemeinsamen Zeit hatte er sich bisher kein einziges Mal auf diesem Weg bei ihr gemeldet.

»Ist dir was passiert?« fragte sie leise.

»Mir? Ach was.«

»Ist sonst irgend etwas los?«

»Dein Arzt hat vorhin angerufen.«

Plötzlich hatte die Blonde einen dicken Kloß im Hals. »Und?«

»Er hat gefragt, ob du gleich in seine Praxis kommen könntest. Ich habe ihn auf morgen früh vertröstet, wie ich dich kenne, bist du doch vor sieben Uhr nicht zu Hause.«

»Kann hinkommen«, bemerkte sie tonlos.

Hofmann traute sich tatsächlich, einen Lkw zu überholen, und warf einen besorgten Blick zur Seite.

»Ulli, tust du mir einen Gefallen?« fragte Katharina kraftlos.

»Klar, immer doch.«

»Kommst du morgen früh mit?«

»Natürlich. Jetzt mach dir mal keinen Kopp, wird schon nicht so schlimm werden.«

»Hoffentlich. Bis nachher dann.«

In Zeitlupe klappte sie die Schutzhaube über das Tastenfeld und verstaute das Telefon wieder in ihrer Tasche. Hofmann ließ ihr einen Moment zur Besinnung.

»War das Ulli?« fragte er sanft.

»Mhm. Mein Arzt hat vorhin angerufen. Ich soll unbedingt zu ihm in die Praxis kommen.«

»Und du machst dir Sorgen deswegen, gelle?«

»Klar. Bestimmt hat der irgend etwas festgestellt. Warum sollte der mich sonst zu Hause anrufen?«

»Vielleicht ist der Mann einfach nur gewissenhaft«, beruhigte sie Hofmann. »Soll noch vorkommen, sogar bei dieser Berufsgruppe.«

»Nee, Berthold, irgend etwas stimmt nicht mit mir. So oft, wie ich mir in den letzten Tagen die Seele aus dem Leib gekotzt habe.«

»Im Moment geht es dir doch ganz gut, oder?«

»Ja und? Ich hab trotzdem eine Scheißangst.«

Hofmann wagte sich endlich in den dreistelligen Kilometerbereich und schüttelte den Kopf. »Abwarten und Tee trinken. Bestimmt hast du nur deine regelmäßigen Tollwutimpfungen vergessen. Oder dein Sozialarbeiter hat es tatsächlich geschafft, für Nachwuchs zu sorgen.«

»Guck lieber auf die Straße, und quatsch mich nicht voll«, entgegnete die Blonde nervös.

## 34

»Einen kleinen Moment noch«, flötete die freundliche Sprechstundenhilfe und wuselte an Katharina und Ulli vorbei. Das Wartezimmer des Vorortmediziners gähnte heute zwar vor Leere, aber da der Anteil von Privatpatienten in diesem Stadtteil mindestens bei sechzig Prozent lag, nahm sich der Aeskulapjünger überdurchschnittlich viel Zeit für seine Kunden. Für den zweikommadreifachen Abrechnungssatz durfte man das eigentlich auch erwarten.

»Mach dir nicht ins Hemd«, beschwichtigte Zander das Nervenbündel neben ihm. »Dein Doc hat mir am Telefon doch nicht empfohlen, schon mal die Maße für deinen Sarg zu nehmen.«

»Nerv mich nicht«, bat Katharina und zerbröselte bereits die Enden des dritten Papiertaschentuches. Seit Ullis gestrigem Anruf war der Kloß in ihrem Hals immer größer geworden, natürlich waren auch die Magenbeschwerden wieder da. Die Kommissarin war inzwischen davon überzeugt, mindestens ein Magengeschwür zu haben, wenn nicht Schlimmeres ...

»Frau Thalbach, gehen Sie bitte schon mal in Behandlungszimmer zwei, der Doktor kommt gleich«, rief es von der Anmeldung her. Blitzschnell stand Katharina auf den Füßen, Zander hatte Mühe, ihr zu folgen.

Anstatt einer Schlachtbank erwartete sie ein weicher Ledersessel, der schräg neben dem Schreibtisch des Arztes plaziert war. Einfache Arbeiten wie Blutdruckmessen oder Pulskontrolle konnten so bequem im Sitzen erledigt werden. Mit aneinandergepreßten Knien zwang sich Katharina auf ihre vier Buchstaben, Ulli lehnte sich gegen die mit einem sauberen weißen Laken bedeckte Behandlungsliege. Als aus dem Nebenraum Schritte zu hören waren, pochte das Herz der Beamtin bis zum Hals.

»Ah, guten Morgen, Frau Thalbach«, säuselte der freie Medizinschaffende seiner Kundschaft zu. »Gleich mit Verstärkung erschienen?«

Der dynamische Vertreter seiner Zunft war höchstens so alt wie Zander. Als einer der letzten Glücklichen hatte er von der Kassenärztlichen Vereinigung die Zulassung als Niedergelassener erhalten und sich intelligenterweise mit einem schwindelerregenden Kredit in die Praxis eines alten Quacksalbers eingekauft. Das breite Lächeln unter der Sonnenbankbräune verriet, daß der Arzt diese Entscheidung mit keiner Faser bereute.

»Haben Sie etwas gefunden?« krächzte die Blonde beinahe unverständlich.

»Und ob, meine Liebe, und ob. Ich vermute, der junge Mann, der da gerade Löcher in mein Leineninventar zwackt, ist Ihr Mann?«

»Verlobter«, korrigierte Ulli. Gleichzeitig pflückte er seine Finger von dem Bettlaken und strich unauffällig die von ihm fabrizierten Zwirbel glatt.

»Ist doch fast dasselbe«, entschied der Doc. »Auf jeden Fall eine kluge Entscheidung, ihn gleich mitzubringen.«

Katharina sackte noch mehr in sich zusammen. Jedes Wort traf sie wie ein Messerstich. »Ist es sehr schlimm?« traute sie sich leise zu fragen.

Der Arzt sah überrascht auf, rümpfte einen Augenblick die Nase und grinste dann breit. »Es geht vorbei«, erklärte er pathetisch.

Herrgott noch mal, konnte ihr die Wahrheit nicht endlich klipp und klar ins Gesicht gesagt werden. »Bitte, sagen Sie mir, was los ist«, drängte sie ungeduldig. Aus ihrem Gesicht war jede Farbe gewichen, ihre Arme hingen kraftlos an den Seiten des Stuhles herunter.

Der Arzt fuhr sich mit der rechten Hand an den Mund und rollte mit den Augen. »Machen Sie sich auf eine Zeit strengster Diät, regelmäßiger Arztbesuche, viel Gymnastik und periodischer Ultraschalluntersuchungen gefaßt. Gepikst werden Sie auch von Zeit zu Zeit. Und wenn Sie wollen, können Sie sich schon mal nach einem geeigneten Krankenhaus umsehen.«

»Was ist es?« jammerte Katharina mit letzter Kraft.

»Zu diesem Zeitpunkt der Schwangerschaft weiß das höchstens ein Orakel. In ein paar Monaten kann Ihnen Ihr Gynäkologe dann sagen, ob es ein Junge oder ein Mädchen wird. Jetzt ist das noch völlig unmöglich.«

Katharina sah plötzlich rote Punkte, die um den Kopf des Mediziners tanzten. »Was haben Sie da gesagt? Ich hatte doch noch vor zwei Wochen meine Tage. Das ist doch unmöglich.«

»Frau Thalbach, Sie erwarten ein Baby. Die morgendliche Übelkeit ist in Ihrem Zustand nichts Ungewöhnliches, ebenso, daß Ihre Regel noch einmal pünktlich begonnen hat. Ich bin zwar kein Fachmann auf diesem Gebiet, aber in ein paar Wochen dürften Sie das Schlimmste überstanden haben. Und herzlichen Glückwunsch.«

Von ihrer rechten Seite hörte Katharina ein dumpfes Geräusch.

Unwillkürlich drehte sie ihren Kopf und sah gerade noch, wie Ulli neben der Liege zu Boden ging.

## 35

»Na, heute morgen ganz alleine?«

Hofmann sah irritiert von den Bundeswehrunterlagen hoch und erblickte Wielert. Sein neuer Chef hatte sich unbemerkt neben dem Garderobenschrank aufgebaut und mußte ihn schon eine ganze Weile stumm beobachtet haben.

»Morgen, Herr Wielert«, murmelte Hofmann. »Frau Thalbach mußte heute früh zum Arzt. Müßte aber eigentlich gleich kommen.«

Wielert wechselte seinen Standort und parkte seine Jeans samt Inhalt auf Katharinas Stuhl. »Geht es ihr immer noch nicht besser?« erkundigte er sich.

»Gestern war es ganz okay. Aber ihr behandelnder Arzt hat sie telefonisch gebeten, zu ihm in die Praxis zu kommen.«

»Hoffentlich nichts Ernstes«, erwiderte Wielert pflichtgemäß und lehnte sich in die Polster. »Wie lief es denn in der Kaserne?«

Hofmann schob einen der beiden Aktenordner ein wenig von sich weg und zog eine Schnute. Gerade meinte er, eine Idee gehabt zu haben. Bei Wielerts überraschendem Auftauchen war der Geistesblitz wieder verschwunden.

»Ging so«, antwortete er. »Entweder leidet der ganze Haufen an kollektiver Amnesie, oder die hatten die Antworten auswendig gelernt. Alle furchtbar höflich und zuvorkommend, aber nichtssagend.«

»Wundert Sie das?« meinte Wielert. »Vermutlich haben Sie ausschließlich mit Berufssoldaten gesprochen. Bevor Sie von denen offen ein negatives Wort über ihre geliebte Bundeswehr hören, wird Meppen deutscher Meister.«

Hofmann schnaufte und bedauerte in diesem Moment inbrünstig, seine geliebte Pfeife aufs Altenteil geschoben zu haben. »Jedenfalls hat uns der Kasernenkommandant bereitwillig Kopien der Kompanielisten in die Hand gedrückt«, informierte er Wielert. »Mindestens viertausend Namen.«

»Ach du lieber Himmel«, stöhnte Wielert automatisch. »Einen Praktikanten, der das Zeug durch den Computer jagen kann, haben wir zur Zeit nicht, oder?«

»Natürlich nicht«, schüttelte Hofmann den Kopf. »Und außerdem hat das BKA die Listen seinerzeit bestimmt schon gecheckt.«

»Da gab es noch keine Terrorserie«, gab Wielert zurück. »Bei dem Überfall auf das Waffendepot war der rechtsextreme Hintergrund noch nicht zu erkennen. Aber wenn es Ihnen lieber ist, mit dem Kollegen Gassel und mir in der schmutzigen Unterwäsche unserer Nationalspieler und der sie umschwirrenden Journalisten zu stöbern, bitte sehr.«

Hofmann grinste breit. »Ich liebe Computer. Meinetwegen, Frau Thalbach und ich teilen uns die Listen. Dann sind wir schneller durch.«

»Einverstanden. Und denken Sie daran, um zehn kommen die beiden V-Leute vom Verfassungsschutz. Einen nehmen sich die Kollegen vom BKA vor, den anderen kriegen wir.«

Nach diesen Worten erhob sich Wielert und stiefelte auf den Flur. Einen Moment rang der Stoppelhaarige mit sich, dann entschied er, daß ein paar Pluspunkte beim neuen Chef nicht schaden könnten.

»Wie lief's denn bei Ihnen?« rief er Wielert hinterher.

Der Leiter des KK 11 schraubte seinen Blick nach hinten und zuckte die Achseln. »Unergiebig. Hoffentlich kriegen wir bald einen knackigen Mord, dann können wir diese Laufarbeiten für Wiesbaden wenigstens mit gutem Grund eine Zeit vergessen.«

»Solange nicht wieder einer in die Luft gesprengt wird, meinetwegen«, antwortete Hofmann.

## 36

»Kruzitürken, was ist denn da draußen los?« staunte Gassel und wuchtete seine Kilos ans Fenster.

Über den Vorplatz des Präsidiums gellten wütende Schreie, kurz zuvor waren zwei Streifenwagen mit quietschenden Bremsen direkt vor das Portal geschlittert. Der Dicke verrenkte den Hals, aber von seiner Position sah er fast gar nichts.

»Die V-Männer kommen«, vermutete Reimann. Er legte die Berichte über ihre gestrigen Aktivitäten beiseite und blinzelte Gassel zu. »Glauben Sie, die spazieren hier so einfach rein, machen ihre Aussage, sagen brav ›Auf Wiedersehen‹ und verschwinden dann wieder leise? Nee, mein Lieber, wenn schon, dann standesgemäß.«

Wielert stellte seine Kaffeetasse zurück und sah Reimann fragend an.

»Ist doch klar«, fuhr der Verfassungsschützer fort. »Unsere Männer schleichen sich doch nicht über Jahre in das Vertrauen der Neonazis ein, um dann für eine simple Fragestunde bei der Polizei alles zu riskieren. Wenn die nicht verhaftet werden, machen die sich bei ihren Leuten verdächtig.«

Hofmann, der vor der Einsamkeit aus seinem Büro geflüchtet war, öffnete den Fensterflügel und steckte den Kopf durch die Öffnung. Eine Horde von Uniformierten zerrte zwei Glatzköpfe durch die verkehrsberuhigte Zone vor ihrem Hauptquartier. Einer grölte lauthals Unverschämtheiten in Richtung der Streifenhörnchen, für die er, wenn die Leute nicht eingeweiht gewesen wären, normalerweise etliche Schläge mit dem Gummiknüppel kassiert hätte.

»Mit der Befragung sollten Sie sich besser beeilen«, empfahl Reimann. »Nach einer halben Stunde rufen die Jungs pro forma ihren Anwalt an, spätestens um elf ziehen die hier wieder ab.«

Hofmann sah auf die Uhr. Jetzt war es zwanzig nach neun.

Wielert gönnte seiner Kaffeetasse Nachschub und musterte Reimann neugierig. »Machen Sie bei jeder Kontaktaufnahme mit Ihren Spitzeln so einen Riesenaufstand?«

»Keineswegs«, antwortete der Gefragte. »Normalerweise ist ein Treffen kein großes Problem. Aber wenn es um solche Sachen wie heute geht, müssen wir schon improvisieren.«

»Und was haben die zwei angestellt?« fragte Gassel.

»Vielleicht sind die mit dem Hitlergruß durch die Einkaufszone gelaufen«, spekulierte Reimann achselzukkend. »Irgendwas in der Art.«

Keine dreißig Sekunden später erschien einer der beiden V-Leute feixend in ihrem Büro. Hofmann trat instinktiv einen Schritt zurück. Der Kerl war mindestens zwei Meter groß und hätte mit bloßen Händen ein Rudel Pitbulls erledigen können. Unter seiner Glatze lachten zwei helle blaue Augen, der Rest des Körpers versteckte sich in Springerstiefeln, Bundeswehrhemd und viel zu kurzen Hosen.

»Morgen, Kalle«, grüßte Reimann seinen Mitarbeiter.

»Tach, Herr Reimann. Entschuldigen Sie die Verspätung, aber bis mal einer die Bullen gerufen hat, kannste in Bochum ja schwarz werden.«

»Alles brave Bürger«, mischte sich Wielert ein. »Ehrlich gesagt, mit Ihnen möchte ich auch keinen Ärger haben.«

Kalle blickte an sich herunter und klopfte sich auf die Brust. »Gelle, sieht richtig gut aus. Hoffentlich bin ich diesen Scheiß-Job bald los. Langsam gehen mir die Klamotten auf den Geist.«

Gassel klemmte sich wieder auf seinen Stuhl und schob ihrem Besucher ungefragt eine Tasse Kaffee herüber. Kalle lehnte dankend ab, zog ein Päckchen Tabak und Blättchen aus der Hosentasche und klöppelte sich in aller Ruhe eine Zigarette. Dann hockte er sich auf einen der Aktenschränke, winkelte seine irrsinnig langen Beine an und sah fragend in die Runde.

Wielert erledigte kurz die Vorstellung, zog einige Unterlagen zu sich heran und begann den offiziellen Teil. »Haben Sie auch einen richtigen Namen?«

»Klar«, antwortete Reimann schnell. »Aber Kalle muß Ihnen reichen. Aus Sicherheitsgründen.«

»Versteh schon«, nickte Wielert. »Also, Kalle, zur Sache. Sie haben ja sicher gehört, warum wir mit Ihnen sprechen wollen.«

»Auch wenn ich so aussehe, verblödet bin ich noch nicht«, grinste der Riese. »Leider hab ich aber nichts, was Ihnen helfen kann.«

»Abwarten«, meinte Gassel. »Keiner von uns erwartet, daß Sie die Namen der Täter wissen. Aber Sie können uns doch bestimmt etwas über die Stimmung in der Szene erzählen.«

»Mann, wenn ich richtig loslege, dauert das zwei Tage. Seit mehr als einer Woche mach ich nichts anderes, als alle Gruppen abzugrasen, mit denen ich in Kontakt gekommen bin. Keiner von denen weiß etwas, aller schwadronieren wild durcheinander, jetzt ginge es endlich los mit der Befreiung. Aber wer dahintersteckt ...« Kalle zuckte die Achseln und zweckentfremdete einen leeren Pappbecher als Aschenbecher.

»Gibt's denn noch nicht mal Gerüchte?«

»Jede Menge. Aber selbst die wenigen harten Jungs, denen der Scheiß wirklich ernst ist, wissen nichts Konkretes. Ich hab schon zu Herrn Reimann gesagt, da hat sich eine ganz neue Organisation gebildet, die zu keiner anderen Truppe aus der Szene Kontakt hat.«

»An völlige Neueinsteiger glaube ich nicht«, warf Hofmann ein. »Überlegen Sie doch nur, wie lange der Überfall auf diese Bundeswehrkaserne zurückliegt, bei dem die Waffen und der Sprengstoff erbeutet wurden. Alles spricht für eine lange und gründliche Vorbereitung.«

»Gibt es denn eine Gruppe in der Szene, die überhaupt die Fähigkeit hat, Terrorakte dieses Ausmaßes durchzuführen?« fragte Wielert langsam.

Kalle griff jetzt doch zu dem Kaffee und nahm einen tiefen Schluck. Unsicher legte er den Kopf auf die Seite. »Wie ich schon sagte, möglich ist alles. Den meisten Gruppen geht es nur darum, den starken Mann zu markieren, sich die Hucke zuzuballern und auf Gröfaz' Geburtstag die Sau rauszulassen. Gut durchorganisiert sind die wenigsten.«

»Also gibt es niemanden?« drängte Wielert.

»Doch sicher. Allein hier in NRW gibt es drei Vereine, die Sie mal unter die Lupe nehmen sollten, in den anderen Bundesländern mindestens noch acht andere. Straffe Hierarchie, finanziell gut ausgestattet von irgendwelchen alten Säcken, die allen Ernstes erzählen, der Führer lebt noch in Argentinien. Alles streng auf dem Boden der Legalität, sie verstoßen gegen keine Gesetze. Gut möglich, daß unter einem solchen Deckmantel eine Eingreiftruppe herangezüchtet wurde. Aber an die kommen Sie nicht heran.«

»Und warum nicht?« fragte Gassel.

»Vergessen Sie es einfach«, erklärte Kalle. »Vielleicht fragen Sie mich mal in fünf Jahren, ob ich etwas Genaueres weiß. Mißtrauen geht bei denen noch über Vaterlandsliebe. Bevor ich Informationen über so einen, sagen wir mal ›inneren Zirkel‹ liefern kann, muß ich mir erst meine Sporen verdienen. Ich steh in der Hierarchie noch ziemlich weit unten. Bis ich an die wirklich knackigen Details komme, dauert es halt noch.«

»Was erzählt man sich denn so über den Anschlag auf den Fußballer?« meldete sich Reimann.

Ihr Informant verzog seine Augen zu Schlitzen. »Nichts. Ich verstehe das sowieso nicht. Es gab nie ein einziges Anzeichen, daß sich die Rechten mit den deutschen Fußballnationalhelden beschäftigen. Klar, wenn die 'nen Titel holen, feiern die das als Beweis der Überlegenheit der arischen Rasse. Aber als Feindbild? Da gibt es nichts.«

»Muß aber«, beharrte Wielert. »Uns liegen eindeutige Beweise für einen Zusammenhang zwischen der Terrorserie und diesem Mord vor.«

»Bestimmt ein Einzelgänger«, sagte Kalle nachdenklich. »Wie ich schon sagte, die Nationalelf wird bei meinen Kunden geradezu vergöttert, die hätten Sie mal erleben müssen, als Deutschland Europameister wurde. Solchen Idolen verzeiht man auch mal 'nen Fehltritt.«

»Fehltritt?« hakte Gassel nach.

»Na, Kaltenbach war doch wohl mit 'ner Farbigen zusammen«, erwiderte Kalle. »Hab ich zumindest in der Zeitung gelesen. Für die Rechten ist das eine Form der modernen Sklavenhaltung. Von wegen Wärmflasche mit Ohren. Gucken Sie nicht so entsetzt, meine Meinung ist das nicht.«

»Also können Sie die Verbindung zwischen diesen Taten auch nicht erklären«, seufzte Hofmann.

»Habt Ihr mal ein Telefon? Langsam muß ich meinen Anwalt anrufen.«

»Gleich«, winkte Wielert ab. »Gibt es denn wenigstens eine Gruppe, in der auffallend viele ehemalige Bundeswehrsoldaten organisiert sind?«

»Bundis sind fast in jeder rechten Gruppe«, erklärte Kalle kopfschüttelnd. »Rühe kann noch so oft beteuern, seine Jungs wären stramm demokratisch, aber viele von den Wehrpflichtigen und zu viele Berufssoldaten haben ein gestörtes Verhältnis zur Demokratie. Und leichter kommt doch kein Neonazi an eine kostenlose Waffenausbildung.«

»Wie setzen sich diese Gruppierungen überhaupt zusammen?« fragte Gassel. »Stimmt das, was immer in der Presse steht?«

»Überwiegend. 'nen richtigen Schub haben die Rechten durch die Ossis gekriegt. Aus der Ex-DDR bekommen die massenweise Nachschub.«

Hofmann wurde blaß. Irgend etwas in seinem Gehirn hatte ›klick‹ gemacht. Er sprang auf, wich Wielert elegant aus und war mit drei, vier Riesensätzen in seinem Büro. Mit fliegenden Fingern durchwühlte er den Aktenordner, den er sich bereits am frühen Morgen angesehen hatte. Sein Blick heftete sich gerade lange genug auf die Seiten, bis er sicher sein konnte, nichts übersehen zu haben.

»Ich hab's«, freute er sich schließlich.

Mit weichen Knien schlich er zurück über den Flur in Wielerts Büro. Sein Chef sah ihn fragend an.

Hofmann atmete tief durch. »Kennen Sie zufällig einen Mann namens Falko Groß?«

Kalle runzelte irritiert die Stirn und schüttelte nach kurzer Bedenkzeit bedauernd den Kopf.

»Verraten Sie uns, was das zu bedeuten hat?« fragte Wielert nicht ohne Schärfe.

Hofmann lehnte sich an den Türrahmen und steckte vor Aufregung die Zunge zwischen die Zähne. »Vielleicht hab ich endlich die Verbindung gefunden, nach der wir gesucht haben«, erklärte er. »Als Kalle etwas von der DDR erzählte, fiel mir eine Kleinigkeit ein, die Kaltenbach erwähnt hat. Nach einer Trainingseinheit haben Thalbach und ich uns recht ausführlich mit ihm unterhalten. Unter anderem sagte er, er käme aus Anklam.«

»Liegt fast in Polen«, erläuterte Kalle ungefragt.

»Und? Was soll uns das nutzen?«

Hofmann drehte den Aktenordner mit den beschrifteten Seiten in Wielerts Blickfeld. »Hier. Falko Groß, ehemaliger Hauptfeldwebel der Pioniere unter Oberst von Manteufel, etwa ein Jahr vor dem Überfall auf das Munitionsdepot entlassen, geboren und bei Beginn des Grundwehrdienstes wohnhaft in Anklam.«

Reimann sah abwechselnd zwischen Hofmann und Wielert hin und her. Als keiner der beiden ein Wort sagte, bemerkte er: »Gar nicht mal so schlecht. Finden Sie nicht auch?«

Wielert legte den Kopf zurück und nickte. »Wäre ja nicht auszudenken, wenn Sie recht hätten, Hofmann. Wenn das die Verbindung wäre, die alles erklärt ...«

»Ist da auch ein Bildsken von dem Typen drin?« unterbrach Kalle Wielerts Gedankengang. »Vielleicht kenne ich den ja vom Sehen.«

»Kann ich besorgen«, meinte Reimann hilfreich. »Geben Sie mir mal die Personalien und die Nummer von dem Fax da vorne. In zwei Minuten habe ich das Portrait.«

»Eure Möglichkeiten möchte ich auch manchmal haben«, schnaufte Gassel neidisch.

Reimann klemmte sich an sein Handy, gab etliche Anweisungen von sich und klappte das Gerät zufrieden zusammen. »Wenn wir diesen Groß in der Kartei haben, ist das ein Kinderspiel.«

Die Augen der Männer hefteten sich ungeduldig auf das telefonähnliche Gerät neben Wielerts Schreibtisch. Bevor der Sekundenzeiger dreimal die große Runde gemacht hatte, kam Leben in die Apparatur. Langsam schob sich ein Streifen milchigen Papiers aus dem Auswurfschacht. Als das Bild zu zwei Dritteln zu erkennen war, hämmerte Kalle Hofmann seine Pranke auf den Rücken.

»Klar kenn ich den. Ich hab's manchmal nicht so mit Namen. Aber das da ist einer von Hertz' Ordnern. Was wollen Sie noch von dem wissen?«

## 37

»Geht der Laden ohne dich sofort den Bach runter? Menschenskind, dein Arbeitseinsatz verdient einen Orden.«

Fassungslos über den Diensteifer seiner Verlobten ließ Ulli Zander den linken Arm aus dem Fenster baumeln und trommelte mit den Fingern der rechten Hand auf dem Lenkrad ein rhythmisches Solo. Von dem Schock über die Offenbarung, bald von fröhlichem Gekreische um den Schlaf gebracht zu werden, hatte sich der Sozialarbeiter inzwischen leidlich erholt.

Katharina hatte das gutgemeinte Angebot ihres Hausarztes, sie für heute krank zu schreiben, dankend abgelehnt. Eine Geste, die Zander höchst unverständlich fand. Dafür hatte sie ihn bekniet, sie noch zu ihrem Gynäkologen zu fahren. Der Mutterpaß in ihrer Handtasche machte echt was her.

»Ist zur Zeit ziemlich streßig«, erklärte die Blonde. Mit einer schnellen Bewegung klickte sie ihren Sicherheitsgurt aus und fuhr prüfend durch ihre Mähne. »Außerdem hab ich in ein paar Monaten genug Zeit für mich.«

»Utopistin«, grinste der Sozialarbeiter. »Laß unseren Nachwuchs erst mal auf der Bühne erscheinen. Ich würde dir ja dann gerne hilfreich zur Seite stehen, aber aus meinen Brustwarzen kommt höchstens Altbier.«

»Du bist ja 'ne tolle Stütze«, meinte Katharina schwach.

Zander sah fragend zur Seite. »Hast du irgend etwas?«

Die Kommissarin lehnte sich müde an das Fenster der Beifahrertür und sah nachdenklich durch die Frontscheibe. »Irgendwie glaub ich das alles noch nicht«, erklärte sie. »Ich hab mir immer Kinder gewünscht, aber jetzt ...«

»Angst vor der eigenen Courage?«

»Nein. Kommt nur ein bißchen plötzlich. Vor allem wegen des Hauses.«

»Häh? Was hat das denn damit zu tun?«

Stirnrunzelnd wandte Katharina den Kopf. »Sag bloß, du willst immer noch die Hypothek aufnehmen. Ulli, wir kommen in Teufels Küche, wenn wir das machen.«

»Unk nicht rum. Gerade jetzt sollten wir das machen. Ansonsten werden wir nie unsere eigenen vier Wände haben. Oder willst du warten, bis unser Zoppo aus dem Haus geht, um zu studieren?«

»Zieh bitte nicht alles ins Lächerliche«, beklagte sich Katharina. »Wovon sollen wir das denn bezahlen? Zusammen mit der Miete sind das fast zweitausend Mark Fixkosten im Monat, mindestens. Ohne eine Windel, einen Liter Sprit, geschweige denn eine deiner geliebten Currywürste.«

»Wo ein Willi ist, ist auch ...« begann Zander.

»... der Gerichtsvollzieher nicht weit«, unterbrach sie seinen geistigen Erguß ungehalten. »Lieber leb ich mein Leben lang zur Miete, als mich bis über die Ohren zu verschulden. Nicht mit einem Kind.«

»Klingt endgültig«, antwortete Ulli ernst. »Katharina, laß dir das alles bitte in Ruhe durch deinen hübschen Kopf gehen. Es gibt immer noch die Möglichkeit, daß ich meinen Vater anpumpe. Ob ich will oder nicht, irgendwann werde ich seine Kohle sowieso kriegen.«

Überrascht sah die Beamtin zur Seite. Zanders Verhältnis zu seinem Erzeuger war mehr als traumatisch. Sie hatte Ullis Familie nie kennengelernt, er hatte höchstens drei- oder viermal von seinen Eltern und von seinem Bruder gesprochen, und dann alles andere als positiv. Ulli galt als das schwarze Schaf, das ums Verrecken die elterlichen Wünsche nach einem Jura- oder Medizinstudium, natürlich mit entsprechender finanzieller Unterstützung, standhaft ignoriert hatte.

»Das würdest du tun?« fragte sie ungläubig.

»Für dich immer«, schwor Ulli feierlich. »Auch wenn mir vor Ekel ein Buckel wächst.«

»Wann hast du deine Eltern überhaupt das letzte Mal gesehen?« sondierte sie das gefährliche Terrain.

»Weiß nicht mehr. Ich glaube, das war, als dieser Herrhausen erschossen wurde. Mein Dad hat alle Hebel in Bewegung gesetzt, um während der Trauerfeier in einer der ersten zwei Reihen sitzen zu dürfen, beim Begräbnis ist er direkt hinter Kopper marschiert. Und dieser Arschkriecher hat es tatsächlich geschafft. Seit anderthalb Jahren sitzt er in der Zentrale der Deutschen Bank in Frankfurt.«

»Glückwunsch«, meinte Katharina. »Klingt nicht gerade nach Friede, Freude, Eierkuchen.«

»Hör auf. Mein Alter würde sich am liebsten wie Onkel Dagobert 'nen Geldspeicher bauen, damit er seine Kohle immer im Blick hat. So ein geldgeil-geiziges Arschloch wie er ist mir nie wieder begegnet.«

»Glaubst du, er gibt dir die Fünfzigtausend?« kam Katharina wieder ins wahre Leben zurück.

»Bestimmt. Wenn er vertraglich zugesichert bekommt, sich dafür einmal im Jahr von seinem Enkelkind auf den Anzug pissen lassen zu dürfen, ohne Frage. Außerdem dürfte aus seiner Sicht diese Immobilie ein glänzendes Geschäft sein. Vielleicht hofft er dann ja, daß ich langsam in seine Fußstapfen trete.«

»Klasse, den muß ich unbedingt mal kennenlernen«, seufzte Katharina, wenig beruhigt. »Ich muß jetzt los. Fährst du noch in die Klinik?«

»Warum? Meinst du, die merken, wenn ich nicht da bin?«

»Ulli«, mahnte Katharina gedehnt, »auch im öffentlichen Dienst kann man den Bogen überspannen.«

»Keine Panik. Ich hol dich nachher ab. Schade eigentlich, daß ich die Gesichter deiner Kollegen nicht sehen kann, wenn du ihnen die frohe Botschaft verkündest.«

»Bin mir noch gar nicht so sicher, ob ich denen das heute schon sagen soll«, überlegte Katharina unsicher. »Bevor mich mein neuer Chef bis zum Mutterschutz nur noch Innendienst schieben läßt, behalt ich das lieber noch eine Weile für mich.«

## 38

»Guck an, hoher Besuch«, schmeichelte Gassel, als Katharina etwa fünf Stunden zu spät zur Arbeit erschien. »Je später der Abend ...«

»Übertreib nicht so maßlos, Karl-Heinz. Immerhin haben wir erst kurz nach eins.«

Gassel patschte sich zufrieden auf die Kugel unter seinem Hemd und winkte gutgelaunt ab. Wielert verlor über ihre Verspätung kein einziges Wort, Hofmanns Gesicht leuchtete vor Zufriedenheit und Größenwahn wie ein Viertausend-Watt-Weihnachtsengel.

Katharina musterte die Gesellschaft mißtrauisch. Entweder standen ihre Kollegen kollektiv unter Strom, oder der Fraß aus der Kantine hatte sie endgültig um den Verstand gebracht. »Ist irgend etwas?« fragte sie zögernd.

»Kann man so sagen«, entgegnete Wielert umständlich.

Eine Sekunde durchzuckte die Blonde der Verdacht, daß die Veränderung ihres Körperzustandes bereits kein Geheimnis mehr war.

»Haben wir 'nen Sechser im Lotto?« schnappte sie verärgert. »Macht es nicht so spannend.«

»Ihr Kollege ist eine richtige Spürnase«, erklärte Wielert fröhlich.

»Wer? Karl-Heinz?«

Hofmanns Wangen wurden eine Spur blasser. »Quatsch«, fuhr er dazwischen. »Ich.«

Katharina runzelte zweifelnd die Stirn. »Du? Und was hast du gefunden?«

Einen Sekundenbruchteil blitzten Hofmanns Augen böse auf, aber Wielert kam dem Stoppelhaarigen zuvor. »Allem Anschein nach hat Kollege Hofmann Bewegung in unsere Terrorserie gebracht. Wir haben endlich die Verbindung zwischen Kaltenbach und seinem mutmaßlichen Mörder gefunden.«

Katharina öffnete sprachlos den Mund. Hofmann und Spürsinn paßten ihrer Meinung in etwa so zusammen wie Helmut Kohl und Verona Feldbusch.

»Einer der Soldaten aus der Pionierkaserne stammt aus demselben Ort wie der tote Fußballer«, nahm Wielert den Faden wieder auf. »Hofmann hat den Informanten des Verfassungsschutzes auf den Mann angesprochen. Und der kannte ihn aus der rechten Szene.«

Katharina wurde ein wenig schwummerig, ob aufgrund der neuen Erkenntnisse oder wegen ihres Zustandes war ihr im Moment unklar. Hastig zog sie einen Stuhl heran und sah Hofmann herausfordernd an. »Erzähl«, bat sie knapp.

»Zugegeben, war reiner Zufall«, blieb Hofmann ungewohnt bescheiden. »Du erinnerst dich, dieser Kaltenbach hat uns doch erzählt, er wäre in einem Kaff in Mecklenburg geboren. Anklam. Einer der Bundis stammte auch von daher. Wie Herr Wielert schon sagte, dieser Typ vom Verfassungsschutz kennt ihn. Falko Groß heißt der und ist Schläger, Ordner und Bierholer in einer Person. Er gehört zu einer Partei, die sich ›Deutsche Volksgenossenschaft‹ nennt, Vorsitzender von denen ist ein gewisser Werner Hertz, alter SS-Scherge und millionenschwerer Unternehmer. Unser Informant sagt, daß dieser Groß und ein paar andere aus diesem Verein seit etlichen Monaten untergetaucht sind. Keiner hat sie mehr gesehen, weder auf Parteiveranstaltungen noch bei sonstigen rechten Treffen.«

»Und wie hängt das alles mit Kaltenbach zusammen?« fragte Katharina irritiert. »Selbst wenn das Profil dieses Kerls zu den Anschlägen paßt, heißt das noch lange nicht, daß er den Fußballer getötet hat.«

»Und das ist genau der springende Punkt«, mischte sich Gassel ein. »Ich hab vor etwa einer Stunde mit den Kollegen in Anklam telefoniert. Und weißt du was? Die konnten sich ohne groß zu überlegen an Kaltenbach und Groß erinnern.«

»Positiv oder negativ?«

»Beides«, erklärte der Dicke. »Kaltenbach war natürlich der Dorfheld, erfolgreicher Bundesligaspieler und auf dem Sprung in die Nationalelf. Aber in seinem Lebenslauf gab es auch einen ganz schön dunklen Punkt.«

Katharina platzte fast der Kragen. »Laß dir bitte nicht alles aus der Nase ziehen.«

»Na ja, kurz vor der Wende ist in diesem Örtchen eine vietnamesische Vertragsarbeiterin vergewaltigt und erdrosselt worden«, setzte sie Gassel ins Bild. »Das Verbrechen wurde nie aufgeklärt, obwohl es Verdächtige gab. Vier Jugendliche. Kaltenbach und Groß gehörten dazu. Ein Zeuge hat sie und ihre Freunde zusammen mit der Frau gesehen, kurz bevor sie getötet wurde.«

Langsam setzte sich das Puzzle im Kopf der Kommissarin zusammen. »Ich verstehe«, meinte sie leise.

»Gar nichts verstehst du«, schnaufte Gassel. »Natürlich gaben sich die vier gegenseitig Alibis, ihre Geschichte war stimmig. Man konnte den Jugendlichen nichts beweisen.«

»Angenommen, Kaltenbach und Groß hängen beide in dieser alten Sache drin. Ob beide an dem Mord beteiligt waren oder nur einer von ihnen, soll im Moment mal keine Rolle spielen. Was für einen Grund hätte Groß, Kaltenbach nach ungefähr zehn Jahren zu bedrohen? Außer dem Fußballer gibt es doch noch zwei weitere Personen, die ihm gefährlich werden könnten.«

»Nein«, meinte Wielert kopfschüttelnd. »Die beiden anderen hatten einen schlimmen Autounfall. Aber Kaltenbach und Groß waren wahrscheinlich trotzdem nicht die einzigen, die wußten, was damals abgelaufen ist.«

Katharina sah neugierig auf. »Na?«

»Beide hatten denselben Anwalt.«

»Und?«

Gassel nahm seine Hornbrille ab und wischte mit seiner Krawatte über einen Fleck. »Vermutlich sagt dir der Name Friedemann Neubert eine ganze Menge.«

»Ach du Scheiße«, entfuhr es Thalbach. »Kaltenbachs Berater?«

»Genau der«, bestätigte Hofmann selbstgefällig. »Womit wir gleich die nächste Frage auf dem Tisch haben: Hat Groß Kaltenbach von sich aus bedroht oder wurde er von Neubert dazu gedrängt? Was wir von den Geschäftsbeziehungen zwischen Neubert und seinem Schützling mitbekommen haben, spricht eigentlich für letzteres. Und da Neubert auch Groß kannte ...«

»Neubert saß mit in dem explodierenden Wagen«, schüttelte Katharina den Kopf.

»Persönliches Pech. Vielleicht hat er Groß auf eigene Faust handeln lassen und ist aus purem Zufall selbst zum Opfer geworden.«

»Es gibt nur eine Person, die uns das verraten kann«, seufzte Katharina theatralisch.

»Genau. Und just diese Person werden wir uns nach Möglichkeit schnappen«, bekräftigte Wielert.

»Wie denn?« wollte Katharina wissen.

»Reimann, der Mann vom Verfassungsschutz, ist im Augenblick unterwegs und kramt alles über die ›Deutsche Volksgenossenschaft‹ zusammen, was er kriegen kann«, mischte sich Hofmann wieder ein. »Und natürlich auch alles über diesen Hertz. Angeblich besitzt der Alte etliche Bürogebäude, Fabrikhallen und abbruchreife Ruinen, in denen sich seine Leute schon mal verstecken. Sobald wir die Liste mit den Immobilien haben, gehen wir auf die Pirsch. Die Durchsuchungsbeschlüsse will der Bundesanwalt gleich rüberfaxen.«

»Auf jeden Fall hat Kollege Hofmann glänzende Arbeit geleistet. In so kurzer Zeit in einem Berg von Unterlagen fündig zu werden, meinen Respekt«, ergoß Wielert sein Füllhorn.

Hofmann wurde wieder rot.

»Was sagt denn das BKA zu diesen Erkenntnissen?« fragte Katharina.

»Hagenbeck und Kohorten wollen so bald wie möglich

bei diesem Hertz einfallen«, antwortete Gassel. »Der Verein ist bisher nie aufgefallen, schon gar nicht durch etwas Illegales. Das BKA klopft wohl dort auf den Busch und wartet die Reaktionen ab.«

»Besser als gar nichts«, nickte Katharina.

Wielert reckte die verspannten Glieder und blinzelte zu der Blonden herüber. »Übrigens, was hat eigentlich Ihr Arztbesuch ergeben?«

Katharina winkte ab. »Nichts, worüber ich mir Sorgen machen müßte.«

## 39

Fluchend wuchtete sich Falko Groß von der Liege und knüllte die leere Zigarettenpackung zusammen. Verdammte Scheiße, an alles hatte er gedacht, angefangen von den Vorsichtsmaßnahmen bei der Geldübergabe bis hin zu dem sorgsam gewählten Parkplatz bei diesem beschissenen Hotel in Herne. Aber an die Herkunft des Sprengstoffes hatte er nicht gedacht!

Die Lektüre der Zeitung während des Mittagessens hatte ihm endgültig den Appetit verdorben. Er hatte nie angenommen, daß beim BKA ausschließlich Idioten arbeiteten. Doch daß die so schnell den Zusammenhang zu dem Anschlag auf das Asylbewerberheim herstellen konnten, überraschte ihn.

Vermutlich wußten die auch längst, woher er das Zeug hatte. Ansonsten gäbe es keinen Grund, warum das BKA erste Ermittlungsergebnisse an die Presse weitergegeben hatte. Vermutlich wollten sie ihn, beziehungsweise die anderen aus der Bewegung, nervös machen und gingen deshalb mit ihren Fortschritten an die Öffentlichkeit.

Bestimmt zwei Stunden hatte er fassungslos auf seiner Matratze gelegen und immer wieder den Artikel über den toten Fußballer gelesen. Bei jedem Geräusch war er nervös aufgesprungen, obwohl seine selbstkonstruierte

Alarmanlage still geblieben war. Mehrmals starrte er unbehaglich auf das Handy. Hertz und Krüger wußten bestimmt schon Bescheid, aber sie meldeten sich nicht. Ein schlechtes Zeichen, gewiß, aber ernsthafte Sorgen mußte er sich wohl nicht machen. Die Gruppe funktionierte perfekt, wenn die Aktionen von langer Hand vorbereitet werden konnten. Improvisation war jedoch weder Krügers noch Stenners Stärke.

Seinen Entschluß zu verschwinden hatte er allerdings schon am Sonntag abend gefaßt, der Boden in Deutschland wurde ihm zu heiß.

Hätte diese Scheiß-Zeitung nicht einen Tag später mit ihrer Story erscheinen können? Morgen um diese Zeit wäre er längst über alle Berge. In seiner schmalen Brieftasche lag, neben seinen teuer bezahlten falschen Ausweispapieren, bereits das Zugticket nach Warschau, spätestens heute abend um Viertel vor neun mußte er auf Bahnsteig fünf des Bochumer Hauptbahnhofes stehen.

Groß sprach fließend Russisch und ganz gut Englisch. Ostblock, genau das war es. Dort gab es noch Ecken, in denen er mit seinen D-Mark spielend zwei, drei Jahre bestens leben konnte. Rumänien oder Bulgarien zum Beispiel. Außerdem hatte er ja noch die gebunkerte Kohle von dem Banküberfall, auf die er zur Not zurückgreifen konnte. Erst mal ab über die Grenze, raus aus Deutschland, zur Sicherheit noch weitere neue Papiere besorgen und Gras über die Sache wachsen lassen.

Mit einer gewaltigen Willensanstrengung entspannte Groß seine verkrampften Muskeln. Jetzt hieß es, in Ruhe Klamotten packen und darauf warten, daß es dunkel wurde. Kurz entschlossen schaltete er sein Handy aus. Falls Hertz oder Krüger mit ihm Kontakt aufnehmen wollten, hatten sie halt Pech. Bis die zu einer Reaktion fähig waren, war er längst über alle Berge.

# 40

»Klasse Idee, Berthold. An deiner Stelle hätte ich ja die Autobahn genommen. Aber nein, Freund Spürnase macht ja lieber die Ochsentour.«

Spöttisch klemmte sich Katharina die kleine Mineralwasserflasche an die Lippen und lehnte sich zurück. Bochum und Baustellen schienen eine starke Affinität zu besitzen. Im Berufsverkehr über die Hauptverkehrsstraßen zu kriechen, gehörte nicht gerade zu Katharinas liebsten Beschäftigungen.

»Sieh es doch mal positiv«, gab ihr Kollege emotionslos zurück. »Sobald wir damit fertig sind, kannst du gleich nach Hause durchstarten. Und auf den Autobahnen sieht es jetzt bestimmt nicht besser aus.«

Ihr 24-Stunden-Rennen quer durch das Verantwortungsgebiet des Bochumer KK 11 näherte sich dem nächsten Boxenstopp. Reimann hatte schnell gearbeitet und ihnen kurz nach Katharinas Erscheinen im Präsidium eine Liste mit möglichen Verstecken der Terroristen gebracht. Alle Immobilien gehörten Hertz. Ungläubig hatten die Polizisten auf die zweiseitige Aufstellung gestarrt. Der Obernazi hätte mit den Grundstücken und Gebäuden in seinem Besitz ohne weiteres Monopoly spielen können. Acht Objekte befanden sich im Einzugsbereich der Bochumer Kripo. Hofmann und Katharina hatten sich mit Wielert und Gassel die eventuellen Verstecke geteilt.

»Unser neuer Chef hat ja anscheinend einen Narren an dir gefressen«, nahm Katharina die Konversation wieder auf. »Ausgezeichnete Arbeit, hervorragender Spürsinn. War dir das nicht peinlich?«

Hofmanns Augen blickten starr geradeaus. Einen Moment glaubte Katharina, er habe sie nicht gehört, aber dann gönnte er ihr doch eine Antwort. »Neidisch?«

»Keine Spur. Aber das sind doch reichlich ungewohnte Töne für dich.«

»Na und? Dieser Wielert hat eben eine gute Menschenkenntnis.«

»Komm wieder auf den Teppich«, bremste Katharina den Höhenflug ihres Kollegen. »Du hast Glück gehabt, das ist alles.«

»Es gibt Schlimmeres als das«, meinte Hofmann beleidigt.

Katharina drehte den Verschluß auf ihre Getränkeflasche und sah zur Seite. Auf Hofmanns Stirn erkannte sie mehrere geschwollene Adern.

»Machen wir Frieden«, schlug sie versöhnlich vor. »Westhoff hat dich genug schikaniert. Vielleicht kommen ja jetzt rosigere Zeiten auf dich zu.«

Die Erwähnung ihres ehemaligen Chefs brachte das Faß zum Überlaufen. Impulsiv spielte Hofmanns Fuß mit dem Gaspedal, der Vectra machte einen erschreckten Satz nach vorn. Zum Glück war die nächste erreichbare Stoßstange weit genug entfernt.

»Verdammt noch mal, ist es denn so schlimm, wenn ausnahmsweise die Lorbeeren mal mir zufallen? Auch wenn du es nicht glaubst, ich möchte ebenfalls mal befördert werden. Immerhin hab ich jetzt für eine Familie zu sorgen.«

»Hee, komm wieder runter. Niemand wirft dir irgend etwas vor.«

»Es klingt aber so«, schmollte Hofmann mürrisch.

Thalbach arbeitete zwar schon lange mit ihm zusammen, aber in manchen Momenten gingen einfach die Pferde mit ihr durch. Meistens nahm ihr Kollege ihre Sticheleien als Spaß, aber manchmal fehlte nicht viel bis zu einer lautstarken Auseinandersetzung. Also hielt sie ihren Mund, sah angestrengt aus dem Seitenfenster und ließ sich mit atemberaubenden dreißig Stundenkilometern über die Dorstener Straße chauffieren.

»Tut mir leid«, sagte sie endlich.

»Vergiß es«, antwortete Hofmann knapp. »Katharina, ich weiß selbst, daß ich kein Superbulle bin. Bei Westhoff hatte ich keine Chance, schon damals nicht, als ich unseren ersten gemeinsamen Fall beinahe versaut habe. Bei diesem Wielert kann ich noch mal ganz von vorn anfangen. Ich hab nun mal nicht deine Fähigkeiten.«

Irritiert zog die Beamtin die Brauen hoch. Auch nach fast fünf Jahren war Hofmann immer noch für Überraschungen gut. »Geht's dir wirklich gut?« zweifelte sie besorgt. »Welche Fähigkeiten meinst du überhaupt? Ich erledige meine Arbeit genauso gut oder schlecht wie du.«

»Bitte bleib ernst«, bat Hofmann. »Du bist die bessere von uns beiden.«

»Erzähl nicht so einen Quatsch«, sagte Katharina unbehaglich. »Immerhin hast du mir mal das Leben gerettet.«

»Ach, das hättest du doch auch für mich getan«, wiegelte Hofmann ihren Einwand verlegen ab.

Jetzt oder nie, dachte Katharina. Nach einem tiefen Atemzug sprach sie endlich aus, was ihr seit beinahe einem Jahr auf der Seele brannte.

»Kann sein«, begann sie vorsichtig. »Aber wenn ich nicht so erbärmlich versagt hätte, wäre es gar nicht so weit gekommen. Und du wärst nicht so schwer verletzt worden.«

»Hör auf«, meinte Hofmann energisch. »Wenn hier jemand Quatsch erzählt, bist du das. Außerdem haben wir uns damals beide nicht richtig verhalten.«

»Stimmt. Aber dir haben nicht die Hände vor Aufregung gezittert. Und vor allem hast du nicht vergessen, deine Pistole zu entsichern.«

Für eine Sekunde ließ Hofmann die Straße aus den Augen. »Was sagst du da?« fragte er konsterniert.

»Es stimmt«, erklärte Katharina beinahe trotzig. »Soviel zu der Superpolizistin, zu der du mich stempeln willst. Wenn du damals abgenibbelt wärst, wäre das allein meine Schuld gewesen.«

»Uuups«, machte Hofmann. »Das ist ein Hammer.«

»Jetzt weißt du es«, meinte Katharina erleichtert, »'ne zweite Möglichkeit, dich loszuwerden, bekomme ich zwar nie wieder, aber irgendwie hab ich mich an dich gewöhnt.«

»Besten Dank für das Kompliment«, grinste Hofmann unbewußt. »Bei Gelegenheit kriegst du das zurück.«

Beide hatten plötzlich nichts mehr zu sagen. Hofmann konzentrierte sich wieder ausschließlich auf den Verkehr, Katharina starrte wieder aus dem Seitenfenster. Zum Glück erreichten sie kurze Zeit später die Seitenstraße, die in das angestrebte Gewerbegebiet zu ihrem letzten Ziel führte.

Der Vectra hüpfte über den schadhaften Asphalt, als wäre er serienmäßig ab Werk mit einem Schlaglochsuchgerät ausgestattet. Vorsichtig umfuhr Hofmann die schlimmsten Krater, orientierte sich an dem vergilbten Firmenwegweiser und steuerte den Wagen zwischen die verfallen aussehenden Lagerhallen und abbruchreifen Bürobaracken. Direkt vor der Bahnlinie, die die blühenden Produktionsstätten des Kapitalismus teilte, trat er auf die Bremse.

»Hier müßte es eigentlich sein«, erklärte er.

»Bringen wir es schnell hinter uns«, kommandierte Katharina.

Fast gleichzeitig kletterten sie aus dem Wagen und traten an das dicht mit Moos bewachsene Lauftor, welches mit einer verrosteten Kette an einem stabilen Stahlträger verankert war. Die Endglieder der Kette wurden durch ein nagelneues Vorhängeschloß zusammengehalten.

»Müssen wir uns deswegen Gedanken machen?« fragte Hofmann, indem er prüfend mit den Fingern über das Schloß fuhr.

»Keine Ahnung«, gab die Blonde zurück. »Jedenfalls sollten wir vorsichtig sein, wenn wir uns da drinnen umsehen.«

»Und vergiß nicht, deine Knarre zu entsichern.«

Katharina streckte ihm murrend die Zunge heraus und ging die wenigen Schritte zum Wagen zurück.

## 41

Der Alarm.

Falko Groß schoß aus seiner liegenden Position und starrte entsetzt auf den schnarrenden Signalgeber. Jemand war auf das Gelände eingedrungen oder machte sich am Tor zu schaffen. So bald hatte er nicht mit einem von Krügers Kämpfern gerechnet.

Lautlos glitt er auf die Füße, schaltete den Alarm ab, schlich an das verhangene Fenster und zog die Schutzfolie einen fingerbreit zur Seite. Hinter seiner Baracke war alles still, in der Wildnis zwischen der Grundstücksbegrenzung und der Bahnlinie trieb sich niemand herum. Also nach vorne.

Eng an die Wand gedrückt, schob er sich zum Ausgang, angelte die Walther vom improvisierten Küchentisch, prüfte das Magazin und schob sich in die angrenzende Lagerhalle. Hier war ebenfalls alles still. Blieb nur der Vorplatz.

Undeutlich nahm er durch die Milchglasscheiben eine Bewegung wahr. Scheinbar schob sich ein Wagen im Schrittempo über das Gelände, das Schloß am Tor war also schon geknackt. Groß registrierte überrascht die Schweißflecken unter seiner Achsel. Jetzt durfte er sich keinen Fehler leisten. Er wußte zwar nicht, wer außer ihm zur kämpfenden Truppe gehörte, aber es war anzunehmen, daß alle eine ähnliche Ausbildung wie er selbst genossen hatten. Insgeheim war er gespannt, wen Krüger und Hertz auf ihn angesetzt hatten.

Mit ein paar schnellen Schritten postierte er sich an der schmalen Stirnwand. Ein kleines Lüftungsloch ermöglichte es ihm, Ausschau zu halten. Er hatte keinen vollständigen Überblick, aber niemand konnte sich unbemerkt dem Eingang nähern. Den Ventilator hatte Groß sofort nach seinem Einzug ausgebaut, von außen war der Sehschlitz nicht zu entdecken. In seiner Situation mußte er jeden Vorteil nutzen.

Er drückte sich keuchend an die Wand und riskierte ein Auge. Auf dem Vorplatz kam gerade ein Wagen zum Stehen. Zu Groß' Erleichterung entstieg kein schwerbewaffneter Einzelkämpfer dem Vectra; einer aus der Truppe wäre nicht so bescheuert gewesen, quasi mit Voranmeldung bei ihm anzurücken. Als erstes erkannte er eine gutaussehende Blondine, aus der Fahrertür quoll ein, im Vergleich zu ihm selbst, harmlos aussehender Zwerg, der ihm höchstens bis zur Unterlippe reichte.

Unbewußt verzog sich Groß' Gesicht zu einem hämischen Grinsen. Die beiden kamen ganz sicher nicht von Krüger. Mit dem selbstgefälligen Gehabe, das die beiden an den Tag legten, konnten das allerhöchstens Polizisten sein. Polizisten schossen nicht sofort; die redeten erst.

Groß sah sich einen Augenblick in der Halle um und überlegte. Wahrscheinlich würden die beiden Witzfiguren erst die Außenanlagen checken. Zeit genug, sich zu verstecken und die Tölpel zu überrumpeln.

## 42

»Machst du dich aus dem Staub?« rief Hofmann erstaunt. »Hier müssen wir lang.«

»Klugschwätzer. Irgendwie müssen wir ja wohl das Schloß aufbekommen. Oder willst du es mit einem Spruch à la ›Sesam öffne dich‹ versuchen?«

Katharina ließ den Kofferraumdeckel aufschnappen und lugte in das Heck des Vectras. Verbandskasten und Warndreieck waren an Ort und Stelle, ein aufmerksamer Mechaniker aus der Instandhaltung hatte das Bordwerkzeug in eine wasserdichte Folie gepackt und um einige

Details ergänzt. Die Kommissarin hoffte, in dem Krimskrams etwas Nützliches zu finden.

»Was suchst du? Einen Bolzenschneider haben wir garantiert nicht dabei.«

Katharina ignorierte den Kurzhaarigen und prüfte das vorhandene Werkzeug. Endlich hatte sie etwas Passendes gefunden. Mit einer kleinen Tüte kam sie zu ihm zurück.

»Hier, damit müßte es eigentlich gehen«, zeigte sie das Ergebnis ihrer Suchaktion. »Mal sehen, ob ich das noch drauf hab.« Sie zog einen dünnen Metalsplint aus der Tüte.

Zweifelnd musterte Hofmann seine Kollegin. »Wenn du das schaffst, geb ich dir einen aus«, spottete er.

»Dann zück schon mal deine Kreditkarte.«

Mit zusammengekniffenen Augen führte sie den Splint in die Führung des Schlosses und hantierte einige Zeit herum. Endlich hörte sie das erlösende Schnappen der Verriegelung, der Bogen sprang zurück.

»Na, wie war ich?«

Hofmann rümpfte die Nase. »Okay, nachher darfst du dir für 'ne Mark Weingummi aussuchen. Zu Fuß oder per Auto?«

»Auto natürlich. Aber hübsch langsam. Dieses Schloß ist doch mehr wert als der Rest hinter dem Tor. So was hängt keiner ohne Grund dahin.«

Hofmann ließ das Rolltor zurückgleiten und klemmte sich wieder hinter das Steuer. Sachte fuhr er an, während Katharina die kleine Tüte mit dem Werkzeug in der Gesäßtasche ihrer Jeans verschwinden ließ. Aufmerksam observierte sie das Gelände.

»Tote Hose«, meinte sie hoffnungsvoll. »Hier ist schon seit Ewigkeiten niemand mehr gewesen.«

»Pech, meine Liebe. Sieh mal da vorn.«

Mit einem Kopfnicken deutete Hofmann auf den massiven Gastank, hinter dem die Schnauze eines altersschwachen Jettas auftauchte.

»Unsinn. Bestimmt steht der hier, um in Ruhe verrosten zu können.«

Hofmann bremste, der Jetta war keine anderthalb Meter von seiner Tür entfernt. »Vor zwei Monaten war der noch bei der ASU«, erklärte er. »Entsorgt wurde die Karre bestimmt nicht.«

»Abwarten.«

»Sollen wir Verstärkung rufen?« schlug Hofmann vor.

»Flattern dir die Beinkleider? Berthold, laß uns erst mal einen Blick in die Halle werfen. Ich hab keine Lust, mich lächerlich zu machen.«

Sie standen vor den L-förmigen Gebäuden, zu ihrer Rechten befand sich die ehemalige Verladerampe für die Lkw, mindestens fünfundzwanzig Meter breit. Vor Kopf erkannten sie eine schmale Eingangstür, die in bereits reichlich ramponierten Angeln hing.

Hofmann sprang auf die Rampe und unterzog jede der drei Verladestellen einer genauen Prüfung. Nichts zu machen, die Tore waren mit schweren Scharnieren auf dem Boden befestigt. Hier half Katharinas Trick mit dem Metallsplint nicht.

»Zu«, rief er über den halben Platz, da Katharina bereits dicht vor der eigentlichen Eingangstür stand. »Taugt auch nicht als heimlicher Fluchtweg. Wenn er da drin ist, kann er nur vorne raus.«

»Beruhigende Vorstellung«, gab Thalbach nervös zurück. »Schon mal dran gedacht, daß die Bude auch Türen oder Fenster haben könnte, die nach hinten oder zur Seite rausgehen?«

»Nein, du überrascht mich immer wieder«, frotzelte Hofmann, wobei er sich neben sie stellte. »Los, Alter vor Schönheit.«

»Geht doch nichts über 'nen Kavalier alter Schule«, gab sie leise zurück und patschte auf die Klinke. Wider Erwarten schwang die Tür sofort auf.

»Eigenartig«, meinte Hofmann. »Alles ist bis zum geht nicht mehr verrammelt, bis auf diese Tür.«

Anstatt einer Antwort zupfte Katharina ihre Pistole aus ihrer Tasche. »Mir gefällt das alles nicht«, flüsterte sie. »Paß bloß auf dich auf.«

»Keine Bange. Wäre nicht das erste Mal, daß ich deinen Hintern rette. Los jetzt.«

Mit einem Ruck zog die Kommissarin die Tür endgültig auf, Hofmann stürmte durch, sicherte drohend in den düsteren Innenraum, Katharina hüpfte hinter ihm her und preßte sich an die Wand. Die Luft war abgestanden und stickig, nur langsam gewöhnten sich ihre Augen an die miserablen Sichtverhältnisse. Sollte Groß tatsächlich hier sein, würde sich ihm eine bessere Chance, sie zu überwältigen, bestimmt nicht mehr bieten.

Allmählich konnten sie die ersten Konturen ausmachen. Auf den ersten Blick wirkte die Lagerhalle verlassen, abgesehen von einigen Ratten und Spinnen. Nach allen Seiten sichernd, trabten sie durch den großen Raum, ohne auf Spuren von eventuellen menschlichen Bewohnern zu stoßen.

Katharina winkte Hofmann mit ihrer Waffe in Richtung einer der Seitenwände. Eine weitere Tür führte aus der Halle, wahrscheinlich in das ehemalige Büro der pleite gegangenen Firma. Hofmann folgte ihr und drückte sachte die Schulter gegen die Tür.

Groß war hier gewesen. Der Raum war im Vergleich zu der Halle ein Muster an Reinlichkeit. Ein sauber bezogenes Bett, ein kleiner Küchentisch, eine Kochplatte mit zwei Feuerstellen, ein Radiowecker und die ganzen Kleinigkeiten, die auf einen spartanisch lebenden Bewohner hinwiesen.

Als erstes lugte Hofmann hinter die Tür. Dann richtete er den Lauf seiner Waffe gegen die Decke und sah sich die Szenerie im Detail an.

»Lange kann er noch nicht weg sein«, mutmaßte er. »Nirgendwo liegt Staub, hier in der Tasse ist sogar noch ein Rest Kaffee.«

»Noch heiß?«

Der Kommissar tippte vorsichtig mit dem Finger in die Tasse. »Nee. Aber noch nicht alt genug, um Schmierränder zu bilden.«

»Spricht alles für 'nen überstürzten Aufbruch«, nickte Katharina. »Am besten sagen wir der Kriminaltechnik Bescheid.«

»Gleich. Laß uns erst mal den Rest der Bude unter die Lupe nehmen.«

»Meinetwegen. Frage mich nur, warum der seinen Wagen nicht mitgenommen hat.«

Hofmann sah achselzuckend auf. »Keine Ahnung. Auf welchen Namen die Karre wohl zugelassen ist?«

»Wieso bist du dir so sicher, daß ausgerechnet Groß hier untergekrochen ist?«

»Wer denn sonst?« fragte Hofmann überrascht.

»Immerhin haben wir es mit mehreren Terroristen zu tun. Groß könnte sich genauso gut in Berchtesgaden verstecken.«

Hofmann runzelte die Stirn. Dieser Gedanke war ihm noch gar nicht gekommen. »Jedenfalls scheint sich hier einer unserer speziellen Freunde versteckt zu haben«, erklärte er entschieden. »Guck dich doch mal um, vielleicht findest du ja einen Rest Sprengstoff oder so etwas. Aber zieh deine Gummihandschuhe an.«

»Und was machst du?«

»Ich will mich vergewissern, daß sich niemand in irgendeiner Nische versteckt und plötzlich mit einer Zimmerflak hinter uns steht. Und dann gebe ich eben die Autonummer durch. Interessiert mich persönlich, auf wen der Volkswagen angemeldet ist.« Hofmann drückte sich an Thalbach vorbei.

Die Blonde schaute sich nun systematisch in dem Raum um. Dabei ging sie so behutsam wie nur möglich vor. Sollte sie Spuren verwischen, würde sie bis zur Pensionierung allerhöchstens noch Fußstreife laufen dürfen.

In dem kleinen Raum herrschten mindestens dreißig Grad, sehr schnell tropfte Katharina der Schweiß von der

Stirn. Sie nahm sich Millimeter für Millimeter vor. Undeutlich hörte sie die Tür in der Lagerhalle wieder ins Schloß fallen, gleich darauf hallte das Echo von Schritten in ihren Ohren.

»Ich hatte recht«, rief Hofmann schon von weitem. »Das Auto ist zwar nicht auf Groß zugelassen, aber ...«

Erst glaubte Katharina an eine Kunstpause, ihr Kollege liebte es, gelegentlich die Spannung ins Unerträgliche zu steigern. Aber nicht nur Hofmanns Stimme war verstummt; sie hörte auch keine Schritte mehr.

Sie drehte sich zur Tür, eine ungute Vorahnung schnürte ihr die Kehle zu. Krampfhaft umklammerte sie den Kolben ihrer Pistole. Langsam näherte sie sich dem Eingang zur Halle und riskierte einen Blick um den Türrahmen.

»Komm nicht auf falsche Gedanken, Mädchen«, höhnte Groß aus sicherer Entfernung. »Sonst hat der Blödmann gleich zwei Löcher mehr in seinem hohlen Schädel.«

Sie hatte keine Chance. Groß stand hinter Hofmann, den linken Arm um dessen Hüfte gepreßt, in der rechten Hand eine Waffe, deren Mündung auf Hofmanns Kleinhirn zielte. Der Polizist wirkte gegen seinen Gegner geradezu wie ein Hänfling.

»Ganz langsam. Leg die Knarre auf den Boden und stoß sie mit dem Fuß weg. Aber so weit du kannst.«

»Hör nicht auf ihn«, brüllte Hofmann verzweifelt. »Der tötet uns sonst beide.«

Unschlüssig verschwand Katharina wieder in ihrer Deckung.

Verdammt, Hofmann war blindlings durch die Halle getappt; und sie war genauso blöd gewesen und hatte geglaubt, Groß sei längst über alle Berge. Nach dem Knalleffekt mit Kaltenbach ihre zweite Glanzleistung innerhalb von drei Tagen.

»Ich zähle bis drei«, amüsierte sich Groß. »Du kannst dir sicher denken, was bei drei passiert.«

Polternd warf sie die Pistole zu Boden, setzte die Zehen unter den Lauf und stieß kräftig zu. In hohem Bogen flog ihre Artillerie davon, und Katharina schritt mit erhobenen Händen um die Ecke.

»Braves Kind«, lobte sie Groß. Gleichzeitig verpaßte er Hofmann einen kräftigen Tritt mit seinem Knie in den verlängerten Rücken. Der Polizist keuchte auf und taumelte, heftig mit dem Gleichgewicht kämpfend, auf Katharina zu.

»Jetzt schön lieb sein«, empfahl der Riese. »Ansonsten werd ich böse. Und das könnte schlimme Folgen für euch haben.«

»Unsere Verstärkung müßte jeden Moment kommen«, rief Hofmann mit schmerzverzerrtem Gesicht.

»Erzähl mir nicht so eine Scheiße«, brüllte Groß verärgert. »Ihr Feiglinge wärt doch nie alleine hier angerückt, wenn ihr geglaubt hättet, daß ich hier bin. Also versuch nicht, mich für dumm zu verkaufen.«

»Einen Versuch war's wert«, beschwichtigte Katharina. »Und wie geht's weiter?«

Groß zielte spielerisch auf Hofmanns Kniegelenke.

»Bumm«, brüllte er ohrenbetäubend.

»Viel Spaß«, ätzte Katharina. »Aber tu mir den Gefallen und mach's kurz und schmerzlos.«

Groß sah sie überrascht an und lachte. »Markierst hier wohl die ganz Harte, was? Üb noch zwei, drei Jahre, dann nehm ich dir das vielleicht ab.«

Hofmann betastete vorsichtig sein lädiertes Körperteil und dankte seinem Schöpfer, daß Groß nicht die Vorderseite getroffen hatte. Langsam bekam er wieder Luft.

»Bringen Sie uns jetzt genauso unter die Erde wie Kaltenbach?«

Groß schien einen Moment darüber nachzudenken, schüttelte dann aber seinen Kopf. »Nicht, wenn ihr schön artig seid. Ich bin doch nicht bekloppt und bring zwei Polizisten um. Ihr seid doch Bullen, oder?«

Hofmann und Thalbach nickten stumm.

»Also wirklich nicht. Ich rechne mir gute Chancen aus, heil aus Deutschland verschwinden zu können. Aber nicht, wenn ich euch in die ewigen Jagdgründe schicke. Eure Kollegen reagieren, glaub ich, allergisch auf Polizistenmörder.«

»Gut möglich«, überlegte Katharina und hoffte, daß Groß nicht die Erleichterung in ihrer Stimme hören konnte.

»Dann kommt mal hier rüber, ihr zwei Witzfiguren. Du da, gib mir deine Handschellen.«

Hofmann sah auf und fuhr langsam mit der Rechten an seinen Hosenbund. Die Aussicht, vielleicht ein paar Stunden an Katharina gekettet zu werden, war allemal verlockender als eine Kugel im Haupthaar.

»Los, rüber an den Träger. Bißchen plötzlich, wenn ich bitten darf.«

Katharina sah sich um und erkannte, was Groß vorhatte. Keine zehn Meter von ihnen entfernt stand ein Stahlträger, dicht an die Wand gepreßt, zwischen dem Kalk und der Dachstütze war ein Zwischenraum von höchstens zehn Zentimetern. Selbst mit ihrer noch schlanken Figur viel zu wenig, um sich hindurchpressen zu können.

»Und jetzt gibst du mir schön langsam die Schlüssel für die Handschellen«, lächelte Groß erwartungsvoll.

Hofmann hielt es für angebracht, nicht über diesen Befehl zu diskutieren, und gehorchte.

»Du auch«, meinte Groß zu Katharina.

»Meine Schlüssel sind in der Handtasche.«

Groß machte ein paar Schritte und warf einen Blick in seinen Wohnraum. Katharinas Tasche stand achtlos neben dem Türrahmen. Nach kurzem Suchen hatte er den kleinen Bund gefunden.

»So, und jetzt da vorne rüber. Die Stellung könnt ihr euch aussuchen, aber immer schön langsam. Ich will ja nicht schuld sein, wenn ihr bei stickigen Luft an einem Hitzschlag zugrunde geht.«

»Schwein«, grummelte Hofmann, vorsichtshalber so leise, daß Groß ihn bestimmt nicht hören konnte. Langsam folgte er seiner Kollegin zu dem Stahlträger. Als sie sich an beiden Seiten aufgebaut hatten, wagte sich Groß heran, packte Hofmanns Handgelenk und ließ eine Hälfte der stählernen Acht darum einrasten. Bei Katharina wiederholte er den Vorgang. Die Kette war gerade lang genug, daß sie sich nicht die Knochen verrenken mußten, um einigermaßen bequem Stehen oder Sitzen zu können.

»Geht doch nichts über ein schönes Überraschungspaket«, freute sich Groß.

»Haben Sie Kaltenbach nun umgebracht?« platzte Katharina vor Neugier.

Groß sah sie treuherzig an. »Glaubst du, ich sing euch hier was vor?«

»Im Prinzip ist das doch egal«, meinte Hofmann. »Wir wissen, welcher Sprengstoff verwendet wurde. Unsere Leute werden bestimmt irgendwo in dieser Hütte Spuren davon finden. Und dann ist alles klar.«

»Und ich dachte, ihr wüßtet schon alles«, erwiderte Groß lässig. »Klar hab ich diesen Idioten ausgeknipst. Hat mir glatte hundertfünfzig Riesen eingebracht.«

»Und wer hat den Auftrag dazu gegeben?« nutzte Hofmann die Redseligkeit des Riesen. »Neubert?«

Groß' Reaktion war nicht vorauszusehen. Er lachte brüllend. »Meine Güte, ihr habt ja wirklich keine Ahnung. Kaltenbach hat mich bezahlt.«

»Sie spinnen ja«, entfuhr es dem Stoppelhaarigen abrupt. »Der bezahlt doch nicht seine eigene Ermordung.«

Der Riese wischte sich eine Lachträne aus den Augen und nickte. »Doch, das könnte man so ausdrücken. Eigentlich sollte ich ja Neubert beseitigen. Raimund hatte sich einen echt verrückten Plan zurecht gelegt. Erst schreibt er sich selbst diese lächerlichen Drohbriefe, umgebracht werden sollte aber Neubert. Das einzige Kunststück war, daß es wie ein Zufall aussehen mußte.«

»Versteh ich nicht«, meinte Katharina kopfschüttelnd. »Immerhin haben Sie doch auch auf seine Freundin geschossen, oder?«

»Klar, das war ja das Geniale«, erklärte Groß, von sich selbst begeistert. »Die Niggerschlampe war eingeweiht. Raimund hatte sich das ausgedacht. Ich sollte seiner Freundin einen Schrecken einjagen. Er rechnete damit, daß ihn die Bullen verständigen würden, und wollte dafür sorgen, daß ihn Neubert begleitete. Und dann ... ab dafür.«

»Gar nicht so dumm«, überlegte Hofmann. »Und warum sollte Neubert dran glauben?«

Groß sicherte endlich seine Waffe und schob sie über seinem Steißbein in den Hosenbund. »Angeblich hat er Raimund erpreßt und wollte ihm den Wechsel nach Italien versauen. Neubert wollte Knete sehen, damit er Raimund das Leben nicht mehr schwer macht. Zwei Millionen, soviel ich weiß.«

»Die Geschichte mit der Vietnamesin«, schloß Katharina messerscharf.

Der Riese machte große Augen. »Davon wißt ihr schon? Menschenskind, ihr seid ja doch nicht so schlecht. Natürlich, diese alte Lappalie hätte Raimund das Genick brechen können. Alter Blödhammel! Der hat sich schon damals in die Hose gemacht, als er der Alten an die Titten gepackt hat.«

Hofmann und Thalbach wechselten einen schnellen Blick.

»Ich dachte, da wäre nichts gelaufen«, bohrte der Kommissar.

»Nee, Freunde, die Märchenstunde ist zu Ende.«

»Ich denke mir das so«, überlegte Katharina unbeeindruckt. »Entweder haben Sie damals alle zusammen die Frau getötet, oder einer von Ihren Freunden, vielleicht auch Sie selbst, haben die Sache alleine durchgezogen, ohne daß die anderen davon wußten. Je länger ich darüber nachdenke, um so mehr glaube ich, daß Sie auf jeden Fall an der Tat beteiligt waren. Kaltenbach hat mitgemacht oder er wußte, daß Sie die Vietnamesin auf dem Gewissen hatten. Und damit hat er Sie dann dazu gekriegt, Neubert umzubringen. Hab ich recht?«

Nach und nach war das provozierende Grinsen aus Groß' Gesicht gewichen. »Du kriegst dein Gehalt nicht ganz umsonst. Wir haben damals die Nutte ein wenig vor uns hergescheucht, dann haben die drei anderen kalte Füße gekriegt. Also mußte ich alles alleine machen. Dummerweise hatte mich Raimund beobachtet, als ich mir die Schlampe vorgenommen habe. Die ganzen Jahre hat der die Schnauze gehalten, jetzt tanzt er plötzlich an und knallt mir diese alte Geschichte um die Ohren. Ich hatte doch gar keine andere Wahl.« Seine Stimme klang immer bedrohlicher, zum Schluß spie Groß die Worte geradezu haßerfüllt aus.

Katharina würgte einen dicken Kloß aus ihrem Hals, auf ihren Armen sprießte eine beeindruckende Gänsehaut. »Also hat sich Kaltenbach zumindest der Beihilfe des Mordes schuldig gemacht. Wußte Neubert, was wirklich passiert ist?«

»Na klar«, nickte Groß. »Ein Nationalspieler, dem sich die Chance seines Lebens bietet, muß plötzlich in der Zeitung von einem Ermittlungsverfahren gegen lesen – wegen Vergewaltigung und Mordes. Selbst wenn dabei herausgekommen wäre, daß er die Tat nur beobachtet hat, wäre der ist doch für alle Zeiten erledigt gewesen. Und das hat sich Neubert zu nutze gemacht.«

»Der hätte sich doch selbst geschadet, wenn sein Goldesel in der Versenkung verschwunden wäre«, widersprach Hofmann energisch.

»Das war 'ne Abwägung von zwei Übeln. Raimund hatte einen Knebelvertrag unterschrieben, Neubert hat, solange Kaltenbach in der Bundesliga spielte, dick abkassiert. In Italien hätte Neubert aber nichts mehr zu sagen gehabt. Also wollte er Kaltenbach noch mal richtig ausnehmen.«

»Aber warum haben Sie dann alle beide umgebracht?« fragte Katharina. »Gleich nach Neuberts Tod wäre doch alles ausgestanden gewesen.«

Groß winkte ab. »Tote können nichts mehr erzählen. Das Risiko, daß ihr Bullen in Neuberts und Kaltenbachs Vergangenheit grabt, war mir zu groß. So war der letzte, der von allem wußte, nicht mehr am Leben. Außerdem war es reiner Zufall, daß Neubert mit im Wagen saß. Eigentlich wollte ich nur Raimund aus dem Weg haben.«

»Wie hat Kaltenbach Sie eigentlich erreichen können?« zweifelte Hofmann. »War der etwa auch in Ihrer Nazitruppe?«

»Raimund? Unfug! Nein, wir hatten die ganzen Jahre über immer Kontakt, gelegentlich hab ich auch mal bei ihm übernachtet, wenn ich in der Gegend zu tun hatte. Irgendwann hab ich ihm meine Handynummer gegeben.«

Groß schaute auf seine Armbanduhr. Sein Zug ging in einer guten Stunde, allmählich mußte er sich auf den Weg machen.

»Freunde, ich würd ja gerne noch eine Runde mit euch plaudern, aber ich muß meinen Flieger erreichen. Schätze, ich hol locker genügend Vorsprung raus, bevor man euch findet.«

»Könnten Sie mir einen Gefallen tun?« bat Hofmann ruhig.

»Kleiner, du hängst an einer schnuckeligen Blondine. Was willst du denn noch?«

»Ich bin Diabetiker. In ein, zwei Stunden muß ich mir Insulin spritzen. Könnten Sie meine Medikamente aus dem Wagen holen? Liegen im Handschuhfach.«

Groß verengte seine Augen zu Schlitzen. »Willst du mich verarschen?«

»Kein Spur«, mischte sich Katharina ein. »Mein Kollege sagt die Wahrheit.«

Der Hüne überlegte einen Augenblick und nickte schließlich. »Meinetwegen.«

Bevor er die Lagerhalle verließ, verschwand er hinter einem kleinen Vorsprung und kam kurz darauf mit einer zerschlissenen Sporttasche und einer Aktenmappe zurück. Dann grinste er den Beamten hämisch zu und ließ die beiden allein.

»Haben wir jetzt Glück oder Pech?« flüsterte Hofmann.

»Such dir was aus«, gab Katharina wütend zurück. »Hoffentlich merken Wielert und Gassel irgendwann, daß wir überfällig sind. Eine Nacht in dieser Halle halte ich nicht durch.«

»Stell dich nicht so an. Wenn dir 'ne Spinne zu nahe kommt, zeig ihr einfach deinen Ausweis.«

Von draußen hörten sie das Zuschlagen einer Autotür, gleich darauf erschienen Groß' Umrisse wieder in der Lagerhalle. Tatsächlich brachte er Hofmanns Täschchen mit den Insulinampullen und den Spritzen.

»Hier, teil es dir gut ein«, empfahl er generös. »Vielleicht ist die Kleine ja so nett und bläst dir einen. Nur so zum Zeitvertreib.«

Katharina lief wieder rot an, hielt aber vorsichtshalber ihren Mund.

»Wenn ich mir das so recht überlege, fünf Minuten hätte ich noch«, erklärte Groß und trat näher an die Kommissarin heran.

Trotz ihrer Kleidung fühlte sie sich erbärmlich nackt.

Der Riese näherte sich immer weiter und fuhr mit seiner rechten Hand über die Hügel ihres T-Shirts.

»Nimm deine Scheißfinger da weg«, brüllte Hofmann zornig.

»Oder was?« fragte Groß grinsend. »Halt die Schnauze und guck zu, vielleicht lernst du noch was.«

Seine Hand tastete über Katharinas flachen Bauch und zerrte ihr den Stoff der Oberbekleidung aus der Jeans.

»Bitte nicht«, keuchte Katharina. »Ich bin schwanger.«

Groß lachte hämisch auf. »Guter Versuch. Aber ich hab dir schon mal gesagt, versuch nicht, mich für dumm zu verkaufen.«

»Es stimmt«, sagte sie so fest wie möglich. »Wenn Sie mir nicht glauben, in meiner Handtasche ist der Mutterpaß. Ich bin im zweiten Monat.«

Unsicher zog er seine Hand zurück. »Ach, zum Kukkuck, vergiß es«, gab Groß zurück. »Vielleicht sehen wir uns mal wieder, Kleine.«

Gleichzeitig gab er ihr einen Klaps auf den Hintern und ging endgültig Richtung Tageslicht. Ohne sich noch einmal umzudrehen, zog er die Tür auf und wollte ins Freie treten, als sein Kopf heftig zurückgeschleudert wurde. Groß taumelte, drehte sich um seine eigene Achse, öffnete den Mund, um zu schreien, und brach nur wenige Meter von den Polizisten entfernt zusammen.

Hofmann starrte entsetzt auf das Schauspiel. Erst, als er Groß ansprechen wollte, nahm er den immer dicker werdenden Blutstrom wahr, der sich auf dem staubigen Boden ausbreitete. Undeutlich war zu hören, wie ein Wagen vorsichtig anfuhr, beschleunigte und sich langsam entfernte.

»Scheiße, was ist denn da passiert?« gluckste Katharina nervös.

»Wenn du mich fragst, wurde da gerade Sondermüll entsorgt«, stieß Hofmann hervor. »Einer von unseren Leuten war das bestimmt nicht.«

Beiden versagte die Stimme, ihre Augen konnten sich nicht von der Leiche losreißen. Die ersten Fliegen kamen angesurrt und setzten sich mitten in das Blut.

»Hoffentlich kommt der Killer nicht noch einmal zurück«, brach Katharina schließlich die Stille.

»Eher unwahrscheinlich. Viel wichtiger ist, was machen wir jetzt?«

Katharina lehnte sich an die Wand und rutschte langsam in die Hocke. Zwangsläufig mußte Hofmann sie in die Tiefe begleiten.

»Warten, was sonst.«

»Du hast vielleicht Nerven. Übrigens, deine Idee mit der Schwangerschaft war klasse. Riskant geflunkert, aber ich hab wirklich gedacht, das Schwein fällt gleich über dich her.«

Katharina sah genervt zur Seite. In ihrem Magen rumorte es wieder fürchterlich. »Das war keine Flunkerei. Ich bin wirklich schwanger.«

Hofmann riß erneut die Augen auf. »Im Ernst?«

»Ja. Ich weiß es aber selbst erst seit heute morgen.«

»Na, dann herzlichen Glückwunsch.«

Katharina winkte heftig ab und beugte sich zur Seite. Alle Gegenwehr war umsonst, die Anspannung der letzten zwanzig Minuten war einfach zuviel. Keuchend und würgend beförderte sie ihren gesamten Mageninhalt nach oben.

## 43

»Kohldampf, Herr Kollege?«

Amüsiert legte Wielert den Telefonhörer zurück und warf einen schnellen Blick über den Schreibtisch. Gassels Magen hatte laut und vernehmlich geknurrt, ohne daß es dem Dicken aufgefallen wäre.

»Mhm? Ach, es geht noch. Gleich haben wir ja Feierabend.«

»Hoffentlich«, übte sich Wielert in Pessimismus. »Solange Thalbach und Hofmann noch nicht wieder da sind, können wir die Berichte nicht abschließen.«

Das Schwergewicht zuckte mit den Schultern. »Jedenfalls sind wir diesen ärgerlichen Fall los. Ich wüßte nicht, warum uns das BKA noch einmal behelligen sollte.«

»Ich schon«, widersprach der Ranghöhere. »Gerade hab ich mit Hagenbeck gesprochen. Die Liste vom Verfassungsschutz war Gold wert. In vier der angegebenen Örtlichkeiten haben die Jungs aus Wiesbaden jede Menge Spuren gefunden, Reste, die zum Bombenbasteln taugen, leere Patronenhülsen und auch Fingerabdrücke. Im Moment jagen die alle Daten durch die Kartei. Außerdem will Hagenbeck heute abend noch bei diesem Hertz vorbeischauen. Bin mal gespannt, welche Räuberpistole der sich einfallen läßt, um glaubhaft zu machen, daß er mit der ganzen Sache nichts zu schaffen hat.«

»Und was geht uns das an?« wunderte sich Gassel.

»Jede Menge. Sollten Thalbach und Hofmann auf ihrer Tour auch nichts gefunden haben, stehen wir unter Beschuß. Einer der Attentäter muß einen Schlupfwinkel in unserer Nähe gehabt haben, um bequem und einigermaßen risikolos die Anschläge in Bochum und Wuppertal verüben zu können. Wetten, wir dürfen solange weitersuchen, bis wir fündig werden?«

»Katharina und Berthold haben bestimmt genauso ins Leere gegriffen wie wir«, vermutete Gassel. »Das letzte mal, als wir telefoniert haben, hatten sie nur noch diese Fabrikhalle auf ihrer Liste.« Er warf einen Blick auf seine Armbanduhr. »Komisch, die müßten doch schon längst wieder hier sein.«

»Vielleicht machen die irgendwo ausgedehnt Pause.«

»Nee, Hofmann kann doch im Moment gar nicht schnell genug nach Hause kommen.«

»Rufen Sie die zwei doch einfach mal an.«

Gassel zog das Telefon zu sich herüber und hämmerte die Nummer von Katharinas Diensthandy in die Tasten. Als das Läuten an sein Ohr drang, legte er die Stirn abwartend in Falten. Schließlich schüttelte er den Kopf. »Nichts, geht keiner ran.«

»Tragen die ihre Geräte immer bei sich?«

»Im Dienst ja, die beiden sind da recht pflichtbewußt. Und nun?«

Wielert lehnte sich zurück und verschränkte die Arme hinter seinem Kopf. »Das gefällt mir ganz und gar nicht. Sehen Sie doch bitte auf Reimanns Liste nach, wo genau diese Fabrikhalle liegt. Wir sollten vielleicht mal nach dem rechten sehen.«

»Kann nicht schaden«, nickte Gassel und nahm die Papiere des Verfassungsschützers in Augenschein. Während die Pupillen des Dicken hinter den pompösen Gläsern seiner Hornbrille hin- und herwieselten, heftete Wielert seinen Blick angestrengt auf die chronisch verschmutzten Fensterscheiben des Büros. In seinem Inneren rumorte eine böse Vorahnung.

»Gefunden«, meldete Gassel ruhig. »Die Halle befindet sich in diesem Gewerbegebiet an der Seilfahrt. Hertz besitzt da eine alte Fabrik.«

Wielert schoß aus seinem Sitz.

»Das sehen wir uns mal an«, erklärte er bestimmt. »Zwei Streifenwagen sollen uns begleiten, veranlassen Sie das Nötige.«

## 44

»Geht's dir auch wirklich gut?« fragte Hofmann zum achten Mal in zehn Minuten.

»Geh mir nicht auf den Keks«, stöhnte Katharina. »Alles in Ordnung.«

»Man kann nie wissen«, verteidigte sich der Kommissar. »In deinem Zustand ...«

»Herrgott, ich bin im zweiten Monat«, rief die Blonde. »Keine Chance für 'ne Frühgeburt. Und mein Magen ist auch wieder okay.«

»Man kann nie wissen«, wiederholte sich Hofmann zweifelnd. »Immerhin könnte der Streß ...«

»Berthold, halt die Klappe«, unterbrach sie ihn heftig. »Du tust ja so, als ob das Kind von dir wäre. Überleg dir lieber, wie wir hier herauskommen.«

»Meinst du, das hätte ich nicht schon längst getan? Vergiß es, es sei denn, du könntest ein Paar neue Handschellenschlüssel herbeizaubern.«

Resignierend drückte Katharina den Rücken an die kühle Wand hinter sich und seufzte. Die Luft in der Halle wurde von Sekunde zu Sekunde schlechter und heißer. Außerdem glaubte sie, daß von dem vergossenen Blut ein penetranter Kupferduft ausging. Natürlich war das nur Einbildung, aber gleichzeitig war es nur eine Frage der Zeit, bis über den Fliegen, die schon dichtgedrängt über den toten Körper krochen, die ersten Ratten krabbelten. Rosige Aussichten für die folgende Nacht. Bestimmt lauerten in den Rissen im Mauerwerk auch noch riesige Spinnen, die bald herausgekrochen kommen würden. Nur nicht einschlafen, beschwor sie sich.

»Alles okay?« meldete sich Hofmann zaghaft.

»Hoffentlich findet uns bald jemand«, nörgelte Katharina. »Nichts gegen dich, aber 'ne Nacht mit einem Mann stell ich mir anders vor.«

Hofmann versuchte ein aufmunterndes Lächeln. »Erzähl das deinem Verlobten. Irgendwann muß uns ja jemand auf die Vermißtenliste setzen.«

Aus dem kleinen Büroraum, in dem Katharinas Tasche stand, piepte undeutlich die Klingel ihres Handys. Instinktiv sprang Katharina wieder auf die Füße und wollte sich in Bewegung setzen.

Als einziges sichtbares Ergebnis zerrte sie ihren Kollegen ebenfalls auf die Füße und mit den Rippen gegen den Stahlträger.

»Bist du bescheuert?« beschwerte sich der Stoppelhaarige mit schwerzverzerrtem Gesicht. »Ich bin nicht so gut gepolstert wie Karl-Heinz.«

»Tut mir leid«, erklärte Katharina. »Aber dieses nutzlose Herumstehen macht mich wahnsinnig.«

»Dann setz dich doch einfach wieder hin«, schlug ihr Hofmann vor. »Außerdem, was willst du mehr? Entweder war das Wielert oder Gassel oder dein Schnuckelhase. Auf jeden Fall hat da jemand Sehnsucht nach uns.«

Abrupt hörte das Telefon mit der Piepserei auf. Katharina lauschte angestrengt, aber es war nichts mehr zu hören. »Aufgelegt.«

»Mensch, reiß dich zusammen. Nach meiner Einschätzung geht unser neuer Chef erst dann ins Bett, wenn alle seine Schäfchen wieder im Stall sind. Warte es ab, in spätestens einer Stunde sind wir aus dem Schlamassel raus.«

Katharina sah stirnrunzelnd zur Seite. »Anscheinend hat dieser Wielert bei dir wirklich einen Stein im Brett, was?«

»Zumindest ist er nicht so ein Choleriker wie Gisbert.«

Katharina folgte Hofmanns Vorschlag und hockte sich erneut auf den staubigen Boden. »Was meinst du, wer hat Groß erschossen?« wechselte sie das Thema. »Einer aus dem Nazihaufen?«

»Liegt doch auf der Hand«, meinte Hofmann. »Groß war einer der Terroristen, das steht zweifelsfrei fest. Irgendwann hat er den Alleingang beschlossen, ob aus Geldgier oder sonstigen Gründen, ist doch egal.« Hofmann wischte sich mit der flachen Hand den Schweiß von der Stirn. Ein Thermometer hätte wegen Arbeitsüberlastung schon längst gestreikt.

»Und da Groß durch seinen Sololauf die ganze Organisation in Gefahr gebracht hat, lassen die den umgehend exekutieren«, setzte Katharina die Überlegungen fort.

»Groß war sicherlich einer ihrer besten Leute, sonst hätte der niemals an den Anschlägen teilgenommen«, sagte Hofmann. »Vergiß nicht, wenn die Verbindung Kaltenbach und Groß nicht zu Tage getreten wäre, wüßte niemand, wie der Hase gelaufen ist.«

»Da haben wir ja richtig Glück gehabt«, bemerkte Katharina trocken.

Hofmann zuckte die Achseln und griff nach seinem Medizintäschchen. Mit routinierten Bewegungen zog er eine Spritze und eine Ampulle Insulin hervor, brach die Spitze des Glasfläschchens ab und zog die Arznei in den Kolben. Katharina sah interessiert hinüber.

»Du lieber Himmel, bin ich blöd«, stöhnte sie auf einmal. »Gib mir mal die Spritze.«

Hofmann ließ sich nicht stören und hämmerte sich erst die Dröhnung subkutan in den Oberarm. Langsam drückte er den Kolben durch und atmete auf.

»Laß mal lieber, du stichst bestimmt durch«, erwiderte er dann.

»Blödmann. Wäre doch gelacht, wenn ich mit der Nadel nicht die Handschellen aufbekäme.«

»Plötzlich so eilig? Ist doch ganz kuschelig hier«, gab Hofmann zurück. »Außerdem, warum benutzt du dazu nicht das Werkzeug aus deiner Hosentasche?«

Die Kommissarin machte große Augen und klopfte sich verdutzt auf die linke Gesäßhälfte. Das kleine, unscheinbare Mäppchen mit den Metallsplinten hatte sie vollkommen vergessen. »Mein Gott, manchmal glaub ich, ich kriege schon Alzheimer.«

»Aber bitte erst, wenn wir uns wieder frei bewegen können.«

## 45

»Hab ich es doch gewußt«, orakelte Wielert mißgestimmt. »Irgend etwas stimmt da nicht.«

Er steuerte den Wagen an den Rand der schlechten Straße und riß beunruhigt die Tür auf. Nur ein kleines Stück entfernt zweigte die Einfahrt zu der Lagerhalle ab. Das Lauftor war zurückgeschoben, auf dem Boden lag ein geöffnetes Vorhängeschloß.

Keinen Meter hinter ihm und Gassel stoppten die beiden Streifenwagen. Wielert winkte die Insassen an seine Seite und quetschte sich, noch außerhalb des Geländes, an die Mauer neben der Toreinfahrt.

»Passen Sie auf sich auf«, zischte er leise. »Sehen Sie sich genau um und achten Sie auf jede Kleinigkeit. Vermutlich sind zwei Beamte auf dem Gelände. Und wenn mich nicht alles täuscht, stecken die Kollegen in der Klemme.«

Die vier uniformierten Beamten rupften ihre Pistolen aus den Halftern und zogen die Köpfe zwischen die Krägen ihrer sandfarbenen Uniformblusen. Gassel drückte sich schweratmend neben seinen Chef und setzte die Brille wieder gerade auf seine Nase.

Wielert gab seine Anweisungen. Gerade, als sich zwei Beamte auf den Weg zur gegenüberliegenden Seite der verfallenen Gebäude machen wollten, hörten sie deutlich das Klappen einer Autotür.

»Herr Wielert«, keuchte ein Streifenhörnchen unterdrückt. »Da will sich einer aus dem Staub machen.«

Der Leiter des KK 11 brachte den übernervösen Jüngling mit einer Handbewegung zum Schweigen und riskierte einen Blick auf das Gelände.

»Da treibt sich jemand an einem unserer Vectras herum«, teilte er seiner Streitmacht das Ergebnis seiner Beobachtung mit. »Ganz sicher bin ich mir nicht, aber weiter hinten steht, glaub ich, noch ein Wagen.«

Gassel zwängte sich an seinem Chef vorbei und peilte ebenfalls die Lage. Tatsächlich, anscheinend waren Thalbach und Hofmann nicht allein.

Auf Wielerts Kommando näherten sie sich vorsichtig der Person in dem Dienstwagen. Der Wagen stand mit dem Heck zu ihnen, die Gestalt auf dem Vordersitz hätte die herannahenden Polizisten höchstens bemerken können, wenn sie in den Rückspiegel geguckt oder ihren Kopf aus der Türöffnung gesteckt hätte.

So leise wie möglich rückten die Beamten vor, kurz vor dem Wagen bauten sich die Uniformierten mit entsicherten Waffen auf. Wielert holte tief Luft und stürmte vorwärts. Als er den Mann in dem Vectra erkannte, stieß er erleichtert einen Seufzer aus.

»Da seid ihr ja schon«, empfing sie Hofmann, ein wenig blaß um die Nase. »Mann, ich habe doch gerade erst mit der Zentrale gesprochen.«

Hinter Wielert drängte sich Gassel nach vorn, dann perlten die restlichen Polizisten heran.

»Wo ist Frau Thalbach?« fragte Wielert sofort.

»In der Halle. Unser Terrorist ist auch noch da. Allerdings war der schon mal lebendiger.«

Wielerts Augenbrauen zogen sich zusammen. »Verdammt noch mal, was ist denn hier passiert? Hat einer von euch den Burschen umgepustet?«

»Wie denn, ohne Waffe?« fragte Hofmann eine Spur zu schnippisch. »Groß hat uns überwältigt und mit unseren eigenen Handschellen an einen Stahlträger gekettet. Als er verschwinden wollte, hat ihm einer 'ne Kugel verpaßt. Katharina hat erst vor fünf Minuten diese blöden Handschellen aufgekriegt.«

»Sehen Sie mal nach Frau Thalbach«, bat Wielert Gassel. »Oder warten Sie, wir kommen gleich mit.«

Hofmann kletterte aus dem Wagen. Als er neben seinen Kollegen stand, zitterten seine Hände so heftig, daß er sie kurz entschlossen in die Hosentasche schob.

»Ging ganz schön an die Nerven, was?« erkundigte sich Gassel. »Menschenskind, müßt ihr eigentlich jedesmal die große Show abziehen, wenn ihr eine Ermittlungsarbeit abschließt?«

»Meinetwegen brauch ich den Streß nicht«, stöhnte Hofmann. »Hat mal jemand eine Zigarette da?«

Während Wielert und Gassel in der Lagerhalle verschwanden, reichte einer der Uniformierten Hofmann eine Filterlose. Gleich der erste Zug verursachte einen bösen Hustenanfall.

Katharina kam gerade aus den Sanitärräumen zurück in die Halle, als die übrigen Beamten im Gänsemarsch durch die schmale Öffnung in die Lagerhalle quollen.

»Tut mir leid, aber ich glaube, auf der Toilette wird die Kriminaltechnik keine aussagekräftigen Spuren mehr finden. Erstaunlich, was so alles in einen Magen paßt.«

»Jetzt mal der Reihe nach«, bat Wielert. »Ich möchte nun gerne mal genau wissen, was hier passiert ist.«

»Gibt's gar nicht so viel zu erzählen«, meldete sich Hofmann, während die Kippe in seiner Hand alle zehn Sekunden an seinen Lippen landete. Er erstattete Wielert ausführlich Bericht über die Geschehnisse hier auf dem Gelände. Sogar bei dem Part, bei dem er und Katharina überwältigt wurden, blieb er erstaunlich nah bei der Wahrheit.

Wielert sah abwechselnd zwischen seinen Leuten hin und her. »Dann hat Ihnen Groß, bevor er ermordet wurde, drei Morde gestanden?« fragte er Katharina.

»Ja«, nickte Thalbach. »Ich nehme an, er war auch an dem Überfall auf die Kaserne beteiligt, aber nachweisen können wir das wohl nicht mehr. Zuzutrauen war ihm der brutale Mord an dem Soldaten allemal.«

»Also schön. Herr Gassel, rufen Sie doch bitte einen Notarzt und die Kriminaltechnik. Vielleicht finden wir in der Bruchbude ja noch was Brauchbares. Und Sie«, meinte er zu den Uniformierten, »sehen sich schon mal auf dem Gelände um. Aber nichts anfassen, verstanden?«

Gassel spazierte an der Spitze der Karawane wieder ans Tageslicht, während Wielert neben der Leiche in die Hocke ging. Groß hatte eine kreisrundes Loch mitten auf der Stirn, seine Augen starrten ungläubig an die Decke der Lagerhalle.

»Gleich nach dem Schuß haben Sie gehört, daß ein Wagen wegfuhr?« vergewisserte sich Wielert bei Hofmann.

»Genau. Aber nur für wenige Sekunden, der hat bestimmt oben am Zufahrtstor gehalten. Als Groß in die Tür trat, muß der andere sofort geschossen haben.«

»Dann war das wohl ein Scharfschütze«, vermutete Wielert. »Würde mich nicht wundern, wenn bei der Obduktion eine Gewehrkugel gefunden wird, abgefeuert aus einem der Heckler & Koch Spezialgewehre, die bei dem Raub in der Kaserne geklaut worden sind. Irgendwie Ironie des Schicksals, finden Sie nicht?«

»Was meinen Sie damit?« stutzte Hofmann.

»Na, daß Groß durch eine Waffe getötet wurde, die er selbst gestohlen hat.«

»Wie viele Meter sind das bis zum Tor?« überlegte Katharina.

Hofmann zuckte die Schultern. »Mindestens fünfzig.

Bei so einer Entfernung bin ich froh, wenn ich auf dem Schießstand überhaupt die Scheibe treffe.«

Im Türrahmen erschien ein Schutzpolizist. »Auf dem Gelände ist nichts Besonderes zu sehen, alles verrammelt und verlassen«, erklärte er. »Die Kriminaltechnik müßte gleich hier sein. Ach ja, in dem Jetta liegt eine Sporttasche auf dem Rücksitz. Hoffentlich ist das keine Bombe, die uns gleich um die Ohren fliegt.«

Katharina machte den Mund auf, doch bevor ein Ton über ihre Lippen kam, knuffte sie Hofmann sachte in die Seite. »Unwahrscheinlich«, meinte er ein wenig zu laut. »Groß hat uns doch erzählt, daß er sich über den Luftweg absetzen wollte. Wahrscheinlich sind das lediglich Klamotten. Treten Sie mir noch 'ne Zigarette ab?«

»Aber nicht hier drin«, sagte Katharina müde. »Die Luft ist eh schon schlecht genug.«

Minuten später glich das vormals einsam vor sich dahin vegetierende Gelände der Cranger Kirmes. Während die Arbeiten zur Tatort- und Beweissicherung in vollem Gange waren, parkten sich die Vertreter des KK 11 weit weg vom Geschehen zwischen den Einsatzwagen. Im Moment standen sie den anderen sowieso nur im Weg.

»Brauchen Sie uns noch?« fragte Hofmann, nachdem Wielert mindestens fünf Minuten zufrieden die Routineabläufe beobachtet hatte.

»Warten Sie wenigstens, bis die KT weg ist«, antwortete er.

»Das kann doch noch Stunden dauern«, maulte Katharina. »Gönnen Sie uns wenigstens 'ne Dusche. Meine Sachen stehen ja schon vor Schweiß.«

»Na gut, schiebt ab«, nickte Wielert. »Den Rest schaffen wir auch ohne Sie. Aber Punkt zehn Uhr morgen früh habe ich Ihre Berichte.«

»Ach, da fällt mir ein ...« begann Katharina, doch Hofmann packte sie beim Ellbogen.

»Mach schon, bevor er sich das wieder anders überlegt.«

# 46

Trübsinnig wischte sich der alte Mann über die Augen und atmete tief durch. Die jahrelange sorgfältige Planung, das von ihm investierte Vermögen – und nun dies. Innerhalb weniger Tage ging alles den Bach herunter. Früher wäre so etwas nicht vorgekommen. Zu seiner Zeit hatten die Männer noch Disziplin.

»Herr Hertz?« fragte Stenner leise.

Der Mann am Fenster sah auf und heftete seine Blicke auf seinen leichenblassen Adjutanten. »Laß mich in Ruhe«, antwortete er knurrig.

»Herr Hertz, wir haben keine Zeit, uns selbst zu bemitleiden«, mischte sich Krüger ungeduldig ein.

»Das weiß ich selbst«, bellte Hertz ungehalten.

Vor nicht einmal fünfzehn Minuten hatte sich der letzte aus ihrer Aktionsgruppe telefonisch bei ihnen gemeldet. Alle Immobilien des alten Mannes waren im Laufe des Tages durchsucht worden, wie durch ein Wunder waren die Männer noch rechtzeitig aus ihren Verstecken herausgekommen. Nicht nur dem alten SS-Angehörigen saß der Schock tief in den Knochen.

»Hauptsturmführer, noch ist nichts verloren. Die Polizei kann uns nichts beweisen, sonst säßen wir längst hinter Schloß und Riegel. Retten wir, was zu retten ist.«

»Gar nichts ist zu retten«, brüllte Hertz gequält auf. »Da opfert man Jahre seines Lebens, um Deutschland wieder zu dem zu machen, was es einmal war, und die Idioten, die ihr ausgesucht habt, verderben durch ihr egozentrisches Verhalten die vielleicht letzte Chance, den Lauf der Geschichte zu korrigieren.«

»Groß ist aus der Reihe getanzt«, erklärte Krüger kalt. »Und Rüdiger hat ihn eliminiert. Aus dieser Richtung droht uns keine Gefahr mehr.«

»Ach nein?« höhnte Hertz. »Und warum sind dann

sämtliche Verstecke unserer Truppe durchsucht worden? Begreifst du das immer noch nicht? Unsere Gruppe ist kein Geheimnis mehr. Entweder hat uns jemand verraten, oder ist die Polizei durch Groß' Alleingang inzwischen so weit mit den Ermittlungen, daß sie von allein auf uns gekommen ist.«

»Dafür gibt es keinen Beweis«, meinte Stenner vorsichtig.

»Aber jede Menge Anhaltspunkte«, beharrte der alte Mann. »Woher meint ihr wohl, kennen die Staatsorgane die Verbindung zwischen uns und Groß? Da muß doch einer gesungen haben.«

»Nicht unbedingt«, überlegte Stenner. »Vielleicht gab es doch Zeugen, die einen unserer Jungs bei einem Anschlag gesehen haben.«

»Quatsch«, erklärte Krüger kopfschüttelnd. »Keiner hat bis heute einen Fehler gemacht, ausgenommen Groß.«

»Als ob du das wüßtest«, gab Hertz zurück.

»Auf jeden Fall haben die nichts gegen uns in der Hand«, fuhr Krüger fort. »Alle Kämpfer haben sich nach den Durchsuchungsaktionen bei uns gemeldet, sie sind noch einsatzbereit.«

»Bis auf Falko«, meinte Stenner grausam.

»Vergeßt es«, entschied Hertz. »Sollten die Bullen nicht heute abend kommen, dann spätestens morgen früh.«

»Und was sollen wir jetzt machen?« keifte Krüger.

»Uns eine gute Geschichte einfallen lassen«, sagte Stenner treffend. »Hier werden sie nichts finden, dafür haben wir immer gesorgt. Es existieren keine schriftlichen Unterlagen, weder hier noch anderswo. Am besten halten wir uns die nächste Zeit bedeckt.«

»Feigheit vor dem Feind«, wütete Krüger martialisch. »Darauf steht die Todesstrafe.«

»Halt die Klappe und setz dich wieder hin«, knurrte Hertz wütend. »Man muß auch den Zeitpunkt für einen Rückzug erkennen. Unseren Plan können wir vorerst nicht weiterverfolgen, in der nächsten Zeit dürfen wir nicht auffallen. Aktive Parteiarbeit ja, aber nichts Illegales.«

»Verzögerungen können sich immer ergeben«, meinte Krüger. »Wir sollten das nicht zu pessimistisch sehen.«

Hertz wandte die Augen ab und starrte aus dem Fenster. Bereits zum zweiten Mal zerbröckelte sein Lebenstraum von einem großdeutschen Reich zwischen seinen Fingern, und er hatte nicht mehr viel Zeit. »In ein, zwei Jahren werden wir vielleicht wieder von vorne anfangen können«, sagte er mehr zu sich selbst. »Bis dahin rufen wir die Jungs zurück und verhalten uns ruhig.«

Krüger pumpte Luft wie ein Fisch auf dem Trockenen, hielt aber endlich seinen Mund.

Stenner nickte und stand langsam auf. »Ich sag den Jungs Bescheid«, erklärte er seufzend. »Um die restlichen Bestände an Waffen und Munition kümmere ich mich auch.«

»Bring das Zeug bloß an einen sicheren Ort«, mahnte Krüger.

»Keine Bange. Noch haben wir Möglichkeiten, von denen die Bullen nichts wissen.«

Hertz achtete nicht auf die Worte des jüngeren Mannes. Vor der Einfahrt zu seinem Landsitz waren die ersten kreisenden Blaulichter aufgetaucht.

»Es geht los«, ächzte er tonlos.

## 47

Katharina trat, als sie den Menschenauflauf hinter sich gelassen hatten, das Gaspedal durch. Während sie den Wagen an den Schlaglöchern vorbeidirigierte, genoß sie den einigermaßen kühlen Fahrtwind, der durch das heruntergekurbelte Fenster in den Innenraum strömte.

Hofmann saß, Fingernägel kauend, neben ihr auf dem Beifahrersitz. Sein Blick pendelte zwischen der wenig erbaulichen Aussicht durch die Frontscheibe und den kleiner werdenden Umrissen der sich zügig entfernenden Lagerhalle im Heckfenster.

»Hat dich was gestochen?« fragte Katharina genervt.

Hofmann blieb ihr die Antwort schuldig. Statt dessen zerrupfte er sich unbewußt mit der rechten Hand seine millimeterkurzen Haarstopeln.

»Ich habe dich etwas gefragt.«

»Bitte?« meinte Hofmann erschrocken.

»Meine Güte, ging dir das wirklich dermaßen an die Nieren? War doch nicht die erste Leiche, die du gesehen hast.«

Hofmann seufzte lange und ausdauernd, bevor er zaghaft nach links schielte. »Ich glaube, ich habe eine Riesendummheit gemacht.«

Katharina tat ihm nicht den Gefallen nachzufragen.

Ihr Kollege schien keine Lust zu verspüren, das Gespräch fortzusetzen. Das Nägelkauen und Haarezupfen hatte er eingestellt, dafür puhlte er inzwischen seine Nasenbehaarung ans Tageslicht.

»Das ist ekelhaft«, sagte Katharina. »Willst du sofort nach Hause, oder kommst du noch mit zum Präsidium?«

»Bloß nicht ins Präsidium«, antwortete Hofmann.

»Wieso? Hast du 'ne Arbeitsallergie?«

»Quatsch.«

»Menschenskind, sag schon, was los ist! Du warst vorhin schon so komisch, als Wielert und Karl-Heinz aufgekreuzt sind. Hast du unsere Kaffeekasse geplündert?«

»Halt mal da vorne an«, bat Hofmann. »Ich will mir Zigaretten holen.«

Fragend sah die Blonde nach rechts, tat ihm aber den Gefallen. Direkt vor einem Kiosk kam der Vectra zum Stehen, Hofmann sprang auf den Gehweg und kam kurz darauf mit einer Schachtel Lord Extra und einem Päckchen Streichhölzer zurück. Als er wieder auf seinen vier Buchstaben saß, friemelte er nervös an der Zellophanverpackung.

»Nicht hier drin«, befahl Katharina, während sie sich wieder in den Verkehr einfädelte. »Qualm gefälligst draußen.«

»Okay. Dann such einen Parkplatz.«

Katharina zog die Brauen hoch. »Bist du plötzlich turbosüchtig geworden?«

»Bitte, Katharina, laß uns ein paar Schritte laufen. Ich muß dir etwas erzählen.«

Normalerweise hätte sie nach einem Tag wie diesem energisch protestiert, weil sie endlich nach Hause wollte, aber Hofmanns Augen flatterten panisch. Katharina setzte den Blinker und steuerte in die nächste Seitenstraße. Kaum stand der Vectra in einer Parklücke, war Hofmann schon ausgestiegen.

»Dann fang mal an«, ermunterte sie das Nervenbündel, als sie neben ihm auf dem Gehweg stand.

Hofmann entflammte einen Glimmstengel, nahm einen tiefen Lungenzug und saugte sich den Schwindel bis unter die Haarspitzen. Dann sah er sich unauffällig um. »Ich sitz ganz schön in der Scheiße.«

»Warum?« fragte Katharina müde.

»Als ich zum Wagen gegangen bin, um die Zentrale anzufunken, nachdem du die Handschellen geknackt hast ...«

»Ja?«

»Tja, ich weiß auch nicht. Muß wohl 'nen Blackout gehabt haben.«

»Hofmann, du nervst. Was ist Sache?«

»Ich habe Kaltenbachs Kohle.«

Katharina blieb wie angewurzelt stehen. »Du hast was?«

Hofmann zuckte verzweifelt die Schultern. »Sieh mich nicht so an. Als ich zum Funkgerät gegangen bin, bin ich an dem Jetta von dem Groß vorbeigelaufen. Auf der Rückbank lag seine Sporttasche und dieser Aktenkoffer. Und dann ... dann hab ich plötzlich den Koffer in der Hand gehabt.«

»Berthold, bist du wahnsinnig geworden?« hauchte Katharina entsetzt. »Das kann dich deinen Job kosten.«

»Meinst du, das weiß ich nicht?« jaulte Hofmann auf. »Ich sag ja, mich muß der Teufel geritten haben. Als Wielert und die anderen aufgetaucht sind, ist mir das Herz fast in die Hose gerutscht. Hätte ich dem Chef sagen sollen, ich hab das Geld schon gesichert? Wielert hätte mich doch glatt an die Wand gestellt.«

Katharina schlug die Hand vor die Augen und setzte sich langsam wieder in Bewegung. »Ich hab ja schon viele Blödmänner gekannt, aber du bist die Krönung. Was willst du denn jetzt machen?«

»Keine Ahnung«, antwortete Hofmann heiser. »Ich kann doch jetzt nicht nach dem Motto ›'tschuldigung, aber ich habe da was gefunden‹ ankommen.«

»Und was dann?«

Hofmann zuckte wieder die Schultern. »Wenn ich das nur wüßte.«

Katharina verschränkte die Arme hinter ihrem Rücken und tippte Hofmann auf den Arm. »Wo ist das Geld eigentlich?«

»Im Kofferraum vom Vectra.«

Inzwischen waren sie wieder bei ihrem Dienstwagen angekommen, irgendwann mußten sie unbewußt eine volle Kehrtwende eingelegt haben. Katharina legte ihre Stirn in Falten und dachte angestrengt nach.

»Wieviel war das nochmal?«

»150 Riesen.«

»Steckst du eigentlich in 'ner finanziellen Notlage?« zischte die Blonde leise. »Herrgott, dafür kannst du in den Bau wandern. Bei Wielert hast du ein- für allemal verschissen, wenn du jetzt mit dem Geldkoffer ankommst. Der weiß doch sofort, was dir durch den Kopf gegangen ist.«

»Und wenn wir uns das Zeug teilen?« fragte Hofmann fast unhörbar. »Überleg mal, ich an Groß' Stelle hätte das Geld bestimmt nicht ein paar Tage mit mir herumgeschleppt. So unlogisch, daß der das inzwischen irgendwo gebunkert oder in ein Schließfach oder sonstwohin gebracht hat, ist das gar nicht. Und außerdem tut das keinem weh. Ich möchte nicht wissen, wieviel Geld Kaltenbach noch unnütz auf seinen Konten schlummern hat.«

Katharina hockte sich auf den Kotflügel des plötzlich extrem im Wert gestiegenen Vectras. Dachte an das Gespräch mit ihrem Arzt, an das Kind, an die Hypothek für das Haus ...

Hofmann lehnte sich an das Chassis des Wagens und sah zur Seite. Bestimmt eine volle Minute sagte keiner der beiden ein Wort.

»Glaubst du, wir kommen damit durch?« fragte Katharina schließlich mit zittriger Stimme.